Andrea Micus · Gefühle inklusive

DAS BUCH

Fast jede Frau hat sich schon einmal im Urlaub in einen Einheimischen verliebt. Was macht Pablo, den Fischer aus Teneriffa, so viel attraktiver als Peter, den Angestellten aus Gelsenkirchen, dass wir ohne lange nachzudenken die Koffer packen und zu ihm in sein sonniges Land ziehen würden? Warum fliegen wir so auf die Reize von Abdul, Christos oder Giorgio – trotz oder wegen der sozialen und kulturellen Unterschiede? »Er behandelt mich wie eine Prinzessin. Da fühlt man sich toll als Frau«, lautet das einhellige Urteil derjenigen, die es ausprobiert haben. Dieses Buch erzählt die Geschichten von neun Frauen, die ihren Traum wahr gemacht haben und bei ihrem Geliebten im Ausland geblieben sind. Einige mündeten in glücklichen Ehen, andere hatten kein Happy-End... Alle berichten von Missverständnissen und Schwierigkeiten im Umgang mit der fremden Kultur. Ein Blick in fremde Welten, wie er intimer kaum sein kann.

DIE AUTORIN

Andrea Micus, Germanistin, schreibt seit vielen Jahren für Zeitschriften mit den Themenschwerpunkten Frauen und Partnerschaft. Sie ist Autorin diverser Bücher und lebt und arbeitet in Deutschland und Spanien.

Andrea Micus

Gefühle inklusive

Urlaubslieben und was aus ihnen wurde

Zech Verlag

Bibliografische Information:
Die Deutsche Nationalbibliothek verzeichnet diese Publikation in der Deutschen Nationalbibliografie; detaillierte bibliografische Daten sind im Internet abrufbar über http://dnb.dnb.de.

Text: Andrea Micus
Umschlag: Karin Tauer, unter Verwendung eigener Zeichnungen
Druck: Gráficas La Paz
Dep. legal: J-805-2010

ISBN 978-84-938151-0-3
Printed in Spain

Inhaltsverzeichnis

Einführung

Andrea Micus

Marina, Marina, Marina … wunderbares Mädchen…« Aus allen Radios trällerte Rocco Granata in den 60er Jahren dieses Lied. Es war ein Hit, weil die Mischung das Herz der Hörer traf. Sonne, Süden, Palmen, Fernweh und Liebe. Zutaten, die noch heute alle Zuhörer zum Träumen bringen.

Damals wurde die Urlaubsreise erstmals auch für die breite Masse erschwinglich. Und damals begann auch der Urlaubsflirt seinen rasanten Aufstieg. Exotik kehrte in die Betten ein. Gisela aus Wanne-Eickel schwärmte nicht mehr vom Verkäufer Kurt aus dem Lebensmittelgeschäft nebenan, sondern vom Pizzabäcker Antonio aus Alassio.

Italien verkörperte die Sehnsucht von Millionen Deutschen, und die italienischen Männer beflügelten die Träume der deutschen Frauen. Scharenweise ging's über die Alpen direkt an Adria und Riviera und damit auch in die Arme der Papagalli. Die stürzten sich förmlich auf die hoch gewachsenen blonden Frauen aus Münster, Gladbeck oder Ingolstadt, weil die ihren Charme noch nicht kannten und leichtere Beute waren als die einheimischen Frauen.

»Diese Männer sind einfach anders als unsere. Sie sind charmant, tanzen gut und geben einem immer das Gefühl, ein Star zu sein«, erinnert sich Veronika aus München, die damals zum Entsetzen ihrer Familie Francesco aus Rimini direkt vom Urlaub mit ins bayrische Garmisch-Patenkirchen brachte. Er war wohl das erste lebende Souvenir in Oberbayern. Heute gehört ihm eine gut gehende Pizzeria auf der berühmten Münchner Leopoldstraße. Francesco kam aus Liebe nach Deutschland. Die Ehe hält heute noch.

»Aber dass alles so gut lief, lag daran, dass er genau wusste, was ihn hier erwartete, und er klare Ziele hatte«, erklärt Veronika. »Francesco war auch in Italien erfolgreich. Er hatte Startkapital in der Tasche und konnte sich so bei uns schnell etwas aufbauen. Deutschland war ihm nie richtig fern. München-Alassio, das war nicht nur entfernungsmäßig, sondern auch im Herzen ein Katzensprung.«

Urlaubslieben wie diese bereicherten beide Seiten. Deutsche Frauen erlebten ihr »Dolce Vita«. Italienische Männer bauten sich Existenzen auf.

Doch wenn mehr als ein Katzensprung zwischen den Ländern liegt, sind oft auch die sozialen, kulturellen und religiösen Unterschiede größer. Wer zunächst meint, in der Ferne sein lang ersehntes Glück gefunden zu haben und brauche nur noch zuzugreifen, kann bald großen Problemen gegenüberstehen. Also nur den lockeren Flirt genießen und mit dem Ende des Urlaubs aus dem Gedächtnis streichen? Oder sicherheitshalber einfach ganz die Finger davon lassen? Das sagt sich so leicht. Wer träumt nicht vom ewigen Glück? Und was ist schon Urlaub ohne Liebe? Sommer, Sonne, Glücklich-Sein, die Hochglanz-Magazine der Touristik-Unternehmen versprechen viel. Doch so mancher Tourist will mehr als gutes Essen und Traumstrände. In einer Gesellschaft, in der fast 40 Prozent der Bevölkerung Singles sind, in Großstädten sogar mehr als die Hälfte, soll es in den schönsten Wochen des Jahres auch etwas für Herz und Unterleib sein.

Über vier Millionen Deutsche verreisen mehrmals im Jahr. 90 Prozent der Reisefreudigen haben in den Ferien auch schon mal jemanden näher kennen gelernt. »Im Urlaub muss die Ferienliebe blühen«, wünschen sich nach einer Umfrage der Frauenzeitschrift Cosmopolitan immerhin 25 Prozent der Deutschen, wenn sie ihre Koffer packen. Bei einer Repräsentativumfrage der Universität Koblenz bekannten sich sogar 44,8 Prozent der ledigen Touristinnen zu einem heftigen Urlaubsflirt, der aber meist schon vergessen war, wenn der Flieger abhob und die Turtler zurück in den Alltag brachte.

Absolute Spitzenreiter im Herbeiführen von *Love and Kisses* sind Ferienclubs mit ihrer breiten Palette von Urlaubsangeboten. Bei den Animateuren, den professionellen Spaßmachern der Urlaubsbranche, die die Gäste bei guter Laune halten müssen, liegt die Verkupplungsquote bei achtzig Prozent. Die meisten Bekanntschaften werden übrigens bei Festen am Ferienort gemacht, dann folgen Strandpartys, Discos, Sprachkurse.

Allerdings entwickeln sich nur 16,2 Prozent aller in den Ferien eingegangenen Verbindungen später zu einer festen Beziehung, und nur drei Prozent der Urlaubsflirts enden vor dem Standesamt. Doch viele dieser Ehen haben keinen Bestand. Sie scheitern, weil der Partner, der ins Ausland zieht, den Kulturschock nicht verkraftet oder weil Urlaub einfach anders funktioniert als Alltag.

Der Umfrage von Cosmopolitan zufolge haben sechs Prozent aller deutschen Single-Frauen am Urlaubsort regelmäßig Sex mit einheimischen Männern. Wofür hat man denn schließlich bezahlt? Und man bekommt im globalen Tourismusgeschäft nun mal überall Gefühle oder was man im Rausch der Ferien dafür hält.

Sexreisen für Männer gibt es schon lange. Man reist der Lust wegen nach Thailand oder Jamaika. Der Deal ist klar. Die Frau verkauft ihren Körper, der Mann zahlt. In diesen Ländern boomt mit dem Tourismus auch die Prostitution.

Frauen dagegen wollen in der Regel von professionellen Liebhabern nichts wissen, auch wenn an der Hotelrezeption schon mal unter der Hand ein männlicher Begleiter für eine Woche angeboten wird. Ihre Lust segelt meist unter romantischer Flagge. Sie wollen Liebe nicht kaufen, sie wollen umworben und erobert werden. Getreu dem Motto: Heirat nicht ausgeschlossen.

Mit der Zunahme des Reisegeschäfts, besonders im Segment der allein reisenden Frauen, haben auch die einheimischen Männer die Liebe im Bereich Tourismus für sich entdeckt. Rund um den Erdball haben die einheimischen jungen Männer eine Einnahmequelle daraus gemacht. Man kann Souvenirs verkaufen, nette Gespräche fuhren, aber auch ganz gezielt mit einer Frau anbandeln und ihr Liebe vorgaukeln. Solche Profi-Casanovas gehören längst zum Bild aller Urlaubsmetropolen. Meist sind es Urlaubsländer mit großem ökonomischem und sozialem Gefälle, in denen die jungen Strandcharmeure vom Reichtum der Nordländerinnen profitieren wollen, indem sie ihren Körper zu Markte tragen. Sie locken mit einer Mischung aus Romantik und Potenz und kümmern sich nur allzu gern um einsame Touristinnen.

Ob in Kenia oder auf Jamaika, im Senegal, in der Türkei, in Tunesien oder Marokko, sie sind oft schon auf dem Flughafen zur Stelle, bieten sich charmant als Kofferträger an, wollen das Taxi besorgen oder zu den billigsten Umtauschbüros führen. Spätestens am Strand oder in den Diskotheken und Bars der Urlaubszentren entkommt keine Frau mehr der professionellen Anmache einheimischer Männer.

Die Beziehung zu ihnen bewegt sich in einer Grauzone aus Anmache und Anziehung, sexueller Ausbeutung, Helfersyndrom und immer wieder Gefühl.

»Er behandelt mich wie eine Prinzessin. Da fühlt man sich toll als Frau. Und was den Sex betrifft: einfach klasse«, lautet das einhellige Urteil der Frauen, die es ausprobiert haben. Die Strandjünglinge ziehen nämlich alle Register der Verführung. Ihr Handwerkszeug ist Einfühlungsvermögen und viel Gespür für die Wünsche und Träume der Touristin. Die Frauen glauben nicht selten, endlich ihren ersehnten Prinzen gefunden zu haben. Bei dieser Art von Begegnung verknüpfen sich die emotionalen Wünsche der Frauen auf ganz eigene Weise mit den ökonomischen Bedürfnissen der Männer.

Für die Frauen selbst fällt ihre Affäre nicht in die Kategorie Sextourismus. Sie bezahlen ja auch nicht in barer Münze, wie es bei Männern und ihren gekauften Liebesdamen in Thailand oder Brasilien üblich ist. Sie schenken vielmehr Parfüm und Kleidung, laden ihren Liebhaber zum Essen ein oder nehmen ihn ein paar Tage mit auf den Trip durchs Land. Diese verschämte Bezahlung ordnen sie gern als »Liebesdienst« ein oder sprechen gar von »Entwicklungshilfe«.

So verbringt Gertrud, eine über siebzigjährige Beamtenwitwe, Jahr für Jahr die Wintermonate in Agadir, sitzt dort gertenschlank und durchtrainiert im sonnengelben Bikini an den Strandbars und schäkert mit Männern, die jünger sind als ihre Enkelkinder. Sie reist mit Kisten voll Bohrmaschinen, Handys und edlen Rasierwässern an. »Das gibt's dann immer zwischendurch«, strahlt sie. Ihre Großzügigkeit hat sich herumgesprochen. An Flirtkontakten mangelt es ihr nicht. Sie geht selten allein in ihr schickes Ferienapartment.

Die Einheimischen kennen und akzeptieren die »Jobs« ihrer Landsleute. Viele profitieren davon: die Kneipen, in denen bei den Schmusetouren kräftig bestellt wird, die Taxifahrer, die die Liebeswilligen nach Hause bringen. Meist kommen die männlichen Gespielen aus der Unterschicht. Die Familien freuen sich über das Zusatzeinkommen. Bei den Freunden gilt man als potent, als ganzer Mann, und besitzt Statussymbole wie Handy und Markenfeuerzeuge, die fürs Image gut sind.

Wenn beide wissen, dass es so läuft, *why not*? Schmerzen bereiten diese Verbindungen aber dann, wenn Frauen sich nicht nur Abenteuer, sondern lebenslanges Glück erhoffen. Da ist ein Desaster vorprogrammiert. Was viele nicht wahrhaben wollen: Urlaubsflirts sind oft einseitig. Die Frauen lieben, aber die Männer wollen Geld und Perspektive.

»Hier wollen doch alle nur weg«, hört man von Mohammed in den Suks von Agadir. Er ist 25 Jahre alt und schlägt sich mit Gelegenheitsjobs durch. Am liebsten arbeitet er in der Nähe der großen Hotels. Da kann man schnell Frauen kennen lernen. Sein Freund Iman erklärt: »Bei einem Durchschnittseinkommen von rund 250 Euro gibt es kaum eine Perspektive. Wir haben kein Geld, eine Familie zu gründen, keine Aussicht auf eine feste Arbeit. Was bleibt, ist die Hoffnung, eine Touristin kennen zu lernen, zwecks Heirat und Zukunft in einem anderen Land.« Das Alter der Damen spielt dabei keine Rolle. »Am besten läuft es bei Frauen zwischen 35 und 60«, stellt Mohammed klar. »Sie sind auf jeden Fall unabhängig vom Elternhaus. Auch haben sie meist schon diverse Enttäuschungen hinter sich und sind offen für einen Neuanfang mit einem Partner von der anderen Seite des Mittelmeers.«

Das weiß er von einem älteren Freund, der jetzt in Wolfsburg in einer Autofabrik arbeitet. Der hat eine Frau gefunden, die ihn geheiratet und mitgenommen hat. Jetzt kommt er einmal im Jahr nach Hause, zeigt offen seinen Wohlstand und gibt die Anleitung zum Glücklich-Sein weiter.

Doch die Emotionalität, Sinnlichkeit und Männlichkeit, die Südländer in ihrem Heimatland ausstrahlen, kann sich rasch verflüchtigen, wenn der begehrte Latin Lover schließlich in der Gelsenkirchener Zweizimmerwohnung in Puschen vor dem Fernseher sitzt. So platzt der schönste Liebestraum. Kaum einer dieser Männer ahnt indessen, was ihn in Deutschland erwartet, wenn nicht alles glatt läuft. Wenn sie übersiedeln, haben sie Bilder und Projektionen im Kopf, die sich nicht mit der Wirklichkeit decken. Es fehlen Freunde und das gewohnte Umfeld. Sie können sich nicht richtig verständigen und werden in ihrer orientalischen Mentalität nicht akzeptiert, denn der deutsche Alltag ist von Konkurrenzdenken und Leistungsdruck geprägt.

Genauso desillusionierend kann es sein, wenn die verliebte Touristin im Ausland Fuß fassen will. Urlaub ist nun mal etwas anderes als Alltag. Und ein Urlaubsort wird zum Paradies, weil man hier eben nicht Kaffee kochen und Wäsche waschen muss. Man geht morgens ans Buffet, planscht in blitzblanken Pools und ordert Cocktails an den Liegestuhl. So lässt es sich aushalten.

Doch das wahre Leben sieht oft ganz anders aus. Statt in den Inseln des Wohlstands, den Hotels, zu leben, landen die frisch verliebten Frauen in Hinterhöfen oder entlegenen Bergdörfern bei der Familie des Auserwählten. Statt in gepflegten Suiten schläft man in schlichten Unterkünften, die nicht im Entferntesten unseren nordeuropäischen Ansprüchen genügen. Plötzlich findet man sich in einem fremden Kulturkreis wieder. Die Familie aus Deutschland kann sich nur fügen und irgendwie mitspielen. Die Sprachbarriere erschwert die Verständigung. Papa bestimmt. Mama kocht.

Man ist allein. Der geliebte Mann arbeitet weiter als Kellner, an der Rezeption, als Musiker oder Discjockey. Nur dass ihn jetzt andere Touristinnen anschmachten.

Um dem zu entkommen, suchen die Frauen schnell Arbeit und landen im besten Fall als Reiseleiterin bei einem Touristikunternehmen. Doch die Arbeitsbedingungen sind hart. Kündigungsschutz gibt es nicht, und die Bezahlung ist den ortsüblichen Tarifen angepasst. Schicke Hotels oder wie früher Disco- und Restaurantbesuche kann man sich damit nicht mehr leisten.

All das soll die Liebe wettmachen? Klappt selten! Meist geht die Romantik in Windeseile nahtlos in Frust über. Es folgen Streit, Trennung, Rückkehr. Eine wirkliche Annäherung und das Sich-Einlassen auf die fremde Kultur sind immer mit großen Anstrengungen verbunden. Das kann einem auch der verliebteste Partner nicht abnehmen. Man muss sich allein durchbeißen. Doch viele sind davon eindeutig überfordert. Die Ehen scheitern schnell. Zurück bleiben Enttäuschungen, Verletzungen und nicht selten große finanzielle Belastungen für beide.

Aber ist es nicht immer mit einem Risiko verbunden, wenn man sich auf eine Beziehung einlassen will? Wer sagt denn, dass sich der gut aussehende Bürokollege mit Aktenkoffer und Dienstwagen nach Feierabend nicht auch in einen Langweiler im Jogginganzug verwandeln kann. Und der nach Abenteuer riechende deutsche Fernfahrer enttarnt sich womöglich am arbeitsfreien Wochenende als penetranter Sofahocker, der es vorm Fernseher bei »Wetten dass…?« aushält. Fast alle Frauen wissen auch längst, dass die in Deutschland zur Schau gestellten Statussymbole selten Fundament haben. Der Mercedes entpuppt sich als Leasingmodell, und das Papier der Visitenkarte ist ohnehin geduldig.

Na bitte! Hundertprozentige Sicherheit bei der Partnerwahl gibt's nun mal nicht. Warum soll man also nicht der Ferienliebe eine Chance geben? Warum kann sich nicht auch mal ein Frosch von weit her als Prinz entpuppen?

Kann – ja! Aber man sollte bei der Prinzensuche vorsichtig sein, darf den Verstand nicht ausschalten und muss die Spielregeln kennen. Vor Pauschalurteilen muss man sich natürlich hüten.

Es ist gewiss nicht so, dass alle Männer, die sich um Touristinnen bemühen, es auf ihr Geld abgesehen haben. Der spontane Flirt jenseits professioneller Verführungskünste gehört zum Alltagsleben in den Urlaubsländern dazu. Menschen aus anderen Kulturkreisen kennen zu lernen macht ja Spaß. Viele Männer, gerade die etwas besser situierten, haben einfach Freude daran, nette Frauen zu treffen und auszuführen. Das öffnet den Horizont, holt einen aus der Alltagsroutine. Warum soll sich der zypriotische Schullehrer nicht mal mit einer Kollegin aus Deutschland treffen? Der spanische Immobilienmakler hört von der deutschen Sekretärin Neues aus dem Land seiner Kunden. Davon können beide profitieren.

Darüber hinaus findet durch die gewaltige Urlaubsmaschinerie ein ungewöhnlich positiver Austausch statt zwischen Menschen aus ganz verschiedenen Kulturkreisen, mit sehr unterschiedlichem Lebensstandard und Bildungsstand. So kommen sich Menschen, auch intim, näher, die sich unter anderen Umständen nie kennen gelernt hätten. Wo sonst sollte eine schicke, weltgewandte Bilanzbuchhalterin einem Fischer begegnen, der weder lesen noch schreiben kann, wenn nicht im Ferienparadies? Da ist sie Gast. Er zeigt, wie man fischt. Auf der Ebene der Gastfreundschaft kommt man sich näher. Job und Verantwortung sind weit weg. Hier darf man noch ich sein, ohne Kleiderzwang und Etikette. Die Buchhalterin lässt die Hüllen fallen.

Doch nicht für immer. Nach zwei, drei Wochen nur anfangs romantisch verklärtem Alltag zwischen Netzen und Oliven sehnt sie sich nach Pumps und Fitness-Studio. Sie geht. Er bleibt, wo er ist. Die Liebe ist unter der Rubrik »Vergangenes Glück« verstaut. Profitieren können beide, obwohl beiden bewusst ist, dass ihre Gefühle nicht alltagstauglich sind. Sie lassen es bleiben, sich unnötig zu verbiegen. Der Versuch, den Sprung hinweg über Konventionen und Bildungsunterschiede zu schaffen, wäre ein vergeblicher Kraftaufwand. Solche Urlaubslieben blühen im Verborgenen. Die Einheimischen beobachten und schweigen.

Die Buchhalterin erzählt sowieso nicht, warum der diesjährige Rhodos-Aufenthalt so erfüllend war. Doch eines weiß sie genau: Im nächsten Jahr geht's auf eine andere Insel. Konflikte kann sie nicht gebrauchen.

Doch manchmal wollen Frauen Liebe über den Urlaub hinaus leben. Egal wie und wo. Da ist die lebenserfahrene Frau in den mittleren Lebensjahren mit einer gesicherten Existenz. Sie ist bereit, noch einmal alles zu verändern, setzt alles auf eine Karte und zieht in die Ferne, um in der Bambushütte, im Fischerhaus oder der Villa am Hang zu leben. Dabei scheint sie die fremde Realität einfach auszublenden. Für sie gilt: Nur die Liebe zählt. Diesen »Luxus« will sie sich endlich auch mal gönnen. Aussteigen aus Konventionen und Normen, nur fürs Gefühl leben, wie es einem keiner zutraut. Warum nicht in einem anderen Land? Denn auf die Ferne ist viel Sehnsucht fixiert. Sie repräsentiert all das, was man sich immer verwehrt hat.

»Ich habe meine gut gehende Heilpraktiker-Praxis geschlossen und für mich und meinen marokkanischen Freund ein Haus am Meer gekauft«, strahlt Regina, die ihren Raoul im Urlaub in einem Suk kennen gelernt hat. Sie hat sofort Nägel mit Köpfen gemacht und in Deutschland alles aufgegeben. Jetzt bietet sie Therapiekurse für gestresste europäische Frauen an. Er, zwanzig Jahre jünger, hat sich dank ihrer Finanzspritze drei Kamele gekauft, auf denen er Touristinnen am Strand durch den Sand schaukeln lässt. Die Liebe währt schon ein Jahr. Doch sie hat bereits Risse.

»Uns fehlt der Austausch. Er zieht nicht mit. Wenn ich Konzepte durchgehen und mein Haus erweitern will, treibt er sich mit seinen Freunden am Strand herum und blinzelt in die Sonne. Ich bin enttäuscht. Er hat mir doch so viel versprochen. Es kann doch nicht alles nur Schau gewesen sein.« Regina denkt an Trennung. Doch das Haus und ihre neue Existenz will sie behalten. »Ich fühle, dass das hier der Platz ist, an dem ich leben muss. Das Schicksal hat mich an diesen Strand gespült. Ich muss herausfinden, welchen Sinn das hatte.« Während Männer Kanada auf dem Pferderücken durchqueren oder den Himalaja besteigen, machen Frauen ihre vermisste Grenzerfahrung auf den Klippen der Seele.

Auch die frustrierte, vom Leben enttäuschte Frau, die jahraus, jahrein an einer Supermarktkasse sitzt oder in einem Großraumbüro Bildschirmarbeit macht, träumt sich zu gern in eine märchenhaft bunte Kulisse zwischen Meeresplätschern, Fischerromantik und Nichtstun. »Ach, wie herrlich! Könnte ich doch bloß jeden Tag auf dieser Terrasse frühstücken und aufs Meer schauen«, schwärmte Anika im Urlaub auf Kreta. Doch wie soll das gehen? Man spricht die Sprache nicht. Das Geld reicht nur für eine Woche Cluburlaub, und allein auf einer fremden Insel würde man sich auch nicht wohl fühlen. Also: Aus der Traum vom Leben unter südlicher Sonne.

Es sei denn … der passende Mann ist da. Dann hätte man zwei Fliegen mit einer Klappe geschlagen. Aussteigerträume, gepaart mit der großen Liebe. Idealer kann es nicht sein. Die Zahlen sprechen für sich: Allein in der Botschaft in Tunis informieren sich Jahr für Jahr 1500 deutsche Frauen über die Formalitäten von Ein- und Ausreise und Eheschließung mit einem tunesischen Partner.

Den meisten deutschen Frauen erscheint der Traum vom gemeinsamen Leben im südlichen Heimatland des Partners letztlich doch zu fragwürdig. Oft schreckt ein islamisch geprägtes Umfeld ab. Fast immer aber stehen bei genauerem Begutachten die schlechten Arbeits- und Verdienstmöglichkeiten im Wege. Sie ziehen es deshalb vor, in Deutschland zu heiraten und zu leben. Die Partner verstärken diesen Wunsch, in der Hoffnung auf einen gehobenen Lebensstil oder eine bessere Lebensperspektive in dem reicheren Land. Für welchen Wohnsitz die Paare sich auch entscheiden, der Partner wird jeweils zum Schlüssel fürs Paradies.

Als Fazit bleibt: Nicht nur die Liebe macht blind, auch ein Urlaub ist dazu geeignet. Der Stress fällt ab, man möchte einmal raus aus seiner Haut, auch mal über die Stränge schlagen, nicht immer nein sagen müssen. Man kann sich erlauben, seinem Herzen zu folgen und Entscheidungen aus dem Bauch heraus zu treffen.

Dazu kommt eine Scheinkulisse und eine künstlich erzeugte entrückte Stimmung. Urlaub findet nun mal an den schönsten Plätzen der Erde statt. Die Wüste ist bewässert und üppig bepflanzt. Die Animateure gaukeln rund um die Uhr gute Laune vor, und ein geschultes Hotelpersonal schafft die unwirkliche Atmosphäre von Verwöhnt-Werden und Sorgenfrei-Sein. Man muss sich um nichts kümmern. Das Essen kommt. Das Bett wird gemacht. Man bekommt jeden

Wunsch von den Augen abgelesen. Was hinter den Kulissen passiert, soll und will man auch nicht sehen. Kinohits wie »Die blaue Lagune« oder der Fernsehdauerbrenner »Traumschiff« bringen uns Bilder ins Wohnzimmer, wie schön die Ferien sein können.

»Im Urlaub will ich nur schöne Dinge erleben«, haben Reisende in dem Fragenkatalog eines großen Reiseveranstalters unter Wunsch eins angekreuzt. Von sozialem Elend, Problemen wie Arbeitslosigkeit und Dürre, Missständen wie Diskriminierung, Folter oder Menschenhandel will man im Urlaub nichts wissen. Man lebt in einer Scheinwelt, und da ist nun mal auch Platz für Scheingefühle.

Flirts mit Achmeds und Giorgios tun der Seele gut, möbeln das Selbstbewusstsein auf und geben neue Impulse. Dorit erzählte nach einer heißen Liebe mit ihrem ägyptischen Tauchlehrer: »Ich bin offenbar doch nicht so langweilig, wie ich immer gedacht habe. Das hat mir Mut gemacht, mich auf die frei gewordene Stelle als Abteilungsleiterin in unserem Unternehmen zu bewerben. Ich habe in Ägypten drei Wochen lang gehört, wie toll ich bin. Jetzt glaube ich es selber.«

Doch wenn die Gefühle Purzelbäume schlagen und Juans und Abduls auch zu Hause noch die Gedanken belagern und die Liebe nach Erfüllung schreit, wird's schwierig. Man kann sich in den nächsten Flieger setzen und überprüfen, ob die Gefühle auch länger als zwei Wochen anhalten. Man kann auch pendeln, bis die Gefühle verraucht sind. Man kann aber auch das große Glück in der Ferne finden und behalten. Die Erfahrung zeigt:

Damit die Liebe auch im Alltag Bestand haben kann, dürfen die Unterschiede in Kultur, Bildung, Einkommen, Alter nicht zu groß sein. Der Bootsführer aus Hurghada hat nun mal in Köln keine große Chance, sein Leben glücklich zu gestalten. Es würde ihm auf Dauer nicht gefallen, die Jelabba, das traditionelle Gewand, gegen Jeans und Pulli zu tauschen und in einer Zweizimmerwohnung auf seine zwanzig Jahre ältere Ehefrau zu warten. Zweifellos würde er sehr bald versuchen, dieser unerwarteten Hölle zu entrinnen. Wer sein Glück mit dem Mann aus der Ferne auch über Bildungs- und Kulturunterschiede hinweg behalten will, sollte nach anderen Lösungen suchen.

So wie die vierzigjährige Carmen aus Duisburg. Sie hat eine gefunden. Seit fünf Jahren pendelt sie zwischen Frankfurt und Djerba. Dort lebt ihre große Liebe Achmed. Er ist knapp dreißig und hat eine kleine Teppichweberei, ernährt damit sich und seine Eltern. Beide haben sich entschieden, in ihrem Umfeld zu bleiben, sich aber die Gefühle füreinander zu erhalten. »Das war der einzige Weg, zusammenzubleiben«, sagt sie zufrieden. »Ich fliege viermal im Jahr nach Tunesien und lebe dann in seiner Großfamilie. Wenn ich in Rente gehe und wir dann noch zusammen sind, will ich auch länger dort bleiben. Aber für immer würde ich in Tunesien nicht glücklich. Ich habe einfach glasklar zwischen Kopf und Herz getrennt und nur gemacht, was möglich ist.«

Es geht also. Wer will, kann jeder Urlaubsliebe eine Chance geben.

Gute Reise!

Ich arbeite für zwölf Euro pro Stunde in einer Boutique. Zehn Stunden am Tag. Ein Knochenjob! Aber ich bin froh, überhaupt Arbeit zu haben. Jobs sind auf Teneriffa Mangelware. Seitdem die Touristenzahlen rückläufig sind, haben viele Geschäfte geschlossen. Fast alle mussten Mitarbeiter entlassen. Ich werde wohl weiter in meiner Boutique arbeiten können, aber nur weil ich wenig koste. Ich arbeite ohne Steuerkarte. Das Geld bekomme ich bar auf die Hand. Sonst würde es sich überhaupt nicht lohnen. Die Boutique liegt direkt am Parque Marítimo. Eine super Lage. Mein Plus sind meine Sprachkenntnisse, denn meine Kunden sind fast ausschließlich Deutsche.

Wenn sie in der Hauptsaison von Oktober bis April aus dem tristen Deutschland kommen, stürzen sie sich zuerst auf unsere bunten Flatterkleider. Die Farben tun der Seele gut, und wenn ich ihnen dann sage, dass ich hier lebe, überschütten sie mich mit neidvoller Bewunderung:

»Sie Glückspilz, Sie haben ja das große Los gezogen« oder »Ich würde viel tun, wenn ich mit Ihnen tauschen könnte«. Sülze, die ich Tag für Tag zu hören bekomme. Ich lächele dann freundlich und nicke:

»Ja, Sie haben Recht. Ich bin auch wirklich sehr, sehr froh, auf dieser Insel leben zu dürfen. Es ist ein Hauptgewinn. Ich lebe da, wo andere Urlaub machen. Das ist wirklich schön.« Doch in meinem Herzen dachte ich lange anders darüber.

Mein Leben mag auf den ersten Blick nur schöne Seiten haben. Auf den zweiten ist es sehr entbehrungsreich. Ich habe zwar reichlich Sonne, das stimmt. Und ich kann aufs Meer blicken, das stimmt auch. Aber ich muss dafür auch einen hohen Preis bezahlen. Man bekommt nämlich im Süden nichts geschenkt, und auch hier wird, wie man so schön sagt, nur mit Wasser gekocht.

Es ist ein großer Unterschied, ob man nach Spanien in den Urlaub fährt oder dort leben will. Statt sich in den eleganten Hotels am Pool zu sonnen, muss man sich dann nämlich durchbeißen, sich behaupten, kämpfen. Nicht genau so wie in Deutschland, nein, viel härter. Denn man ist ein Fremder, ein Außenseiter, der das System und seine Verwicklungen nicht kennt. Man hat auch kein intaktes Netz von Freunden, auf das man zurückgreifen kann, und man hat Probleme, die Reaktionen der anderen einzuschätzen. Man kennt sich eben nicht aus.

Ich habe in den dreizehn Jahren, die ich hier lebe, viele Deutsche mit der Handtasche kommen, aber auch wieder gehen sehen. Sie haben sich in eine Scheinwelt geträumt und gedacht, dass man hier mit einem Lokal oder einer Boutique das große Geld verdienen kann. Natürlich ohne viel Arbeit. Sie wollten tagsüber am Strand liegen und abends die Kasse mit nach Hause nehmen. Ein Traum, der meist nur wenige Wochen anhält. Dann sind sie völlig frustriert und meist auch komplett verarmt und müssen nach Hause zurück, um eine bittere Erfahrung reicher. Doch von alldem hatte ich keinen blassen Schimmer, als ich vor sechzehn Jahren zum ersten Mal auf die Insel flog.

Alles begann an einem verregneten Novembertag. »Einmal Sonne, bitte. Egal, wohin!« Mit diesen Worten stürmte ich damals nach der Arbeit in das kleine Reisebüro in meiner Nachbarschaft.

Damals war ich wirklich auf der Sonnenseite des Lebens. Ich hatte gerade meinen dreißigsten Geburtstag gefeiert und war mit einem Bombenjob als Kosmetik-Vertreterin finanziell bestens ausgestattet. Ich düste durch die ganze Republik und präsentierte in Apotheken eine gefragte Luxusmarke. Als gelernte Kosmetikerin verstand ich es, mich gut zurechtzumachen. Hübsche Kleidung konnte ich mir auch leisten. Ich besaß einen flotten Firmenwagen und ein schickes Zuhause. Mit dem Single-Dasein hatte ich mich nach einer gescheiterten Kurzehe von zwei Jahren bestens arrangiert. Mein Ausgleich war ein großer Freundeskreis. So war Einsamkeit ein Fremdwort für mich. In den Tagen, in denen ich nicht jobmäßig auf Tour war, unternahm ich pausenlos privat etwas.

Doch an diesem Tag fühlte ich mich restlos ausgebrannt. Keine Frage, ich war einfach urlaubsreif. Deshalb hatte ich mir an diesem verregneten Herbsttag noch kurz vor Ladenschluss schnell einen Mantel übergeworfen und war rüber ins Reisebüro gestürzt. Ich wollte nur eine Woche raus, Sonne tanken, Seewind schnuppem. Wohin, war mir egal. Keine fünf Minuten, und ich hatte eine Woche Teneriffa gebucht, Hotel Maritim in Puerto de la Cruz.

Schon fünf Tage später landete ich auf dem Flughafen Reina Sofía im Süden der Kanareninsel. Ja, und in der Ankunftshalle wartete er bereits auf mich, Juan, der Mann, der mein Leben aus den Angeln heben sollte.

Da stand er mittelgroß, sportliche Figur, tiefschwarzes Haar, ebenmäßige Gesichtszüge. Ein Hingucker, der Paradetyp des Latin Lover. Er trug eine beige Leinenhose, Jeanshemd, schwarze Slipper und musterte mich mit einem durchdringenden Blick, der mir das Blut in den Adern schockgefrieren ließ. Erst auf den zweiten Blick sah ich das Schild mit meinem Namen in seiner Hand. Für eine Sekunde erstarrte ich. Dieser Traummann war gekommen, um mich abzuholen! Das konnte ja heiter werden.

Ich war schon mächtig verlegen, als ich ihm meinen Koffer gab. Er reagierte toll, verwickelte mich sofort in ein Gespräch über meine Reise und nahm der Situation alles Verkrampfte. Im Auto setzte ich mich nach hinten. Er rutschte hinters Steuer. Wahrend der Fahrt musterte ich ihn aufmerksam. Er fuhr gut, ruhig und ausgewogen, und er verband die Fahrt gleich mit einem kleinen Einführungsvortrag über das Inselleben. Ich lauschte fasziniert seiner Stimme. Von Satz zu Satz gewann er mein Herz. Er sprach so einfühlsam und nett, gar nicht aufdringlich oder laut. Zwischendurch erkundigte ich mich höflich nach seiner Arbeit beim Maritim und erfuhr, dass er im Hotel eigentlich als Tennislehrer beschäftigt und nur für einen Fahrer eingesprungen war. Ein Wink des Schicksals. Wer weiß, wie mein Leben weitergegangen wäre, wenn an dem Tag nicht Juan am Flughafen gestanden hätte, sondern der Fahrer…

Nun gut, es kam, wie es kommen sollte. Juan brachte mich ins Hotel und lud mich nach dem Einchecken gleich zu einem Begrüßungscocktail an der Bar ein. Bei der Gelegenheit wollte er mir sein Tennisprogramm vorstellen. Vielleicht hätte ich Spaß daran, ein paar Stunden zu nehmen? Und ob ich Spaß hatte, ich fieberte förmlich dem Kurs entgegen.

Zum verabredeten Termin kam ich in einem blütenweißen Hosenanzug und mit durchgestylter Lockenmähne in die Bar. Als Juan mich sah, sprang er auf, nickte dem Barkeeper zu und ließ uns zwei Drinks kommen. Ich genoss es, mit diesem attraktiven Mann an der Bar zu sitzen. Er prostete mir zu, und ich spürte die berühmten Schmetterlinge im Bauch.

Wir waren aber nur kurz allein. Einige seiner Schüler kamen herein und setzten sich zu uns. Er wollte mit ihnen das neue Kursprogramm durchgehen. Damit lockerte sich die Spannung, die sich längst zwischen uns aufgebaut hatte.

Keine Frage: Ich war verliebt. Statt seinen Erklärungen zu lauschen, beobachtete ich nur noch jede seiner Gesten, musterte seinen goldenen Ring am Finger und brütete über der Frage: Ist er – oder ist er nicht verheiratet?

Er war nicht verheiratet. Das erfuhr ich, als er mich am nächsten Abend nach meiner ersten Tennisstunde zum Essen einlud. »Ich bin frei. Wenn Sie das auch sind, zeige ich Ihnen mein Lieblingsrestaurant.« Er kam schnell zur Sache. Das erschreckte mich, machte mich aber auch neugierig.

Um acht Uhr am Abend wartete er an der Ecke zur Hoteleinfahrt auf mich. Es war noch hell, die Temperaturen sommerlich. Ich trug ein Blümchenkleid, dazu eine leichte Jacke und natürlich hochhackige Sandaletten.

Juan fuhr einen weißen Kleinwagen und donnerte darin über Schleichwege durch nicht enden wollende Bananenplantagen. Wir kamen an einem Schafstall heraus, der zu einem winzigen, verschwiegenen Restaurant ausgebaut war. Es gab Wein vom Fass, dazu kanarischen Ziegenkäse, Schinken, Oliven, etwas Brot und die berühmten *Papas arrugadas*, gekochte Kartoffeln in Salzkruste. Dazu würzige *Mojo*, eine herrlich schmackhafte Soße. Wir saßen dort bis weit nach Mitternacht.

Ich erfuhr, dass er fünf Jahre älter war als ich und bei seiner verwitweten Mutter lebte. Der Vater war vor zehn Jahren durch einen Verkehrsunfall ums Leben gekommen. Seitdem hatte er sich mit seinen beiden Brüdern um die Mutter gekümmert.

Auf der Rückfahrt hielt er im Auto zärtlich meine Hand. Vor dem Hotel küsste er mich flüchtig. Ich war froh, dass er nicht auf »Vollgas« schaltete. Sonst wäre ich gleich mit ihm ins Bett gegangen.

Denn obwohl ich eigentlich gar nicht auf einen Urlaubsflirt eingestellt war, hätte ich mich bei ihm nicht mehr wehren können. Diese Nacht verbrachte ich noch allein, aber ich bekam kein Auge zu. Ich hatte mich so verliebt wie seit meiner Ehe nicht mehr. Doch ich hatte auch Angst davor, mich in diesen Urlaubsflirt zu verstricken. Viele Zweifel bohrten in meinem Herzen, und ich ärgerte mich am meisten über mich selber. Wie konnte ich nur so dumm sein und ausgerechnet einem Tennislehrer auf den Leim gehen, der schon berufsmäßig Touristinnen beflirten muss. Er war garantiert ein Serientäter und vernaschte bestimmt jeden Tag eine andere. Ich war die Frau für die letzte Novemberwoche, und das in Zeiten von Aids. Nein, das konnte ich mir wirklich sparen. Morgen würde ich die Dinge gerade rücken und ihm klipp und klar sagen: Freundschaft ja, mehr aber nicht!

Mit diesen Gedanken schlief ich ein und erwachte – mit dem Mut zum Risiko. »Man muss sich auch mal gehen lassen können«, ermunterte ich mich selbst beim Frühstück. Wie lange wollte ich denn noch vor der Liebe davonlaufen?

Meine Ehe war ein abgeschlossenes Kapitel. Seitdem hatte ich nur noch gearbeitet und keinen Mann mehr an mich herangelassen. Vielleicht wäre so eine Urlaubsaffäre geradezu ideal für mich. Ich könnte meine Hormone in Schwung bringen, und mit meiner Abreise wäre alles vergessen. Liebe ohne *hard feelings*, ideal für eine Frau, die zurück in einen Stressjob muss. Ich könnte mal Wärme tanken, mich bestätigt fühlen und danach mein ganz normales Leben weiterführen. Eine Auszeit vom Alltag, prall gefüllt mit Liebe und Zuwendung. So sollte mein Urlaub weitergehen.

Noch am selben Abend landete ich in einem kleinen Gebirgsdorf unterhalb des höchsten Berges, des Teide, im Haus seiner Mama. Sie schlief schon. Wir schlichen auf Zehenspitzen in sein kleines Apartment unter dem Dach. Er kam schnell zur Sache, liebte mich stürmisch und gekonnt. Keine Frage, er war ein super Liebhaber. Wir schliefen eng umschlungen ein. Als ich frühmorgens erwachte, streichelte die Sonne mein Gesicht. Der Teide lag im blassgelben Sonnenschein. Es musste geschneit haben, denn der Gipfel sah aus wie mit Puderzucker bestreut. Herrlich!

Wir frühstückten mit seiner Mama, die mich kritisch musterte. Ich bekam kaum einen Bissen herunter. Sie sprach nur spanisch, aber ich verstand auch ohne viele Worte, dass sie ihr Mamasöhnchen nur ungern teilen wollte. Der Abschied war gespielt herzlich. Ich drückte sie. Sie knuddelte mich. Doch wir mochten uns beide nicht.

Abgesehen davon verliefen die nächsten Tage wie in einem Liebesroman. Juan hatte sich Urlaub genommen und zeigte mir »seine Insel«. Wir wanderten durch die wildromantische Masca-Schlucht, besichtigen den Drachenbaum in Icod, aalten uns an der Playa de las Américas und erklommen per Seilbahn den fast 4000 Meter hohen Teide. Der Blick auf die bizarren Gesteinswüsten war einfach beeindruckend.

Juan stellte mich auch seinen Freunden vor und klapperte mit mir einen Großteil seiner Verwandten in den am Fuß des Teide verstreut gelegenen Ortschaften ab. Kaum einer sprach Deutsch. Ich konnte kein Wort Spanisch. Es blieb bei höflichem Händeschütteln und dem üblichen Begrüßungswein auf der Terrasse.

Abends schlief ich bei ihm. Mama Mercedes küsste und herzte mich jeden Morgen wie eine verloren geglaubte Tochter. Doch ich nahm ihr nichts von ihren Liebesbekundungen ab. Die wievielte Schwiegertochter ich wohl war? Aber egal, sie war zumindest nach außen hin freundlich zu mir. Das reichte mir zum damaligen Zeitpunkt völlig.

Nach vier Tagen war der Traum vorbei. Ich musste zurück nach Deutschland. Die Abreise war von Anfang an tränenreich. Mama drückte mir Gläser mit eingelegten Oliven und zwei selbst gehäkelte Spitzendeckchen in die Hand.

Juan brachte mich zum Flughafen und zog in der Abflughalle eine kleine Schatulle aus der Hemdtasche. Darin war ein Amulett mit seinem Sternzeichen. Er hatte es von Mama zur Kommunion bekommen. Jetzt gehöre es mir. Ich sollte es tragen. Vor Rührung schossen mir noch mehr Tränen in die Augen. Aber ich war auch überfordert, weil ich all diese Eindrücke nicht mehr zu einem schlüssigen Bild zusammensetzen konnte. Wie würde es weitergehen? Ich hatte keinen blassen Schimmer.

Nach einem Endloskuss riss ich mich los und ging tapfer Richtung Flugsteig. Ich drehte mich noch einmal um, winkte verstohlen. Juan warf mir eine Kusshand zu. Er sah aus wie ein geprügelter Hund. Ob alle Südländer so reagieren? Meine Gefühle schlugen Purzelbaum. Ich musste sie erst in Ruhe sortieren.

Auf dem Rückflug saß ich glücklicherweise allein und konnte mich ganz in Ruhe meinem Abschieds schmerz hingeben. Ich weinte ein paar Tränen, denn für mich stand fest, dass ich Juan nie mehr wieder sehen würde. Ich war eine erwachsene Frau und wollte mich nicht wie ein Teenager in einen Urlaubsflirt hineinsteigern. All seine Liebesschwüre hatte ich nicht wirklich an mich herangelassen. Ich wollte die vergangene Woche so schnell wie möglich aus meinem Herzen streichen. Drei, vier Tage Herzeleid, und dann sollte es weitergehen wie bisher. Und so war es auch.

Kaum zurück, stürzte ich mich kopfüber in die Arbeit. Ich hatte in ganz Deutschland zu tun, und mit dem Beginn des turbulenten Weihnachtsgeschäfts rückte Teneriffa in weite Ferne. Doch dann, genau an Heiligabend, bekam ich einen Brief von Juan. Ich öffnete ihn mit zitternden Händen und las dann das wohl schönste Liebesgeständnis aller Zeiten.

In glühenden Worten beschrieb Juan seine Gefühle für mich, und es hat mich so tief berührt, dass ich minutenlang nur schluchzen konnte. Ich schrieb ihm noch am selben Abend eine Antwort. Der Inhalt war ehrlich. Ja, ich mochte ihn auch, aber ich hatte Angst vor den Folgen. Denn eine Liebe bei der Distanz bedeutete auch unerfüllte Sehnsucht, quälende Eifersucht, irgendwann Auseinanderleben und schließlich Trennung. Ich schrieb ihm meine sämtlichen Befürchtungen und fühlte mich danach wohler.

Mit diesem Briefwechsel begann unsere eigentliche Liebe. Wir schrieben uns von nun an regelmäßig, telefonierten einmal in der Woche. Juan nahm nach und nach einen festen Platz in meinem Herzen ein, und ich spürte einen immer stärker werdenden Zug zu ihm.

Er muss es gefühlt haben. Denn eines Abends klingelte es bei mir zu ungewohnt später Zeit. Ich sprang in Leggings und T-Shirt vom Sofa auf, drückte den Knopf der Gegensprechanlage und hörte von der Straße Juans Stimme. Er war da!

Unangemeldet, überraschend, einfach nur, um mich zu sehen. Ich rannte ihm aufgelöst im Treppenhaus entgegen, fiel ihm selig in die Arme. Seine Haut zu riechen, seinen Körper zu spüren, das war Freude, die in jede Pore drang.

Er blieb eine Woche, und die Zeit war einfach herrlich. Es war sein erster Besuch in Deutschland, und es gab viel für ihn zu sehen. Da ich meine beruflichen Termine so kurzfristig nicht absagen konnte, nahm ich ihn kurzerhand mit auf zwei Werbefahrten. Es war wunderschön, nicht allein unterwegs zu sein. Ich lernte wieder Partnerschaft und Miteinander zu genießen. Juan hielt beim Autofahren meine Hand, wartete abends im Hotel auf mich. Ich war selig.

Trotzdem war da auch noch ein Rest Misstrauen. Wollte er mich wirklich, oder war ich nur eine Trophäe, die es zu erobern galt? Immer wieder gingen mir diese Gedanken durch den Kopf. Bis er mir deutlich den Zahn zog, indem er mich bat, seine Frau zu werden.

Es war ganz unspektakulär. Ich stand in der Küche und kochte Spaghetti. Juan deckte den Tisch. Plötzlich kam er zu mir, nahm mir den Kochtopf aus der Hand, legte seine Arme um mich und hauchte leise: »Ich möchte dich heiraten. Komm zu mir nach Teneriffa und werde meine Frau.«

Bei diesem Satz öffneten sich bei mir alle Schleusen. Offenbar war es das, was ich hören wollte. Ich, die überzeugte Single-Frau, die dauernd Unabhängigkeit propagierte. Ich war sofort bereit, alles hinzuwerfen und einem fast fremden Mann ins Ausland zu folgen. Es ging noch weiter. Ich hatte keine Scheu, kein Risikobewusstsein. Nein, ich fühlte mich wie in einem Märchen. Ich sollte da leben, wo andere sich hinträumen. Auf dieser blühenden Kanareninsel mitten im Atlantik, zwischen riesengroßen Weihnachtssternen, Bougainvilleen und wogenden Palmen, da sollte ich wohnen. Das war wie ein Freifahrtschein ins Paradies. Ja, ich wollte ihn heiraten, mit ihm leben, Kinder kriegen, alt werden.

Ich küsste ihn, streichelte ihn und beschrieb ihm weinend eine Szene, wie ich an seiner Seite als grauhaarige Señora die zahlreichen Enkelkinder hüten würde. Am selben Abend verlobten wir uns spontan. Den Ring konnte er mir erst am nächsten Tag am Flughafen aufstecken. Er hatte ihn noch auf die Schnelle dort gekauft.

Als Juan abgeflogen war, löste ich sofort mein Leben in Deutschland auf. Ich kündigte Job und Wohnung und machte alles zu Geld, was ich besaß. Meine Kolleginnen waren blass vor Neid, als sie von meinen Plänen hörten. Meine Mutter und ihr Lebensgefährte strahlten übers ganze Gesicht. Alle wollten mich besuchen kommen und gratulierten mir zum großen Los.

Genau drei Monate nach meiner ersten Reise landete ich zum zweiten Mal auf der Insel. Diesmal sollte es für immer sein. Doch was dann kam, glich einem Sturzflug aus der Sonne. Aber ich will nach und nach erzählen.

Erst einmal zog ich mit meinen wenigen Habseligkeiten zu Juan ins Apartment. Die Familie ließ eine tolle Begrüßungsparty steigen. Es wurde reichlich gegessen und getrunken und getanzt, bis spät in die Nacht. So hatte ich mir das Leben im Süden vorgestellt. Huly-Guly bis zum Morgengrauen, fröhliche, ausgelassene Menschen, die auf den Tischen tanzten. Wie naiv! Natürlich sieht der Alltag auch in Spanien anders aus, und das wurde mir glasklar, als ich am nächsten Morgen erwachte und das Bett neben mir leer war. Juan war schon wieder auf dem Tennisplatz und unterrichtete seine Touristen.

Und ich, ja, ich saß allein in einem abgelegenen Bergdorf in einer schäbigen Wohnung. Statt Zimmer mit Meerblick gab's Aussicht auf Teide und Parkplatz. Statt mich am Buffet bedienen zu können, stand ich in einem winzigen Tante-Emma-Laden und kaufte Weißbrot und Käse. Den Rest des Tages verbrachte ich zwischen Mamas Küche, Juans Bett und der Dorfstraße. Das war's.

In meinem Kopf drehten sich die Gedanken. Sollte so jetzt mein Leben aussehen? Juan ging zur Arbeit. Ich spielte die Hausfrau, beobachtet von Mama Mercedes und dem Rest des Dorfes. Das konnte doch nicht alles gewesen sein? Enden so Urlaubsträume? Zerplatzen sie einfach im Nichts? Ich bekam den ersten Katzenjammer und weinte bittere Tränen. Plötzlich hatte ich Angst, alles falsch gemacht zu haben.

Doch als Juan abends in der Tür stand, ging es mir schnell wieder besser. Er tröstete mich mit der Vorstellung, schnell Arbeit zu finden und hier auf der Insel jobmäßig richtig durchzustarten. »Du kannst doch auch hier in deinem Beruf arbeiten. Wir haben schöne Parfümerien.«

Er hatte ja Recht. Ich raffte mich auf und wollte das Essen auffüllen. Es gab deutsches Gulasch.

Da kam der zweite Schock. »Ich esse immer bei Mama. Das mache ich seit Jahren. Sie braucht das. Komm mit. Sie hat schon gekocht, Lamm, mein Lieblingsessen.«

Ich erstarrte. Das war's also. Die ganze Zeit hatte ich schon diese Ahnung gehabt, dass seine Mutter ihren jüngsten Sprössling vollkommen in Beschlag hatte. Und so war es auch. Zähneknirschend setzte ich mich in die kleine Küche von Mama Mercedes und erlebte, wie sie es schaffte, mich komplett auszugrenzen. Ich verstand ja kein Spanisch. Sie kein Deutsch. Also plauderten die beiden in ihrer Landessprache, und ich saß dumm daneben. Vorbei die gespielte

Freundlichkeit. Jetzt war es ihr zu ernst mit Juan und mir geworden. Jetzt zeigte sie ihr wahres Gesicht. Ich hatte es immer geahnt.

Nach dem Essen setzte sich Juan bei Mama vor den Fernseher, und ich machte mit ihr den Abwasch. Zumindest wollte ich das. Aber ich machte es ihr nicht recht. Sie langte ständig dazwischen, korrigierte jeden Handgriff, bis ich einfach das Tuch weglegte und nach oben ging. Juan kam erst nach einer Stunde. Er hatte nicht mal ein schlechtes Gewissen.

Mir war klar, dass jetzt der Ärger vorprogrammiert war. Wir brauchten dringend eine andere Wohnung. Doch ich wusste, dass das mit Juans Verdienst nicht möglich war. Ich musste also arbeiten, und das sofort.

Am nächsten Tag fuhr ich mit dem Bus nach Puerto und klapperte jedes Kosmetikgeschäft ab. Am Abend war ich erschöpft und immer noch arbeitslos. Der Grund war ganz einfach: Ich konnte kein Spanisch. Als Erstes buchte ich am nächsten Tag telefonisch einen Spanischkurs. Das klappte perfekt. Aber ich hatte kein Auto, um hinzukommen. Ein zweiter Wagen musste her. Ich hatte insgesamt 12.000 Euro mitgebracht. Für die Hälfte kaufte ich mir sofort einen Kleinwagen. Juan half mir dabei. So war ich zumindest ein Stück weit unabhängig. Doch damit war nur ein Teil der Probleme gelöst.

Die häusliche Situation hatte sich bereits zugespitzt. Mit Mama Mercedes bahnte sich ein offener Konflikt an. Sie ließ mich nichts allein machen, sah mir nur auf die Finger. Ich brachte den Mülleimer falsch raus, bügelte Juans Hemden nicht richtig und konnte nicht mal die Wäsche aufhängen. Immer schlich sie hinter mir her und korrigierte, was ich gerade angefangen hatte. Schließlich knallte ich ihr den Wäschekorb mit einem Fluch vor die Füße, rannte nach oben und schloss mich ein.

Das war der erste handfeste Familienkrach. Es sollten noch viele folgen. Juan hielt sich aus allem raus. Er fuhr um 10 Uhr in der Frühe und kam selten vor 20 Uhr zurück. Dann aß er mit Mama und legte sich anschließend vor den Fernseher.

Ich hockte den ganzen Tag allein in diesem Nest und büffelte Vokabeln. Wenn mir die Decke auf den Kopf fiel, fuhr ich mit meinem Auto durch die Gegend. Mal legte ich mich an den Strand. Mal gönnte ich mir in einem Straßencafé einen Drink. Aber das war nichts für mich. Ich brauchte endlich eine Aufgabe, mit der ich Geld verdienen und mir eine Zukunft aufbauen konnte. Aber obwohl ich schriftliche Bewerbungen herausschickte und immer wieder Geschäfte und Firmen abklapperte, fand ich so schnell nichts und war weiterhin zum Nichtstun verdammt. Gammeln kann schön sein. Aber allein macht es keinen Spaß. Ich drehte von Tag zu Tag mehr durch und lag schließlich nur noch mit Depressionen im Bett. Ich wusste keinen Ausweg mehr. Der Start in mein paradiesisches Leben war gänzlich danebengegangen.

Juan versuchte so gut es ging, mir Mut zu machen. Aber ich fühlte mich mehr als einmal von ihm unverstanden. Er hatte doch leicht reden. Sein Job, seine Freunde, sein eingespieltes Leben – er hatte alles behalten. Ihm ging es gut, wenn er abends mit hübschen Touristinnen auf dem Tennisplatz ein Grillfest veranstaltete. Aber ich saß mutterseelenallein in diesem Gebirgskaff und vereinsamte zusehends. Wenn er fröhlich nach Hause kam, giftete ich ihn nur noch an.

Keine Frage, ich war auch eifersüchtig. Er hatte ein schönes, abwechslungsreiches Leben, und ich? Ich hatte nichts.

Juan bot mir an, ihn auf dem Platz zu besuchen. Das würde mir gut tun. Von wegen. Ich saß auf der Besucherbank und beobachtete ihn bei seinen Unterrichtsstunden. Da waren sie alle, die gut situierten, lebensfrohen Urlauberinnen aus Deutschland, denen mein blendend aussehender Freund einfühlsam Tennis beibrachte. Man muss sich das so vorstellen: Er stellte sich hinter die Damen, griff ihre rechte Hand und zeigte ihnen geduldig, wie man den Schläger führt. Immer wieder, immer wieder, mit wogenden Bewegungen. Das wurde mir schnell zu viel.

Einmal stand ich wutschnaubend auf und rannte zu meinem Auto. Mit Vollgas brauste ich ab, und was ich dann am Abend von Juan zu hören bekam, kann man sich vorstellen. Ich würde ihm die Arbeit vermiesen, ihm mit meinen Auftritten noch die Existenz rauben. Danach rannte er ausgerechnet runter zu Mama, mit der ich sowieso auf Kriegsfuß stand.

Schließlich hatten wir nur noch Streit, und ich dachte immer öfter daran, mein schlecht vorbereitetes Abenteuer Teneriffa einfach wieder abzubrechen. Egal, was die Freundinnen sagten. Egal, wie die Firma reagierte. Die hämischen Blicke musste ich ertragen. Ich wollte nur noch weg, weg von dieser Insel und der quälenden Langeweile zwischen Spanischkurs und Einöde.

Doch als Juan davon erfuhr, setzte er Himmel und Hölle in Bewegung, um mich zu halten. Er wollte mich vom Fleck weg heiraten. Ich lehnte entrüstet ab. Erst als er versprach, mir ernsthaft bei der Jobsuche zu helfen, schöpfte ich Hoffnung. Und tatsächlich, eine Woche später konnte ich stundenweise in einer Parfümerie in der Stadt anfangen. Das war ein Anfang. Ich bekam wieder Auftrieb.

»Komm, alles wird gut«, tröstete mich Juan. »Ich suche uns eine eigene Wohnung. Mama wird es akzeptieren. Sie liebt dich doch. Du musst ihr nur Zeit lassen, die neue Situation zu verstehen.«

Ich nickte, gab erst einmal Ruhe und stürzte mich in die Arbeit. Sir machte mir Spaß und brachte die Wende zum Besseren. Langsam fasste ich Fuß in dem fremden Land. Ich konnte mittlerweile ganz ordentlich Spanisch und hatte damit auch die Chance, mich mit Mama Mercedes besser zu verständigen. Ich wollte ja keine offene Konfrontation, sondern im Grunde nur Frieden. Ich sagte ihr, dass alles zu viel für mich gewesen sei und dass ich gut verstehen könne, dass sie für ihren Sohn das Beste wolle. Das reichte. Sie lächelte. Ich auch.

Danach zählte ich die Tage bis zu unserem Auszug. Juan hielt auch hier Wort und hatte bald ein größeres Apartment für uns besorgt. Sechs Monate nach meiner Ankunft konnten wir eine Zweizimmerwohnung in Puerto de la Cruz beziehen. Das war ein Riesensprung in die richtige Richtung. Denn damit war ich mitten im Trubel und fand allmählich den Weg in ein Leben, das mir gefiel. Ich fand noch zwei Jobs, arbeitete neben der Parfümerie noch in einer Hausverwaltung und an einem Kiosk. Finanziell kam ich damit halbwegs über die Runden.

Man darf nicht vergessen, Teneriffa ist teuer. Die Löhne dagegen sind niedrig. Man kann sich als Einheimischer nicht annähernd das erlauben, was sich die Touristen leisten können. Essengehen, Barbesuche, Shoppingbummel, davon kann unsereins hier nur träumen. Juan verdiente mäßig. Er konnte gerade die Miete und die Versicherungen bezahlen. Ich deckte mit meinem Verdienst die Haushaltskosten und das Essen ab. Ab und zu ein Kleid, dann und wann ein Drink an der schicken Avenida de Colón. Mehr war nicht drin. Die Sonne sah ich höchstens mal morgens. Wenn ich aus dem Geschäft kam, war es 21 Uhr und dunkel. Während der langen Mittagspause von 13 bis 16 Uhr jobbte ich im Büro der Hausverwaltung. Fürs Strandleben blieb nur jeder zweite Sonntag, und der ging meist für die Hausarbeit flöten.

Ich merkte immer deutlicher, wie viel ich in Deutschland zurückgelassen hatte. Meine soziale Sicherheit, zum Beispiel den hervorragenden Kündigungsschutz. Hier in Spanien ist man blitzschnell wieder auf der Straße. Auf jeden Job warten schon viele andere Arbeitsuchende. In die Altersvorsorge konnte ich auch nicht mehr einzahlen. Ein vergleichbares Einkommen wie zu Hause würde ich nie mehr erreichen.

Außerdem fehlte mir das kulturelle Angebot, an das ich in Frankfurt gewöhnt war. Teneriffa ist nur eine winzige Insel, und nach drei, vier Jahren gibt es keinen Stein, den man nicht kennt. Es wird trist mit der Zeit. Klar besuchten mich ab und zu Freunde, und auch meine Mutter kam häufig. Dadurch bekam ich immer wieder neuen Auftrieb. Aber wenn ich sie zum Flughafen brachte, fühlte ich mich ausgegrenzt und weggesperrt.

Ich wurde immer unzufriedener, und nach fünf Jahren Teneriffa packte mich schließlich der berühmte Inselkoller. Ich brauchte mal wieder Weite, Großstädte, andere Eindrücke. Entschlossen sparte ich mir ein Billigticket nach Deutschland ab und düste für vier Wochen zurück in die Heimat.

Ausgerechnet im November, dem Monat, in dem alles begann, kam ich in Frankfurt an. Regen, Schneematsch, eisgrauer Himmel. Egal, das störte mich nicht mehr. Denn es gab Kinos, Theater, schicke Mode und tolle Geschäfte. Ich konnte zwar so gut wie nichts kaufen, aber dabei sein war alles.

Ich traf mich mit Freunden und Ex-Kolleginnen und hatte so wieder Kontakt zu meiner Firma. Die wollten mich als Urlaubsvertretung für Promotionseinsätze buchen. Das hieß, ich wäre zwei, drei Monate im Jahr in Deutschland und könnte richtig Geld verdienen. Ich war begeistert und schlug sofort zu. Das war im Nachhinein meine Rettung. Sonst wäre ich heute bestimmt nicht mehr auf der Insel. Denn nur mit diesem Zusatzverdienst konnte ich mit Juan auf Teneriffa ein halbwegs vernünftiges Leben führen.

Aber die Trennung tat unserer Beziehung anfangs nicht gut. Juan war eifersüchtig und machte mir vor und nach meinen Reisen jedes Mal schlimme Szenen. Einmal hat er mich auch aus Wut betrogen. Natürlich mit einer Urlauberin. Ich kam dahinter, weil ich einen Brief von ihr fand. Er hatte ihr offenbar nicht gesagt, dass er fest liiert ist. Das war noch einmal eine schlimme Krise, und ich kam volle drei Monate nicht auf die Insel zurück. Damals waren wir so gut wie auseinander.

Aber Juan hat mich zurück geholt. Mit seinen Liebesschwüren und einem erneuten Heiratsantrag, den ich aber wieder nicht annahm, hat er mich zurückgewonnen. Das ist jetzt auch schon wieder fünf Jahre her. Danach haben wir noch einmal unser Leben geändert. Wir haben uns ein hübsches kleines Haus mit Meerblick gekauft. Juan hat seinen Job als Tennislehrer aufgegeben und die Verwal-tung einer großen Apartmentanlage übernommen. Ich habe meine Zeit in Deutschland auf einen Monat pro Jahr begrenzt. Zu dem Job in der Boutique konnte ich noch die Hausverwaltung von zehn Ferienhäusern bekommen. Das macht mir alles zusammen viel Spaß.

Eigentlich fehlt uns jetzt nur noch der Nachwuchs. Aber das hat bislang nicht geklappt. Warum nicht? Keine Ahnung.

Vielleicht lag es an dem vielen Stress, den wir miteinander aushalten mussten. Aber wer weiß, wir haben ja noch etwas Zeit. Ein Kind wäre unser größter Wunsch.

Bis zum letzten Jahr habe ich immer wieder darüber nachgedacht, ob ich nicht doch noch für immer nach Deutschland zurückgehen sollte. Ich hatte oft schlimmes Heimweh. Aber dann war da Juan, der Mann, den ich trotz aller Schwierigkeiten liebe, und er war mir letztlich wichtiger als ein vielleicht bequemeres Leben in Deutschland. Juan muss meine Unentschlossenheit gespürt haben. Denn im letzten Jahr hat er mir einen dritten Heiratsantrag gemacht. Fast zwölf Jahre nach dem ersten. Ich habe mir Bedenkzeit erbeten. Ein paar Tage habe ich nachgedacht und bin zu dem Ergebnis gekommen, dass man die Zeit nicht zurückdrehen kann.

Ich habe mich nun mal entschieden, mit diesem Mann auf dieser Insel zu leben. Was das bedeutet, habe ich nicht gewusst. Ich war blauäugig und dumm und habe mich nicht vorher informiert. So musste sich mein angebliches Traumleben im Süden als aufgeblähte Mogelpackung entpuppen. Aber das lag nur an meinen wirklichkeitsfremden Vorstellungen. Alles wäre anders gelaufen, wenn ich mir rechtzeitig klar gemacht hätte, was auf mich zukommt. Wer in den Süden zieht, muss wissen, dass der weitaus größte Teil des Lebens Alltag ist. Und der sieht nun mal nicht anders aus als überall sonst auf der Welt auch: arbeiten, einkaufen, Essen kochen, zu Bett gehen. Dazu kommen Probleme am Arbeitsplatz, beim Hausbau, mit den Nachbarn. So ist das Leben, und so muss man es nehmen.

Ich habe mittlerweile hier meine Freunde, ich beherrsche die Sprache, und ich habe einen Mann an meiner Seite, den ich nach wie vor liebe. Also habe ich »ja« gesagt und meinem Juan nach dreizehn Jahren Partnerschaft in einer romantischen spanischen Dorfkirche das Ja-Wort gegeben. Klingt komisch, aber die Ehe hat unser Miteinander verändert. Vielleicht kann ich sogar sagen, ich fühle mich zum ersten Mal in unserer Beziehung wirklich ernst genommen. Schade, dass das so lange gedauert hat.

Ich bleibe jetzt für immer hier. Das steht fest. Juan und mich verbindet eine reife, klare Liebe. Wir stehen zueinander und brauchen uns.

Wenn ich morgens zur Arbeit fahre, sehe ich das Meer. Das Wasser schimmert silbern. Ich atme eine Luft wie Samt, und die Sonnenstrahlen tanzen auf meinem Gesicht. Ich kann im Januar am Sonntagabend am Meer spazieren gehen, am Hafen sitzen und eine Paella essen. Anschließend treffe ich Freunde und setze mich zu einem Café Cortado in eine kleine Bar, bevor ich die Avenida Generalísimo hochfahre, vorbei an blinkenden Reklameschildern und hupenden Taxis, und vor mir blitzt der Mond über dem nachtschwarzen Meer. Dann denke ich, dass meine Kundinnen doch Recht haben. Ich bin ein Glückskind. Ich darf da leben, wo andere Urlaub machen. Juan, ich liebe dich.

Wir landen in wenigen Minuten auf dem Cape Town International Airport und wünschen einen schönen Aufenthalt«, ertönte die freundliche Stimme der farbigen Stewardess.

Unter mir lag die False Bay im gleißenden Sonnenlicht. Ich konnte die imposante Silhouette des Tafelbergs und die herrlichen weißen Sandstrände des Atlantischen und des Indischen Ozeans aus der Vogelperspektive erkennen. Es schien wahr zu sein: Die südafrikanische Metropole ist eine der schönsten Städte der Welt.

Schon seit vielen Jahren hatte ich von einer Reise ans Kap geträumt. Aber als Postsekretärin verdient man nicht eben prächtig. Gut, ich lebte allein, und in dem kleinen hessischen Provinzstädtchen, aus dem ich komme, war das Leben noch relativ billig. Aber meine Zweizimmerwohnung und das Auto schluckten schon einen Großteil meiner Einnahmen. Der Rest ging für Kleidung und eben meine Reisen drauf. Den ganzen Mittelmeerraum hatte ich bereits gesehen und schon zweimal die Kanaren besucht.

Aber mein Traum war immer eine Reise nach Südafrika gewesen. Ich wollte die wilden Tiere in ihrer natürlichen Umgebung sehen. In meinem Kopf liefen immer Bilder aus dem berühmten Afrika-Drama »Jenseits von Afrika« ab:

Affenbrotbäume, unter deren knorrigen Ästen zwei Giraffen stehen, und im Hintergrund geht glutrot die Sonne unter. Ich wollte das einmal in meinem Leben sehen, und für diesen Traum habe ich fast drei Jahre gespart.

Dann konnte ich mit meiner Freundin Dana, die ich wochenlang zum Mitfahren überreden musste, dabei sein: zwei Wochen Südafrika in der Nebensaison für knapp 2000 Euro. Im Reisepreis inbegriffen: Nonstop-Flug, eine Sightseeing-Tour in Johannesburg und Pretoria, eine Safari im Krüger-Nationalpark, Ausflüge zum Blyde River Canyon und zum White River, nach Swasiland und als krönender Abschluss ein dreitägiger Aufenthalt in dieser Traumstadt am südlichen Kap.

Als die Maschine aufsetzte, lag also der Großteil meiner Reise bereits hinter mir. Bis jetzt war es ein Volltreffer gewesen. Wir waren eine kleine, aber sehr homogene Reisegruppe. 22 Urlauber, die sich ausnahmslos gut verstanden, und eine ganz reizende Reiseleiterin, die sich perfekt um uns kümmerte. Klar hatten wir alle ein bisschen Angst gehabt, als wir in Frankfurt ins Flugzeug stiegen. Man hatte ja so viel von Gewaltausbrüchen, Unruhen und Kriminalität in Südafrika gehört. Im Flugzeug bekamen wir auch ein Schreiben mit Verhaltensregeln in die Hand gedrückt. Wir sollten auch tagsüber in Gruppen bleiben und abends auf keinen Fall auf eigene Faust losziehen. Aber rückblickend war uns die Situation weit weniger bedrohlich vorgekommen als angenommen. Wir haben uns aber in den Städten auch sehr genau an die Vorschriften gehalten, sind wirklich immer zusammengeblieben. Dana und ich haben überhaupt keinen Schmuck getragen und nur wenig Bargeld dabeigehabt. In Nelspruit, dem reizenden Städtchen am Krüger Park, waren wir beide sogar allein zum Einkaufen gewesen und haben uns nicht eine Sekunde unsicher gefühlt. Im Gegenteil, die afrikanischen Männer waren ausnahmslos höflich. Der Aufenthalt im Krüger Park war atemberaubend schön. Unsere Unterkunft, das Olifants Camp, war wie eine Hollywood-Kulisse. Man hatte eine herrliche Aussicht, konnte sogar Elefanten zu ihren Wasserstellen ziehen sehen. Bilder, die ganz tief glücklich machen. Voll mit Eindrücken von dieser beeindruckenden Natur, freuten wir uns jetzt aber auch auf buntes Stadtleben. Wir wollten noch ein bisschen shoppen, Wein trinken und langsam Abschied nehmen von diesem schönen Land.

Ich konnte ja nicht ahnen, dass dieser Aufenthalt in Kapstadt mein Leben gänzlich verändern würde. Ich, eine Frau von Mitte vierzig, sollte mich nach einer gescheiterten Ehe und zwei missglückten Partnerschaften nochmal richtig verlieben. Drei Tage waren ausreichend, um aus einer etwas langweiligen, immer auf Sicherheit bedachten Postbeamtin eine zu allen Risiken bereite Unternehmerin zu machen. Unglaublich, aber die Liebe machte es möglich.

Alles begann in einem kleinen Hotel, dem JACARANDA. Das sehr gemütliche Haus liegt direkt am Fuße des Tafelbergs, im Stadtteil Tamboerskloof. Von dort aus kann man in die Stadt laufen und ist in wenigen Auto-Minuten an den feinsandigen Stränden der Luxusbadeorte Camps Bay und Clifton. Ideal für einen Kurzaufenthalt.

Unsere Reisegruppe traf rechtzeitig zum Abendessen ein. Ich machte mich noch frisch, ging dann sofort ins idyllische Gartenrestaurant. Es gab außer unserer Gruppe keine weiteren Gäste, und so war die Stimmung sehr ausgelassen und familiär.

Irgendwann zwischen Hauptgang und einem herrlichen, zwischen blühenden Jacaranda-Bäumen servierten Eisbüfett ließ sich der Chef des Hauses blicken. Er war groß, schlank, hatte volles Haar und trug eine modische randlose Brille.

Höflich hieß er uns willkommen und setzte sich reihum an jeden unserer Vierertische. Als er an meinem Tisch ankam, war es für afrikanische Verhältnisse schon spät, bestimmt 22 Uhr. Wir waren alle ein bisschen aufgedreht, zumindest in bester Stimmung. Kein Wunder, denn wir hatten schon jede Menge Wein intus. Jan, so hieß der Hotelchef, ließ uns noch eine Flasche auf Kosten des Hauses kommen.

Wir bestürmten ihn gleich mit Fragen, warum er als Deutscher hier lebe, und erfuhren jede Menge aus seinem Leben. Er kam aus Frankfurt, hatte dort dreißig Jahrc lang als Bankkaufmann gearbeitet und vor fünf Jahren nochmal eine neue Herausforderung gesucht. Da er viele Male in Afrika Urlaub gemacht hatte und dieses Land liebte, beschloss er mit seiner Frau, die ebenfalls bei einer Bank arbeitete, nach Kapstadt zu gehen. Säe verkauften ihr Haus im Taunus, nahmen noch einen großen Kredit auf und kauften sich davon das Hotel, in dem wir nun alle so fröhlich feierten.

Wir hörten aufmerksam zu, stellten Fragen über Fragen, auch nach seiner Frau. »Wo ist sie denn heute Abend?«, wollte ich viel zu neugierig wissen.

»Sie ist zurzeit in Deutschland. Vermutlich kommt sie erst im nächsten Monat zurück«, sagte er offen, und mir fiel sofort auf, dass seine Stimme beim Thema Ehefrau eine Spur Bitterkeit hatte. Ich ahnte, dass da etwas nicht stimmte. Und wie zur Bestätigung meines Verdachts blickte er einen Moment lang traurig in den sternenklaren Himmel.

Dann sah er mich an, und unsere Blicke trafen sich. Es war, als ob uns plötzlich ein unsichtbares Band umschlang.

Ich spürte Vertrautheit, Wärme, unerklärliche Gefühle, wie sie nur in einem hochkommen, wenn die geheimnisvolle Macht der Liebe eine Rolle spielt.

Doch sofort kam wieder der routiniert freundliche Hotelier in ihm durch, und er plauderte betont munter weiter von seinem Leben in Kapstadt, seinen überwiegend englischen Gästen und den tollen Ausflügen in die herrliche Umgebung. Natürlich erklärte er uns auch genau, was wir in Kapstadt alles sehen müssten, und gab uns den Tipp, auf jeden Fall die Vergnügungszone der Victoria & Alfred Waterfront zu besuchen.

»Lasst uns doch jetzt noch gehen«, rief ich ausgelassen und sah erwartungsfroh in die Runde. Doch statt Begeisterung erntete ich nur ablehnende Reaktionen.

»Zu gefährlich«, rief meine Tischnachbarin, eine ganz reizende Lehrerin.

»Um diese Uhrzeit verschwinde ich lieber ins Bett«, sagte ihr Ehemann.

»Morgen gehen wir doch bestimmt alle hin«, warf ein anderer Reisender vom Nebentisch aus ein.

Ich gab mich geschlagen, murmelte nur ein »Schade« und fand mich damit ab, nun auch ins Bett zu gehen.

»Ich würde gern mit Ihnen gehen«, hörte ich plötzlich Jan sagen.

Ich glaubte eine Sekunde lang, mich verhört zu haben, und sah ihn ungläubig an. »Wirklich?«, fragte ich erstaunt.

Er nickte. »Aber ja. Kommen Sie. Sonst ist es zu spät und nichts mehr los.« Er stand schnell auf, nickte noch den anderen zu und meinte höflich: »Sie entschuldigen mich jetzt bitte. Ich wünsche Ihnen allen noch eine ruhige Nacht, und schlafen Sie schön.« Zu mir sagte er leise: »Ich hole nur schnell den Wagen und warte am Eingang.«

Mir war die Situation furchtbar peinlich. Ich ließ mich von dem Hotelbesitzer, mit dem ich gerade mal eine Stunde am Tisch gesessen hatte, zum Drink in die Stadt einladen. Das sah furchtbar eindeutig aus. Am liebsten hätte ich die Sache rückgängig gemacht. Aber ich wusste nicht mehr, wie ich elegant aus der Situation kommen konnte. Jan war schon verschwunden. Meine Freundin sah mich noch vorwurfsvoll an. Dann schüttelte sie verständnislos den Kopf. Ich musste weg, nur weg von diesen 21 starrenden Augenpaaren.

Verlegen winkend drehte ich mich um und steuerte mit schnellen Schritten die Hotellobby an. Tausend Dinge, zum größten Teil unsinnige, gingen mir durch den Kopf. Was war das für ein Mann, mit dem ich jetzt durch das dunkle Kapstadt fahren würde? Hatte er womöglich ganz andere Absichten? War ich vielleicht in Gefahr? Ich kannte ihn doch so gut wie gar nicht. Unsinn! Ich stoppte selbst meine verqueren Gedanken.

Da bog auch schon sein Auto, ein Geländewagen, um die Ecke. Jan sprang heraus, öffnete mir die Beifahrertür, und ich rutschte auf den Sitz. Ich hoffte nur, dass er nicht bemerken würde, wie mir das Herz vor Aufregung bis zum Hals schlug.

Wir fuhren durch das schlecht beleuchtete Kapstadt. Die Unterhaltung war holprig. Er muss gemerkt haben, dass ich nicht so recht sprechen wollte, und schwieg. Ich hatte wirklich Angst. Die Straßen waren fast menschenleer. Nur wenige Autos kamen uns entgegen. Ich sah in die kleinen Nebenstraßen, in Hauseingänge und Hinterhöfe. Aber ich entdeckte kaum Fußgänger. An jeder Ampel rutschte ich auf meinem Sitz nach unten. Bloß nicht auffallen!

Jan lächelte mir zu. »Angst?«, fragte er leise.

Ich nickte.

»Das müssen Sie nicht. Die Kriminalität, von der Sie in Deutschland lesen, spielt sich überwiegend unter den Schwarzen ab. Hier muss man sich nur genauso vorsehen wie überall auf der Welt. In Frankfurt gehen Sie doch auch nicht nachts über die Kaiserstraße bummeln! Stimmt's? Also genießen Sie unsere Fahrt.«

Seine Worte beruhigten mich. Ich sah auf den Hafen, die üppig beleuchteten Schiffe. Ein riesiger Tanker lief gerade ein, und am Horizont zogen zwei Schiffe entlang. Man konnte wie Schattenbilder die Umrisse erkennen. Ein imposantes Bild. Dann fuhren wir auf den großzügig beleuchteten Eingang der Victoria & Alfred Waterfront zu. Es ist eine gelungene Mischung aus Geschäften und Restaurants, Kunstmärkten, Kinos und Theater, malerisch gelegen an zwei großen Hafenbecken.

Livemusik klang zu uns herüber, als Jan das Auto abstellte. Meine Laune war wieder bombig. Ich freute mich, mit ihm unterwegs zu sein. In dieser ausgelassenen Stimmung hakte ich mich bei ihm ein. Er lächelte mich an, drückte seinen Unterarm und damit meine Hand gegen seinen Oberkörper. Ich fühlte mich wohl und einfach vertraut.

Da flanierte ich, die biedere Postsekretärin, mit diesem interessanten Mann vorbei an eleganten Geschäften, Souvenirshops und prall gefüllten Restaurants aller Nationalitäten. Stimmengewirr und Jazzmusik mischten sich mit Sirtaki- und Discoklängen. Über uns erstrahlte ein Himmel aus Neonbeleuchtung, vor uns leuchtete die Hafenkulisse. Traumhaft. Jan suchte uns einen Tisch bei einem Mexikaner. Die Musik war fröhlich. Einige Gäste tanzten. Er bestellte zwei Margerithas, und dann sprudelte es nur so aus ihm heraus.

Er erzählte mir von seiner Frau, mit der er 25 Jahre verheiratet sei und mit der er sich schon lange nicht mehr verstand. Ich erfuhr alles, von der Jugendliebe, der Hochzeit, den vielen Streitigkeiten um nichts. Er war faszinierend ehrlich, erzählte, dass er schon mehrmals vorgehabt habe, alles hinzuwerfen und sie zu verlassen. Aber dann sei es eine Mischung aus Mitleid, Verantwortung und auch Angst vor dem Alleinsein gewesen, die ihn immer wieder bewogen habe zu bleiben. Zuletzt wollte er vor fünf Jahren gehen. Damals, als ihn in seinem Beruf und in Frankfurt nichts mehr hielt. Er wollte alles aufgeben und sich sang- und klanglos aus der Ehe stehlen.

»Ich dachte, ich würde es schaffen. Aber es kam alles ganz anders«, meinte Jan und stieß mit dem Strohhalm die Eiswürfel in seinem Glas an. Sie wollte noch eine Chance und machte den Vorschlag, alles aufzugeben und woanders dem gemeinsamen Leben und der Liebe neue Impulse zu geben. Jan ließ sich darauf ein. Aus Bequemlichkeit, aus Angst, er wusste es nicht. Jedenfalls wollte sie mit ihm in Afrika von vorn anfangen. Sie gab dafür auch ihre Existenz auf, in der Hoffnung, die Ehe retten zu können. Er habe sich dann die Situation schöngeredet und sich mit aller Energie in das neue Leben am Kap gestürzt. Immer wieder lobte er seine Frau. Sie sei eine intelligente und ungewohnt bewegliche Person, und das Hotel wäre in vielen Dingen, besonders was die Einrichtung beträfe, ihr Werk. Aber der Neuanfang hätte nicht geklappt. Es gab wieder nur Streit, unter dem Druck der Existenzgründung aber noch enthemmter, quälender, verletzender als zu Hause. Er habe sich wieder nicht getraut auszubrechen.

Und dann habe sie plötzlich Nägel mit Köpfen gemacht. Seit einem Jahr wisse er, dass sie einen Liebhaber habe. Nicht dass er darunter leiden würde, nein, er sei sogar ein bisschen froh und erleichtert gewesen, auf diese Art und Weise einer Trennung ein Stückchen näher gekommen zu sein. Aber der Geliebte sei ein Autohändler aus Deutschland. Eine Jugendliebe seiner Frau, die sie auf einer Heimatreise wieder getroffen hätte. Jetzt wolle sie nach Deutschland zurück, und dafür wolle sie Geld, viel Geld von ihm.

»Sie ist jetzt in Deutschland und denkt, ich hätte keine Ahnung. Aber ich habe ihre E-Mails an den neuen Freund gelesen. Sie möchte die Hälfte des Hotels beziehungsweise den entsprechenden Wert. Doch ihre Vorstellungen sind nicht real, und das Haus ist belastet. Das heißt, wenn sie Ernst macht, muss ich verkaufen und bin dann in Afrika ohne Arbeit, ohne Haus, nur mit etwas Geld auf dem Konto. Das ist das Ende vom JACARANDA-Hotel und das Ende meiner Träume.«

Ich hatte ihm die ganze Zeit über geduldig zugehört. Warum erzählte er mir das alles? Er musste furchtbar allein sein. Ein Mann, der sich gefühlsmäßig nicht mehr zuordnen konnte. Da war das Haus, das er liebte, und die Existenz, die er sich liebevoll aufgebaut hatte. Da war die Frau, die er schätzte, aber längst nicht mehr liebte. Da war die Angst, alles zu verlieren und im Alter allein zu sein.

»Jahrelang habe ich mich einer Lösung nicht stellen wollen. Jetzt werden die Karten vielleicht ohne mich gemischt.« Er sah mich an.

»Warum erzählen Sie mir das?«, platzte ich heraus.

Er sah an mir vorbei aufs Wasser. »Weil Sie eine Frau sind, wie sie mir nicht oft im Leben begegnet ist. Sie haben am Tisch Fragen gestellt, die ungewöhnlich einfühlsam waren. Ich glaube, Sie sind ein Mensch, der versteht. Hätte ich vor zwanzig Jahren eine Frau wie Sie getroffen, wäre mein Leben bestimmt glücklicher geworden.«

Jetzt fing ich an, von meinem verfahrenen Liebesleben zu erzählen. Eine Scheidung, zwei gescheiterte langjährige

Beziehungen. Bei der letzten hatte ich mächtig Federn gelassen. Dirk, so hieß der Mann, mit dem ich sieben Jahre liiert war, hatte mich mit Liebesentzug und anderen Psychospielen so klein gekriegt, dass ich kaum mehr einen Mucks sagen konnte. Erst als ich mit ständigen Migräne-Attacken und Herz-Rhythmus-Störungen zu tun hatte, wachte ich auf. Meiner Freundin Dana verdanke ich eigentlich, dass ich die Trennung geschafft habe. Denn er wollte mich bis zum Schluss nicht gehen lassen.

Jan sah mich mitfühlend an. »Wir sollten oft früher einsehen, dass die Liebe auch ein Irrtum sein kann. Leider merken das viele erst am Ende ihres Lebens. Ich habe immer Angst davor gehabt, dass ich erst wach werde, wenn ich keine Chance mehr habe, es zu ändern, wenn ich alt und vielleicht krank bin. Worauf kann ich dann zurückblicken? Auf ein verpfuschtes, innerlich einsames Leben. Furchtbar. Ich kann froh sein, dass mich die Situation aufgeweckt hat. Jetzt habe ich noch eine Chance, wirkliches Glück zu finden.«

Ich nippte den letzten Schluck Margeritha aus meinem Glas. Jan bestellte rasch Nachschub, und wir tranken, redeten, und unsere Zungen lösten sich mit jedem Schluck mehr.

Nach der vierten Margeritha hielt er meine Hand, sagte leise: »Ich möchte Sie gar nicht wegfliegen lassen.«

Ich lächelte. Ich hätte zu allem gelächelt. Ich war schlichtweg angetrunken. »Es ist besser, wenn wir jetzt nach Hause gehen. Sonst bringen wir unser beider Leben noch komplett durcheinander«, meinte ich mit einem letzten Fünkchen Verstand.

Eingehakt bummelten wir zurück. Jan bestellte für die Heimfahrt ein Taxi. »Alkohol am Steuer kann ich mir nicht erlauben, schon gar nicht als Gast in diesem Land.«

Im Hotel lud er mich noch auf die Terrasse ein. Es gab Mineralwasser, und wir redeten nur wenig. Fast stumm saßen wir nebeneinander, jeder ein Wasserglas in der Hand, und sahen den erleuchteten Tafelberg an.

Ich wusste nichts mehr zu sagen. Dieser Mann war mir in einer Art und Weise näher gekommen, wie ich es seit der Trennung von Dirk nicht mehr für möglich gehalten hätte. Aber es war keine stürmische Leidenschaft, die mich erfüllte. Es war eine wärmende Nähe, ein Gefühl, angekommen zu sein. Wir saßen nebeneinander, als hätten wir unser ganzes Leben nebeneinander gesessen.

»Ich gehe jetzt schlafen«, sagte ich in diese friedliche Stille. Jan brachte mich noch zu meinem Flur. Er streckte mir die Hand entgegen. Ich ergriff sie und hielt sie einen Moment zu lange fest. »Bis morgen. Ich freue mich«, meinte er und drehte sich dann schnell um und ging.

Ich sah ihm nach und schloss leise mein Zimmer auf. Was ging in mir vor – war ich glücklich? Aufgeregt? Verliebt? Nichts von alledem. Nur ruhig und zufrieden. Ich hatte kein Bild vor Augen, keine Vorstellung, was kommen würde. Ich war nur mit mir im Reinen.

Dana holte mich aus meinem Frieden. Sie reckte ihren Kopf aus den Kissen hervor, fragte nur: »Wo kommst du denn her? Ich habe mir Sorgen gemacht. Es ist halb vier. Hast du dich etwa in den Typen verliebt?«

Ich schüttelte den Kopf. »Quatsch. Aber wir habe beide diesen Abend gebraucht.« Mit wenigen Sätzen erzählte ich ihr von unserem Gespräch und erntete nur Hohn und Spott.

»Bist du von allen guten Geistern verlassen«, donnerte sie los und schlug sich mit der Handfläche an die Stirn. »So einen Unsinn lässt sich doch keine erwachsene Frau erzählen. Meine Frau versteht mich nicht … Die Platte haben sie alle drauf, diese ausgekochten Ehemänner, die ein dummes Huhn wie dich abschleppen wollen. Meine Freundin fällt natürlich drauf rein. Klar, er liebt dich, weil du so eine klasse Frau bist. Auf so eine wie dich hat er sein ganzes Leben gewartet. Wie alt bist du eigentlich? Zu dumm, um allein 'rausgelassen zu werden.«

Dana kriegte sich gar nicht wieder ein. Sie hatte sich hellwach geschimpft und schüttelte dauernd den Kopf.

Ich hörte ihr nicht mehr zu, sondern kuschelte mich selig in mein Kissen und schlief gut in dieser kurzen Nacht.

Jan sah ich am nächsten Morgen beim Frühstück. Er setzte sich zu mir und den anderen Gruppenmitgliedern an den großen Tisch.

Dana musterte ihn kritisch, stieß mich immer wieder unter dem Tisch an. »Lass dich nicht wieder einwickeln, wenn er gleich von seinem Liebesleid erzählt. Er muss ja wieder loslegen. Denn langsam läuft ihm die Zeit weg. Übermorgen bist du verschwunden.«

Worte, die mich ernüchterten. Der Wein war weg, die Stimmung auch. Dana hatte bestimmt Recht. Was sollte das Geplänkel von gestern überhaupt. Für uns stand heute eine ausgiebige Stadtführung auf dem Programm, und wie wir alle von Jan erfuhren, musste er zu einem Tourismuskongress nach Johannesburg. Ich würde ihn also nicht mehr wieder sehen. Gut so. Ich war erwachsen und hatte von Männern sowieso genug. Der Abend hatte mein Gefühlsleben nochmal in Wallung gebracht. Das war schon. Ich hatte gemerkt, dass ich noch ein Herz habe. Ein beruhigendes Gefühl. Aber ich musste klar sehen, dass so ein Mann in meinem Leben keinen Platz haben konnte. Er war wie ein warmes, wohltuendes Vollbad. Man genießt es, steigt aus der Wanne, und dann geht der Alltag weiter. Ich schüttelte ihn ab, kurz und schmerzlos. Das tolle Abschlussprogramm machte es mir leichter.

Am Abend gingen wir in ein Revuetheater. Ich genoss die Vorstellung und schlief auch gut. Am vorletzten Tag fuhren wir morgens zum Kap der Guten Hoffnung. Unseren Abschiedsabend verbrachten wir in der Gruppe auf einem Weingut in Constantia. In heiterer, ausgelassener Stimmung schaukelte uns ein Bus wieder ins JACARANDA. Damit gingen meine Ferien zu Ende, und ich bereitete mich gedanklich schon auf meine Zeit zu Hause vor.

An der Rezeption lag ein Umschlag für mich bereit. Er war von Jan. Ich wollte ihn erst nicht öffnen, doch Dana drängte mich. Auf dem Bett sitzend, riss ich das Kuvert auf. Es war ein Reiseführer über Kapstadt. Unser mexikanisches Restaurant war angestrichen, und ein Gutschein über zwei Margerithas lag dabei. Dazu hatte Jan einen Brief geschrieben. Zwei Zeilen nur: »Danke für alles. Schreiben Sie mir? Hier meine E-Mail-Adresse!«

Dana stieß mir in die Rippen. »Da siehst du. Er will auch elegant aus der Affäre. Zwei Sätze, und dann verschwinde. Hauptsache, du redest nicht schlecht über ihn. Das ist nicht gut fürs Geschäft. Der Typ ist ein eiskalter, ausgebuffter Geschäftsmann. Der wollte dich an dem Abend angesäuselt aufs Zimmer schleppen. Aber du hattest offenbar noch einen Rest von Verstand und bist nicht auf seine Liebesschwüre hereingefallen. Gott sei Dank! Sonst hätte ich heute hier den Katzenjammer mit dir auszustehen. Eine heulende Freundin, die sich ausgenutzt und schäbig abgeschoben fühlt. So kannst du doch erhobenen Hauptes von dannen ziehen.«

Dana sprang auf und begann ihre Koffer zu packen. Ich schwöre, in diesem Moment stand für mich fest, dass ich ihm nie schreiben würde.

Doch zurück in Deutschland, sah ich das plötzlich anders. Dieses Gefühl der Zugehörigkeit ließ mich nicht mehr los. Ich konnte es abrufen, im Büro, im Auto, im Bett. Es war, als würde mich ein unsichtbares Gummiband über den Kontinent, über viele tausend Kilometer hinweg, mit diesem Mann verbinden.

Klar hatte ich auch Danas Worte im Ohr. Ihre Warnungen waren so realistisch. Wie oft hatte ich das nicht genauso erlebt, wie sie sagte. Auf vielen Reisen hatten mir Männer das Blaue vom Himmel versprochen, und ich habe es jedes Mal nicht an mich herankommen lassen.

Und dann war da noch vor vielen Jahren Volker. Er war mein Chef und ich seine Geliebte. Von Anfang an hat er mir erzählt, dass seine Ehe nur noch auf dem Papier bestünde, die Scheidung längst besprochen und nur noch eine Formalität sei. Ein Jahr habe ich seinen Ausreden geglaubt und dann einen sehr, sehr schmerzlichen Schlussstrich unter meine Liebe ziehen müssen. Volker ist übrigens heute noch verheiratet, und ich weiß von mindestens drei Affären nach mir.

Ich war also, was Ehemänner anbelangt, ein gebranntes Kind und hatte allen Grund zur Vorsicht. Doch die war drei Wochen nach meiner Rückkehr wie weggeblasen. Ich hatte nachgedacht, abgewogen, überlegt. Jetzt mochte ich nicht mehr. Ich wollte den Knoten durchschlagen und mailte ihm. Etwas Belangloses von meiner Heimreise, dem Flug, dem Alltag in Deutschland. Eigentlich war ich nur auf seine Reaktion gespannt.

Jan antwortete prompt, und wir begannen einen lebhaften Briefwechsel. Morgens nach dem Aufstehen, nach Feierabend, vor dem Zubettgehen. Ich schrieb ihm seitenlang meine Gedanken, was mich beschäftigte, mir Sorgen machte, mich freute. Er antwortete ebenso ausführlich. Ich wusste, welche Gäste er im Haus hatte und was er zu Mittag gegessen hatte. Ich wusste, wie er sich bei welchen Temperaturen kleidete und mit wem er sich zum Golfspielen traf. Zwei Monate lang schrieben wir uns zu einer Einheit zusammen.

Doch dann unterbrach ein Anruf unsere E-Mail-Affäre. Es war am frühen Abend. Die Frau am Apparat stellte sich mit Silke vor, und ich wusste sofort, wer das war: Jans Frau! Sie fragte mich, warum ich ihrem Mann diese E-Mails schriebe. Sie wäre aus Deutschland gekommen und hätte diesen merkwürdigen Briefwechsel vorgefunden. Vermutlich hätte ihr Mann mir keinen reinen Wein eingeschenkt. Aber er sei verheiratet und sie möchte mich bitten, diese Spielchen zu lassen. Ihre durchaus sympathische Stimme wurde mit jedem Satz bestimmender, und mir fiel gar nichts Dümmeres ein, als mich in aller Form bei ihr zu entschuldigen. Ich wollte sie nicht verletzen, ihr auch nicht den Mann wegnehmen. Wir hätten uns einen freundschaftlichen Kontakt aufgebaut. Mehr nicht. Ich versprach ihr, nicht mehr zu schreiben, und beendete das Gespräch, eine Spur trotzig.

Die Tage danach waren furchtbar. Jan hatte offenbar keine Ahnung von dem Gespräch. Er mailte mir wie immer. Doch ich wollte nicht mehr antworten. Ich wollte keine Ehe stören, keine Missverständnisse auslösen. Silke hatte ja Recht. Er war verheiratet, und sie las immerhin auch seine E-Mails. Er musste das klären, nicht ich. Es war besser, wenn ich mich einfach zurückzog. Aber mein Herz trug Trauer. Der Austausch mit Jan fehlte mir. Ich fühlte mich plötzlich einsam und allein.

Nach drei Tagen Funkstille meinerseits rief Jan mich an. Er wollte wissen, ob mir etwas passiert sei oder er etwas falsch gemacht habe.

»Ich kann dir nicht mehr schreiben. Ich möchte keinen Unfrieden in eure Ehe bringen«, sagte ich sofort.

Jan lachte: »Von wegen Ehe. Die gibt's nicht mehr. Silke ist erst seit einer Woche wieder hier und hat ihr Verhältnis mit diesem Autohändler sogar offen zugegeben. Sie will zu ihm nach Deutschland zurück und braucht dafür Geld. Deshalb will sie mich zwingen, das Hotel zu verkaufen, und hat mir auch schon einen Käufer präsentiert. Einen Cousin ihres neuen Freundes, der sich hier auf meiner Arbeit ausruhen und ein gut gehendes Haus übernehmen möchte. Ihr Plan ist klar: Ich soll demoralisiert alles hinwerfen. Dass jetzt eine Frau da ist, die mir den Rücken stärken könnte, passt ihr nicht in den Kram. Bitte, lass mich jetzt nicht im Stich. Ich brauche dich. Lass nicht zu, dass Silke uns auseinander bringt. Ich war auch dumm und habe mir kein neues Kennwort zugelegt. Aber ab jetzt kann Silke deine E-Mails nicht mehr lesen, versprochen.«

Noch am Abend schrieb ich ihm zurück, machte ihm Mut, seinen Lebenstraum zu verteidigen.

Was sich dann in Kapstadt abspielte, entzieht sich meiner Kenntnis. Aber es müssen üble Auseinandersetzungen gewesen sein. Ein hässlicher Rosenkrieg, wie er sich oft entwickelt, wenn es ums Geld geht. Jan schrieb nur wenig darüber. Aber ich las aus seinen Worten, dass es ihm schlecht ging. Weihnachten muss sich die Sache so zugespitzt haben, dass sie sich lautstark vor den Gästen gestritten hatten.

»Ein trauriges Ende nach so vielen Jahren Ehe«, schrieb Jan. »Ich möchte so nicht mehr leben.«

Ich saß mit Dana und zwei Freundinnen zu Hause und mailte ihm zurück. »Ich auch nicht. Mein Leben ist trist und fad. Ich möchte wieder Gefühle in mir zulassen können. Vielleicht schaffen wir es ja beide, etwas zu ändern.«

Silvester haben wir uns ein gutes neues Jahr gewünscht. Jan schrieb: »Die Stimmung ist entsetzlich. Sie erpresst mich mit ständig neuen Forderungen. Aber ich halte durch. Weil ich weiß, wofür. Das nächste Jahr wird alles lösen.«

Ich hatte mich mit ein paar Freundinnen bei Dana verabredet und ging früh nach Hause, um Jan eine Mail zu schicken. Ich schrieb: »Ich liebe dich und möchte mit dir leben!«

Warum ich das tat? Ich fühlte es. Ich hatte plötzlich den Eindruck, mein Restleben noch nutzen zu müssen. Ich war 46 Jahre alt, durch falsche Männer frustriert und lebte wie eine alte Jungfer. Zur Arbeit gehen, Postdienst, einkaufen, nach Hause fahren, fernsehen. Einmal in der Woche Stammtisch mit Freundinnen. Einmal im Monat Friseurtermin. Alle sechs Wochen Theaterabonnement an der Hessischen Landesbühne. Und neuerdings, als Highlight, dreimal täglich E-Mails schreiben. Na bravo! Das sollte alles gewesen sein? Nein! Ich wollte nochmal ein anderes Leben. Mit ungeahnter Willensstärke war ich jetzt bereit, das Schicksal bei den Hörnern zu packen. Ich liebe dich!

Wie oft hatte ich das den falschen Männern geschrieben. Männern, die meine Gefühle nicht wert waren, die mich ausgenutzt und verletzt, betrogen und schließlich verlassen hatten. Sie hatten mir den Glauben an Liebe und Gemeinsamkeit genommen. Sollte ich ihnen etwa den Triumph lassen, mich klein gekriegt zu haben? Nein, ich wollte nochmal versuchen, ein anderes Leben zu leben, und warf diese berühmten drei Worte in den Ring. Mal sehen, was jetzt passieren würde.

Es passierte drei Tage später. Ich kam von der Arbeit. Es war ein eiskalter Januartag. Schneesturm, Eisregen, einfach ekelig. Ich hatte einen Großeinkauf hinter mir und lief dick bepackt mit Körben, Kartons und Plastiktüten mehrmals vom Auto zu meiner Haustür, um die Sachen im Flur abzustellen. Ich sah nur nach unten, um nicht auf einem Eisfleck auszurutschen, und lief – direkt in die Arme von Jan.

Da stand er, mein Jan, braun gebrannt von der afrikanischen Sonne. Er fasste mich an den Schultern, umschlang mich mit seinen Armen und drückte mich einfach nur an sich.

Ich weiß nicht, wie lange wir so standen. Minuten müssen es gewesen sein. Um uns herum ging der Alltag weiter. Nur für uns beide stand die Welt still. Ich drückte mein Gesicht an seine Brust, spürte den schweren Stoff seines Mantels an meiner Haut und in mir eine grenzenlose Ruhe und Geborgenheit. Hätte ich einen Wunsch frei gehabt, ich hätte mir gewünscht, dass dieser Moment eine Ewigkeit anhalten würde.

Irgendwann schob mich Jan ins Haus. Mein Haar war nass geschneit. Er holte die restlichen Sachen ins Treppenhaus und bat mich vorzugehen. Ich schloss meine Wohnung auf und schämte mich ein bisschen. Er kam aus diesem schicken Haus in meine bescheidene Zweizimmerbehausung. Aber Jan ließ sich nichts anmerken. Er setzte sich auf mein Billigsofa, als hätte er nie woanders gesessen.

Drei Tage blieb er. Dann musste er zurück. In diesen drei Tagen haben wir unser Leben geregelt.

Jan wollte das Hotel auf jeden Fall behalten. Silke wollte Geld. Leider zu viel. »Ich will ihr den Preis geben, den das Haus wert ist. Nicht mehr. Jetzt kümmern sich die Anwälte darum. Doch bevor ich jetzt alles auf eine Karte setze, möchte ich etwas wissen. Kannst du dir vorstellen, mit mir zu gehen?«

Mein Herz begann zu rasen. Was war das?

Ob ich mir das vorstellen könnte? Und ob!

Jan nahm jetzt meine Hand. »Du musst wissen, es wird kein Zuckerlecken. Wenn ich Silke auszahle, muss ich mich hoch verschulden. Der Rand ist eine schwankende Währung. Die Banken lassen sich deshalb jeden Kredit mit hohen Zinsen belohnen. Das heißt, ich gehe auch ein Risiko ein. Wenn der Zinssatz in den nächsten Jahren wesentlich steigt, bin ich vielleicht gezwungen, doch alles hinzuwerfen. Dann kann ich ein armer Mann sein. Du gibst viel auf und weißt nicht, was du bekommst.«

Ich lächelte. »O doch, ich weiß sehr wohl, was ich bekomme: einen wunderbaren Mann.«

Ich brachte Jan noch zum Flughafen. Der Abschied war ruhig. Wir gingen mit der Gewissheit auseinander, dass alles gut wird. Ich hatte den Mann gefunden, der zu mir passt. Das gab mir eine ungeheure Kraft und die Zuversicht, die auf mich zukommenden Probleme meistern zu können.

Bis dahin hatte ich niemandem von dieser neuen Lebensentwicklung erzählt. Nicht mal Dana hatte ich über Jans Kurzbesuch informiert. Es ging nicht darum, dass ich etwas geheim halten wollte, nein, es war anders: Ich hatte nicht das Bedürfnis zu reden. Diese Gefühlsintensität, die ich erlebte, ging nur uns beide etwas an. Ich wollte es nicht teilen, mit niemandem.

Die kommenden Wochen wurden dann auch wirklich turbulent.

Jan rief Abend für Abend an und berichtete mir von den schlimmen Auseinandersetzungen mit seiner Frau. Er tat mir unendlich Leid. Über zwanzig Jahre Ehe zerbröselten innerhalb weniger Tage. Aus Liebe, Vertrauen, Miteinander war Gehässigkeit, Neid, Zerstörungswut geworden. Traurig, dass sich zwei Menschen das antun müssen. Silke ließ nichts aus, um Jan zu demütigen. Sogar ihren neuen Geliebten ließ sie einfliegen und im gemeinsamen Hotel unterbringen. Wie geschmacklos!

Aber sie wird auch ihre Gründe gehabt haben, so zu handeln. Ich weiß ja nicht, was sich zwischen diesen beiden Menschen abgespielt hat. Ich wollte sie nicht verurteilen und habe es Jan immer sehr angerechnet, dass er nie ausfallend über sie gesprochen hat. Er hat bis zuletzt respektvoll von ihr erzählt. Sein Kernsatz war immer: »Die Liebe ist fort, aber die Anerkennung bleibt. Sie hat viel für mich getan. Warum soll ich das vergessen.«

Doch Jan hatte nicht das Nervenkostüm, dem Dauerstreit standzuhalten. Nach acht Wochen Stellungskrieg hat er aufgegeben. Ich bekam nur eine kurze Mail: »Habe an Silke verkauft. Tut mir Leid!« Danach überschlugen sich die Ereignisse. Silke ließ Jan nicht mehr ins Haus. Er musste mit wenigen Koffern in einem Hotel unterkommen. Nach acht Jahren Aufbauarbeit in Kapstadt hat er das als bittere Niederlage empfunden. Ich konnte ihm nicht helfen. Ich war ja im fernen Deutschland. So dachte ich zumindest.

Bis Jan vor der Tür stand. Wie ein begossener Pudel, mit zwei Koffern in der Hand. Ich war glücklich – bis ich die Folgen umriss.

Plötzlich lebte ein verheirateter Mann, den ich gerade mal drei Tage gesehen hatte, mit mir in meiner winzigen Zweizimmerwohnung. Die anfängliche Freude wich schnell der Angst. Was wusste ich wirklich von ihm? Konnte ich meinen Gefühlen trauen? Mir wurde heiß und kalt. Quasi über Nacht war ich als eingefleischter und überzeugter Single in eine Beziehung geschlittert. Jetzt, wo er da war, wirklich neben mir auf meinem Sofa saß, war ich mir nicht mehr sicher. Sonne, Palmen, Urlaubsfeeling, alles war weit weg. Ich steckte mitten in meinem trostlosen Alltag und hatte einen fast Fremden in meinem Wohnzimmer sitzen, der brutal aus seinem bisherigen Leben gekickt worden war. Zwei Menschen aus verschiedenen Kontinenten und Lebensformen, verbunden durch den Rausch weniger Stunden. Man konnte sich ausrechnen, wie lange das gut gehen würde.

Drei Tage hatte ich mir Urlaub genommen, um erst einmal mit der Situation fertig zu werden. Natürlich freute ich mich darüber, Jan bei mir zu haben. Aber ich fühlte mich auch überrannt. Wir redeten viel. Aber ich wollte keine gemeinsame Zukunft planen, sondern erst einmal ihm helfen, ein Lebenskonzept zu finden. Er wollte zurück nach Afrika, wusste aber nicht, ob er noch einmal Mut und Lust hätte, ein Hotel zu eröffnen. Und wenn ja, war er nicht überzeugt, ob es wieder Kapstadt sein müsse.

Ich war überfordert. Ich war doch nur Postsekretärin in einer kleinen, ländlichen Filiale. Auf meinem Konto waren etwa 2200 Euro plus. Dazu hatte ich einen kleinen Betrag in eine Lebensversicherung eingezahlt. Ich hatte nicht zu planen. Ich hatte zu funktionieren.

Ich wollte ihm auch nichts vormachen, sondern habe ihm klipp und klar meine Voraussetzungen geschildert. Während er versuchte, mit einem Millionenvermögen eine neue Existenz zu finden, versuchte ich mich in meinem ganz normalen piefigen Alltag über Wasser zu halten. Für Träume, Existenzgründungen unter südlicher Sonne und Steuersparmodelle hatte es in meinem Leben nie Raum gegeben. Wir lebten auf verschiedenen Sternen, und diese Distanz empfand ich schnell als Hindernis. Hatte ich mich von Urlaubsträumen verleiten lassen, falsche Gefühle hochkommen zu lassen? Zweifel bohrten sich in meinem Herzen fest.

Doch Jan, dieser herzensgute Mensch, nahm sie mir. Er half mir geduldig, mich in seine Welt einzufügen. Wenn ich etwas Dummes sagte, erklärte er mir die Zusammenhänge noch einmal in Ruhe. Er nahm mich ernst, mit allem, was ich sagte. Das tat mir gut und gab mir Kraft, mich auch wirklich mit neuen Dingen auseinander zu setzen. Ich wurde an seiner Seite zu einer ganz anderen Frau. Ich las plötzlich den Wirtschaftsteil der Tageszeitung und interessierte mich für Währungskurse. Wir unterhielten uns über Immobilienpreise und prüften die Exposés, die uns von Südafrika aus ins Haus flatterten.

Ein Objekt gefiel Jan. Er flog sofort nach Kapstadt und schlug zu. Ich schloss gerade mein winziges Postbüro, als er mich auf dem Handy anrief.

»Prinzessin, ich bin's, dein Afrikaner. Du kannst mich besuchen. Ich habe wieder mein eigenes Reich, ein Traumhaus. Es wird dir gefallen. Komm, so schnell du kannst.« Ich freute mich riesig und floss über vor Fragen, doch Jan ließ sich auf keine Diskussionen ein. Er rief noch ein »Tschüs« und »ich freue mich« in den Hörer. Klack. Aus. Das war's.

Ich drückte das Telefon an meine Brust, und plötzlich öffneten sich alle meine Schleusen. Ich weiß nicht, wie lange ich so dagestanden habe, aber mir liefen die Tränen in Sturzbächen herunter. Es waren Tränen der Erleichterung. Ich wollte zu ihm, ihn besuchen, ihm gratulieren. Und ich wollte mit ihm leben. Klar konnte das schief gehen. Aber für welche Liebe gibt es Garantien. Ohne Risiko kann man nicht leben. Wer gewinnen will, muss auch etwas einsetzen. Ich wollte gewinnen. Die große Liebe. Dafür musste ich auch etwas tun.

Ich tat es schon am selben Tag und beantragte drei Wochen Urlaub. Ich plünderte mein Sparkonto, kaufte ein

Ticket nach Kapstadt, ging dann erst zum Friseur und anschließend in meine Lieblingsboutique. Mit drei schicken Sommerfähnchen kam ich wieder heraus. Eine Woche später düste ich los. Keine meiner Freundinnen wusste Bescheid. Ich hatte allen gesagt, dass ich zu einer alten Tante nach Österreich müsste.

Der Elfstundenflug verging rasend schnell. Ich rannte zum Einreiseschalter, konnte kaum abwarten, dass man mir das Visum in den Pass stempelte, raste zum Gepäckband und lief strahlend auf Jan zu. Er hatte mit einem riesengroßen Blumenstrauß gewartet. Ich flog förmlich in seine Arme. Er hielt mich fest. So lange und innig wie damals. Er trug mir die Koffer zu seinem Kleinwagen. Wir fuhren über die Stadtautobahn Richtung City Bowl, vorbei am hell erleuchteten Hafen, die Kloof Street hoch bis nach Higgovale, seinem neuen Zuhause.

Das Haus war klein, aber stilvoll. Er hatte auf der Terrasse gedeckt, aus dem Wohnzimmer klang sanfte Tanzmusik. Eine Stimmung, in der man vor Glück zerbersten konnte. Ich war keine Spur erschöpft, einfach nur selig. Jan hielt meine Hand. Ich nippte an meinem Begrüßungswein.

»Wer einmal in Afrika war, kommt nicht mehr davon los«, sagte Jan in die Stille.

Ich nickte. »Wer einmal in deinen Armen erwachte, kommt nicht von dir los«, entgegnete ich.

Wieder Stille.

»Ich möchte, dass du hier bleibst«, sagte Jan, fast beiläufig, während er mir etwas Salat auf den Teller füllte. »Ich kann das Haus nicht gut allein fuhren. Es ist schöner, wenn wir das zu zweit machen.«

Ich sah ihn an. »Aber ich muss dann alles aufgeben«, warf ich ein.

»Wer Träume verwirklichen will, muss von einem vollen Tisch aufstehen. Sonst schafft man es nicht«, sprach er weiter. »Du gibst etwas auf. Aber du bekommst auch etwas. Manchmal steht man an Kreuzungen des Lebens und muss sich entscheiden, wohin die Reise gehen soll. Ich denke, du gehst den richtigen Weg, wenn du zu mir kommst.«

Ich sah in seine Augen, spürte seine warme Hand auf der meinen und wusste plötzlich ganz genau, wohin ich zu gehen hatte. Meine Zweifel, mein Misstrauen, alles war weit weg. Ich hörte nur noch auf mein Herz, und das wies mir den Weg.

Noch einmal bin ich nach Hause gefahren und habe allen gesagt, dass ich für ein Jahr nach Afrika ginge, zu einem Mann. Die meisten waren überrascht, haben mir aber zu meinem Mut gratuliert. Dann habe ich mich für ein Jahr beurlauben lassen, die Möbel bei meiner Mutter untergestellt, das Auto abgemeldet.

Das war vor drei Jahren. Ich bin immer noch in Afrika und werde hier bestimmt auch bleiben. Jan und ich sind mittlerweile verheiratet. Unser kleines, feines Hotel läuft prächtig. Es macht mir riesigen Spaß, mit Gästen aus aller Welt zusammenzukommen. Ich spreche längst perfekt Englisch und komme prima mit dem Klima zurecht. Wenn deutsche Gäste bei uns sind, erzähle ich immer gern unsere Geschichte. Wie ich damals todmüde ankam und er mir seine Stadt zeigen wollte. Ich habe mich bei ihm untergehakt und nicht geahnt, dass es für immer war.

»Er wird sich nie mehr melden? Woher weißt du das so genau? Vielleicht werdet ihr euch ja alle nochmal wundern!« Ich sage das so bestimmt, weil meine Freundin zum wiederholten Male Christos schlecht macht. Er wäre nicht mehr als ein billiger Strandcasanova. Worte, die mir die Tränen in die Augen treiben und mich richtig böse machen.

»Du bist doch nur neidisch, weil du so etwas noch nicht erlebt hast. Aber ich lasse mir von dir meine Gefühle nicht schlecht reden. Sie waren echt, und ich bin froh, dass ich sie erleben durfte.« Wütend knalle ich ihre Haustür hinter mir zu. Das war's. Jetzt kann mir meine liebste Nachbarin auch gestohlen bleiben.

Mittlerweile habe ich meine gesamten Freundinnen satt. Pausenlos wollen sie mir einreden, dass ich ihn vergessen muss. Endgültig. Warum begreift denn niemand, was dieser Mann mir bedeutet hat? Ich will eben nicht ganz ausschließen, dass wir irgendwann zusammenkommen werden. Gut, im Moment sieht das nicht so aus. Aber wer weiß. Christos hat gesagt, dass es Wunder gibt.

Es begann eigentlich schon vor drei Jahren, in dem Sommer, in dem meine Ehe mit Ingo nach neun Jahren in eine Krise rutschte. Keiner konnte verstehen, dass ich plötzlich so unzufrieden war. Denn nach außen hatte ich alles. Einen wohlhabenden Mann, ein schickes Haus, ein gesundes Kind. Doch ich wollte etwas anderes, wusste aber nicht was.

Ich hatte Ingo zehn Jahre vorher in einer Kneipe kennen gelernt. Er war ein bekannter Architekt, hatte ein schönes Haus im noblen Bad Homburg und war frisch geschieden. Ich war knapp zwanzig Jahre, hatte gerade mein Abitur in der Tasche und keine Lust, mich gleich wieder in neue Verpflichtungen zu stürzen. Ich wollte erst einmal durchatmen und in Ruhe überlegen, was mir die Zukunft bringen sollte. Um Zeit zu gewinnen, arbeitete ich als Kellnerin in einem Szenelokal.

Und da saß irgendwann Ingo am Tresen. Er war doppelt so alt wie ich und interessierte mich eigentlich gar nicht. Aber er verstand es, mich zu erobern. Wir konnten gut miteinander reden und vor allen Dingen träumen. Von Weltreisen, Flusstouren auf dem Sao Francisco in Brasilien und Tango-Kursen in Argentinien. Ingo schien ungewöhnlich jung geblieben zu sein. Er hatte nichts Etabliertes, sondern war für alles offen. Zusätzlich bot er mir Sicherheit, Liebe und finanzielle Unabhängigkeit. Unterm Strich ergab das einen tollen Mann. Ich verliebte mich in ihn. Wir heirateten. Ich wurde schwanger.

Und damit änderte sich alles. Ingo ging plötzlich ganz in seinem neuen Familienleben auf. Statt wie geplant zu reisen, machten wir es uns im Haus gemütlich. Er pusselte dauernd im Garten herum, baute einen Swimmingpool und ein Klettergerüst für unsere Tochter Annika und, und, und. Ständig fiel ihm etwas Neues ein, das er basteln konnte. Es gab keine Partys mehr und keine Kurztrips. Wir luden weder Freunde ein, noch zogen wir abends um die Häuser. Wir waren zu Hause, kochten etwas Nettes, sahen fern oder lasen ein gutes Buch. Mein Leben war sicher und beschaulich, aber total langweilig.

Ein paar Jahre ging das gut. Dann wurde ich unzufrieden und lag immer öfter mit schlimmen Depressionen im Bett. Ingo gab vor, mich zu verstehen, und kam mit Reiseprospekten nach Hause. Wir buchten viel und stornierten fast genauso viel. Immer kam etwas dazwischen. Meist ging es um seine Arbeit, manchmal wurde auch Annika krank, und mir fiel immer mehr die Decke auf den Kopf.

Verständnis fand ich bei meiner Nachbarin Nina. Zu der flüchtete ich mich. Sie war allein erziehend. Eine Powerfrau, die meine Langeweile verstand und mir zuhörte. Sie riet mir, eine Arbeit und damit eine Aufgabe zu suchen.

Eine Idee war schnell gefunden. Ich wollte eine Yogaschule eröffnen. Ingo war von meinen Plänen wenig begeistert. Erst nach langem Hickhack stimmte er zu und war einverstanden, mir zwei Tage in der Woche Annika abzunehmen. In der Zeit konnte ich zu einer Schulung für Yogalehrer. Zwei Jahre half mir dieses Engagement aus meinem Dauerfrust heraus. Dann hatte ich meine Abschlussdiplome in der Tasche und geeignete Räume für die Schule in Aussicht.

Eigentlich konnte es jetzt losgehen. Aber ich wollte nochmal raus und schaffte es tatsächlich, Ingo zu überreden, mit mir und Annika vier Wochen Sommerurlaub auf Rhodos zu machen. Eine Traumreise.

Wir hatten uns eine kleine Wohnung direkt am Strand gemietet und versorgten uns selbst. Ich liebte es, morgens mit einem Körbchen am Wasser entlangzugehen und mir in den kleinen Geschäften des Ortes Brot, Oliven und Käse zu holen. Ich ging barfuß, trug nur Jeans und ein bauchfreies Top. Ingo und Annika schliefen noch, und so hatte ich auch Zeit, in einer der kleinen Bars einen griechischen Kaffee zu trinken. Immer saßen schon ein paar Einheimische an den winzigen blauen Tischen. Sie nickten mir zu und riefen freundlich »kalimera«.

Einer fiel mir sofort auf: Christos. Er war sonnengebräunt, hatte haselnussbraune Locken und die typische griechisch gebogene Nase. Sein Hemd war weit aufgeknöpft. Er trug ein goldenes Kreuz auf seiner behaarten Brust und ein Armband am Handgelenk. Wenn er lächelte, blitzten seine weißen Zähne wie Perlen in seinem Gesicht. Bei meinem dritten Besuch in dem Lokal kamen wir ins Gespräch. »Ich heiße Christos, und mir gehört die Tauchschule unten am Strand«, stellte er sich vor. Ich erzählte, wo wir wohnten, Ingo, Annika und ich. »Das ist doch gleich nebenan. Komm doch mal vorbei«, lud er mich ein.

Am nächsten Morgen traf ich ihn wieder. Wir winkten uns zu. Ich trank meinen üblichen Kaffee, zahlte und wollte gerade aus der Bar gehen, als er hinter mir stand. »Ich habe gewartet. Du bist nicht gekommen. Dann komm jetzt mit ich zeige dir, wo ich arbeite.« Er ergriff meine Hand und zog mich Richtung Strand. Es war mir etwas peinlich, und ich zögerte. Aber er ließ mich nicht los, sondern stapfte Händchen haltend mit mir weiter, die Promenade entlang, schließlich durch den Sand.

Er sprach gutes Deutsch, hatte aber einen sehr harten griechischen Akzent. Er erzählte mir, dass er nie in Deutschland gewesen sei. Die Sprachkenntnisse hätte er sich ganz allein durch die Touristen angeeignet. Wie viele junge Leute habe er nach der Schule als Kellner in den Strandrestaurants gearbeitet, dabei schnell Deutsch gelernt. Von dem, was er von seinem Verdienst auf die Seite legen konnte, hatte er sich irgendwann die Ausbildung, die Tauchausrüstung und das Basishäuschen leisten können. Jetzt, mit Anfang dreißig, war er ein angesehener Tauchlehrer. Das Geschäft florierte. Er war stolz darauf. Auch auf seine Heimatinsel Rhodos, seine Freunde, sein ganzes Leben.

Ich konnte es kaum glauben, als er mir erzählte, dass er die Insel nie verlassen habe. Nicht mal die Nachbarinseln habe er gesehen. »Wozu? Hier habe ich alles, was ich brauche. Wasser, Sonne, meine Freunde, Raki und Retsina. Ihr Deutschen müsst immer herumreisen. Warum? Wer in sich selber zu Hause ist, braucht das nicht.«

Worte, die mich nachdenklich machten. Christos war so anders als ich. So anders als die Männer bei uns. Einfach, geradeheraus, das gefiel mir. Er redete ohne Punkt und Komma, und ich hing an seinen Lippen.

An der rechten Hand hielt er mich fest, in der linken baumelte mein Körbchen mit dem Weißbrot. So zogen wir an meinem Apartmenthaus vorbei Richtung Tauchbasis, und ich hoffte nur, dass Ingo noch in tiefem Schlaf lag und uns nicht sah.

»Da wohne ich«, sagte ich kleinlaut.

Christos blickte hinüber. »Und dein Mann, schläft der?«

Ich nickte.

Christos lachte. »Das ist auch gut so. Dann komm weiter, wir sind gleich da.«

Die Tauchbasis war ein blau gestrichenes Holzhäuschen. Über dem Eingang stand in weißen Buchstaben CHRISTOS. Davor waren vier Tische mit Bänken aufgebaut. Das Meer war jetzt fast spiegelglatt. Die Wellen plätscherten nur leicht. Obwohl es noch sehr früh war, knallte die Sonne bereits kräftig. Christos spannte einen Schirm auf. Ich rutschte auf eine Bank. Er setzte sich neben mich.

»Schau auf das Meer und dann hinüber zur Küste. Siehst du da drüben? Da ist mein Haus. Da wohnt meine Familie.«

Er zeigte auf eine Reihe weiß getünchter Lehmhäuser. »Da, das dritte ist unsers. Da bin ich geboren. Von da aus bin ich auch zur Schule gegangen und später zur Arbeit. Und ich habe immer das Meer gesehen. Beim Aufwachen, beim Essen, beim Lernen, beim Arbeiten. Es glitzert mal silbern, mal grünlich, mal tiefblau. Es ist keinen Tag gleich. Das Meer hat jeden Moment ein anderes Aussehen. Du kannst stundenlang sitzen und gucken, und du wirst nie dasselbe Bild haben. Rebecca, was will man mehr. Sag mir, was man mehr braucht, um glücklich zu sein?« Seine Stimme donnerte. Er umfasste meine nackten Schultern mit seinen kräftigen Händen, schüttelte mich sanft hin und her. »Wach auf, du trauriges deutsches Mädchen. Deine Augen zeigen, wie krank deine Seele ist. Dabei liegt das Glück genau vor dir. Du musst es nur erkennen.«

Ich sah ihn mit großen Augen an. Mein Gott, schlummert denn in jedem Griechen ein Philosoph, schoss es mir durch den Kopf. Er erzählte und erzählte, und ich verlor mit jedem seiner Sätze ein Stückchen mehr von meiner Unzufriedenheit. Er sagte die Dinge, die mir wirklich halfen.

Ingo gab mir Schecks, damit ich meinen Frust in Kaufräuschen betäuben konnte. Meine Freundin riet mir zur Arbeit, damit ich nicht über mein Leben nachdenken musste. Und jetzt saß da jemand, der auf alle meine Fragen unaufgefordert eine Antwort wusste.

»Ihr Frauen in Deutschland seid kompliziert«, sprach Christos weiter. Er war in die Hütte gegangen, kam jetzt mit zwei Gläsern und einer Flasche Retsina wieder heraus. Er setzte sich neben mich und schenkte uns die Gläser voll. »Ihr wollt alles: Liebe, Kinder, Geld, Freiheit, Kleider. Aber was ihr wirklich wollt, kriegt ihr damit nicht.« Er zeigte auf mein Herz. »Da spielt die Musik des Lebens. Wenn da nichts ist, ist man arm, egal, wie voll die Schränke und die Konten sind.« Er drückte mich jetzt an sich, küsste mir die Stirn. »Das Herz gibt den Takt an. Für unseren Körper und für unser Leben. Und wenn du genau aufpasst, schlägt es im gleichen Rhythmus wie die Wellen. Denn wir sind nichts anderes als ein Stück von der Natur, ein Stück vom Wasser. Lebe mit dem Wasser, und das Herz schlägt richtig. Lebe mit toten Sachen, und es gerät aus dem Takt. Denk an meine Worte.«

Er prostete mir zu. Der Wein stieg mir zu Kopf. Ich blinzelte in die Sonne, lehnte meinen Kopf zurück – an Christos' Brust. Ich spürte, wie seine Hand über meinen nackten Bauch glitt. Es tat gut. Ich wehrte mich nicht. Jetzt griff er mit der anderen Hand in mein Haar, zog mir den Kopf sanft nach hinten und küsste mich. Erst sanft, dann wild und fordernd. Es ging alles so schnell. Plötzlich hob er mich einfach hoch und trug mich auf seinen kräftigen Armen wie eine Puppe in die Hütte. Mit dem Fuß stieß er die Tür hinter uns zu, und dann legte er mich auf eine große Liege. Ich war eine verheiratete Frau und Mutter, meine Familie war keine fünf Minuten Fußweg entfernt in einem Apartment und wartete auf das Frühstück, und ich ließ mich von einem Tauchlehrer lieben. Ich weiß, es klingt unfassbar. Und ich hätte nie für möglich gehalten, dass mir das jemals passieren könnte.

Aber dieser Mann hatte vom ersten Moment an eine Macht über mich, die fast schon unheimlich war. In seinen Händen wurde ich sprichwörtlich zu Wachs. Ich konnte mich ihm nicht entziehen. Er fasste mich an, und ich ließ alles mit mir geschehen. Es war eine Liebe, wie ich sie nicht kannte. Hart und fordernd. Seine Hände tanzten mit meinem Körper, immer schneller und schneller, bis ich vor Lust erbebte.

Einen Moment schmiegte ich mich noch an ihn. Dann richtete ich mich auf, sah durch das Fenster aufs Meer.

»Ich muss gehen«, sagte ich leise.

»Ich weiß, dein Mann wartet«, antwortete er. Er stupste liebevoll meine Nasenspitze, gab mir einen Klaps auf den Po und schob mich aus dem Bett. »Los, beeile dich. Aber komm wieder. Ich warte. Wenn du willst, bin ich jeden Morgen hier.«

Er zwinkerte mir zu. Ich küsste ihn noch schnell, schlüpfte in meine Sachen, griff das Körbchen und rannte los. Nach Hause. Zu meiner Familie. Ich hätte allen Grund gehabt, wie eine Sünderin mit Magenschmerzen und zittrigen Knien zurückzukommen. Aber ich kam wie eine Siegerin. Strahlend, glücklich und seit langer Zeit endlich wieder zufrieden.

Danach ging ich jeden Morgen zu Christos. Ja, ich weiß, dass es unglaublich kaltblütig war. Da waren mein Mann und mein Kind, schliefen selig, wähnten die Mutter beim Fladenbrot-Einkauf. Und was tat sie? Sie wälzte sich lustvoll auf einer Liege. Ich blieb immer nur eine knappe Stunde, dann ging ich nach Hause, zurück in mein Familienleben. Ich kann gar nicht erklären, wie ich diesen Spagat schaffte. Aber es ging, sogar problemlos.

Natürlich ließ es sich nicht vermeiden, dass auch Ingo und Annika Christos kennen lernten. Der Strand war klein, und wenn wir uns im Sand aalten oder in einem der Strandrestaurants aßen, hatten wir zwangsläufig auch immer Christos' Tauchbasis im Visier. Annika lief als Erstes interessiert zu ihm hin. Christos ließ sich nichts anmerken und plauderte nett mit der Kleinen. Natürlich wollte sie auch Papa zeigen, was sie entdeckt hatte, und der ließ sich bereitwillig hinführen. Schließlich saßen wir zu dritt auf einer der Bänke vor dem Holzhäuschen, und Christos erklärte uns dies und das, so wie den vielen anderen Touristen von seinen Tauchkursen.

»Ein netter Kerl, findest du nicht auch? So ein richtiger Naturbursche«, meinte Ingo, und ich nickte.

Manchmal frage ich mich, wie ich das durchhalten konnte. Aber zu dem Zeitpunkt war ich ein bisschen wie in Trance, wie betäubt. Ich nahm meine Umwelt nur durch einen Schleier wahr, und bis zum Schluss hatte Ingo keine Ahnung, welche besonderen Urlaubsfreuden ich mir gönnte.

Aber in den letzten Tagen kam für mich der Herzschmerz. Die Zeit mit Christos lief ab, und ich wollte jetzt so oft wie möglich mit ihm zusammen sein.

Glücklicherweise war Ingo häufig früh müde und legte sich schlafen. Ich schwindelte ihm vor, dass ich nochmal einen Absacker trinken wollte. Er wusste ja, dass ich ein Nachtmensch war, der erst spät zu Bett ging, und hatte kein Problem damit, wenn ich um zehn nochmal ein, zwei Stunden verschwand.

Die Gassen waren um diese Zeit noch voller Touristen, und Ingo machte sich keine Sorgen, dass mir etwas passieren könnte. Mit Christos hatte ich einen Treffpunkt vereinbart, die zentrale Bar. Dort wartete er auf mich. Mittlerweile wussten natürlich viele seiner Freunde, dass uns mehr verband als das Interesse fürs Tauchen. Sie zwinkerten mir schon zu, wenn sie mich um die Ecke kommen sahen. Christos saß in der Regel beim Würfelspiel. Ich setzte mich dazu, trank einen Retsina, und dann bummelten wir Händchen haltend zum Meer hinunter. Diese gestohlenen Stunden waren wohl die glücklichsten meines Lebens.

Am letzten Abend lagen wir bis weit nach Mitternacht auf einem Felsen. Über uns der Mond, vor uns das tiefschwarze Meer. Von weit hinten ertönte griechische Musik, gemischt mit dem Stimmengewirr der draußen sitzenden Urlauber. Eine Stimmung, die einen vor Glück zerbersten lässt. Christos hielt mich in seinen Armen, streichelte und küsste mich.

Ich war so glücklich. Mein Leben in Deutschland, meine Pläne mit dem Yogastudio, alles war weit weg. Es war, als ob ich in eine andere Rolle geschlüpft wäre. Die ewig quengelnde Rebecca, die hierher gekommen war, um sich mal wieder mit einer neuen Attraktion vor der Langeweile zu flüchten, gab es nicht mehr. Es gab eine andere, mit neuer Seele und tiefer Ausgeglichenheit. Ich hatte keine Lust mehr, mich vom Alltagsstress kaputtmachen zu lassen. Ich wollte mich auch nicht mehr mit einer Selbständigkeit belasten, und ich wollte mich nicht mehr nach Ingo richten müssen. Ich wollte leben, und zwar hier.

»Sieh mal, der Mond«, brummte Christos in die Stille. »Schon mein Vater, mein Großvater und mein Urgroßvater haben ihn gesehen, auch immer von diesem Felsen hier. Einmal war mein Opa mit mir hier. Er zeigte auf die kreisrunde Scheibe und sagte: Mein Leben vergeht. Der Mond wird dann weiter scheinen, und er bleibt und scheint auf dein Leben und das deiner Kinder. Was macht es ihm aus, ob du weinst oder unglücklich bist. Er scheint, ob du lachst und dein Leben genießt oder ob du weinst und dich grämst. Sein Licht ist immer an und wird immer da sein. In seinem Schein beginnt und vergeht seit ewigen Zeiten das Leben auf unserer Erde. Jetzt siehst du mal, wie klein und unwichtig wir Menschen sind. Also halte dich nicht mit Kleinkram auf, ärgere dich nicht über unwichtige Dinge, sondern genieße jeden Tag, den du hast. Die Sonne geht unter, der Mond geht auf. Egal, wo du bist und was du machst. Solange du das sehen kannst, gibt es keinen Grund zu klagen.«

Ich kuschelte mich an ihn und genoss seine Wärme. Er sagte Dinge, die waren so einfach wie wahr, und sie taten mir gut. Er hatte so Recht. Was zählten denn Kleider und Trendlokale? Was zählte, war, dass mein Herz schlug, ich gesund war und im Einklang mit der Natur lebte. In seinen Armen hatte ich auch keine Stimmungsschwankungen oder gar Depressionen. Keinen Kummer und keine Unzufriedenheit. Ich war ein Mensch, der in sich zu Hause war, wie es Christos immer sagte.

»Ich fahre morgen«, sagte ich und in dem Moment liefen mir auch schon die Tränen übers Gesicht.

Christos wischte sie mir weg. »Na und, du kommst doch wieder, und dann werde ich da sein und der Mond, die Sonne, das Meer auch.«

Ich lächelte zufrieden. So war es. Ich würde wiederkommen, und nichts würde sich geändert haben.

Am Abreisetag traf ich ihn nur kurz am Morgen in seiner Basis. Ich wollte nicht mehr mit ihm schlafen, ihn nur nochmal an mich drücken, seine Haut riechen, diese wunderbare Mischung aus Salz, Meer und einem intensiven Herrenparfüm. Christos schloss mich ganz fest in seine Arme, lange, dann schob er mich von sich fort. »Du musst gehen. Bis bald.«

»Ich habe nicht mal deine Handy-Nummer, gibst du sie mir?«, fragte ich plötzlich.

»Ich habe kein Handy, wozu?«

Ich war überrascht. Ich hatte ihn doch oft sprechen hören, wenn Touristen sich nach den Kursen erkundigten. »Ich habe dich doch mit einem Handy gesehen«, sagte ich irritiert.

Christos schüttelte den Kopf. »Das gehört meinem Bruder. Ich habe es nur hier für die Arbeit. Sonst ist es bei ihm.«

Ich konnte unmöglich einfach so gehen, ohne zu wissen, wie ich ihn erreichen konnte. Da fiel mir sein Tauchprospekt auf. Ich sah den Stapel auf dem kleinen Tischchen liegen und griff nach einem Zettel. Da stand eine Handynummer.

»Ich werde versuchen, dich zu erreichen.«

Christos lächelte. »Ich freue mich darauf. Aber was zählt, ist, dass das stimmt«, und dabei zeigte er auf sein Herz.

Von draußen schien die Morgensonne herein. »Bleibe, wie du bist. Du bist gut so«, sagte er noch.

Ich ging so schnell ich konnte zurück zu meinem Apartmenthaus. Einmal drehte ich mich noch um. Christos stand in der Tür und winkte mir nach.

Mein Gott, bloß nicht so weinen, wie sollte ich es denn Ingo erklären, wenn ich mit rot geweinten und geschwollenen Augen vom Einkaufen käme. Doch die Tränen liefen in wahren Sturzbächen. Ich musste an einem kleinen Brunnen anhalten und mit kaltem Wasser die Schwellung zum Abklingen bringen.

Der Rückflug war für mich voller Wehmut. Meiner Tochter zuliebe riss ich mich zusammen. Aber mein Herz trug Schwarz. Ich mochte nichts essen und hörte kaum zu, wenn Ingo etwas sagte.

»Du wärst gern geblieben?«, fragte er mich.

»Der erste Ort, wo ich wirklich glücklich war«, antwortete ich. »Ich glaube, ich habe meine Heimat gefunden.«

Ingo hat sicher gedacht, jetzt spinnt sie völlig. Aber das war mir egal. Zu Hause habe ich nur noch von Griechenland erzählt. Von meiner Insel, auf der ich Ruhe und innere Ausgeglichenheit gefunden hatte. Ich wollte zurück. So schnell wie möglich. Niemand nahm mich ernst.

»So ist das immer, wenn man aus dem Urlaub kommt. Man denkt, da möchte man leben«, sagte meine Freundin Nina platt. Die verstand mich also auch nicht. Wie denn auch? Keiner kannte ja die wahren Zusammenhänge.

Ich versuchte, mich in meinen normalen Alltag zurückzufinden. Aber es gelang mir nicht. Tagelang lag ich depressiv im Bett. Mal weinte ich, mal lenkte ich mich mit Büchern über Rhodos ab. Mein Yogastudio interessierte mich nicht mehr. Ich wollte mir keinen neuen Klotz ans Bein binden, mich nicht wieder fremdbestimmen lassen. Ich wollte endlich so leben, wie ich es brauchte.

Ich zog mich immer mehr von Ingo zurück. Ich konnte es auch nicht mehr ertragen, wenn er nachts im Bett neben mir atmete. Auf Rhodos hatte ich es noch geschafft, auch mit Ingo ins Bett zu gehen. Aber jetzt, nach meiner Rückkehr, wollte ich Christos treu sein und schlief im Gästezimmer. Die Stimmung war entsprechend schlecht. Wir wechselten nur noch die nötigsten Sätze miteinander. Nur mit Annika ging ich normal um. Sie lenkte mich ab, und die Verantwortung für sie verhinderte auch, dass ich mich total hängen ließ.

Drei Monate ging das so. Ich suchte nach Wegen, in Rhodos zu leben. Doch wovon? Ich hatte nichts gelernt, konnte kein Griechisch und hatte ein schulpflichtiges Kind, für das gesorgt werden musste. Mir fiel nichts ein, wie ich mein Leben da unten packen konnte. Und je mehr mir die Aussichtslosigkeit bewusst wurde, desto kränker und kraftloser wurde ich. Ingo stand hilflos daneben. Er wusste nicht mehr weiter. Klar war er verzweifelt, weil in unserer Ehe nichts mehr lief. In seiner Not wandte er sich an Nina.

Die stand eines Tages in meinem Wohnzimmer und hatte, wohl dank weiblicher Intuition, den richtigen Riecher. »Du hast einen anderen! Dein Mann ahnt nichts, aber er ist völlig verzweifelt. Du musst irgendetwas ändern, und zwar schnell. Sonst habt ihr ein riesengroßes Problem.«

Ich schenkte ihr reinen Wein ein.

Sie hörte geduldig zu, sagte dann aber deutlich: »Lass den Unsinn. Das ist ein wunderbarer Urlaubsflirt, aber nicht mehr. Bau nicht ein Leben darum auf. Das passt nicht. Christos ist kein Mann, den du heiraten kannst. Du hast hier eine Familie. Kümmere dich wieder um sie.«

Ihre Worte erreichten mich nicht mehr. Sie hat es gespürt. Vermutlich hat sie Ingo auch den Tipp gegeben, mich noch einmal nach Rhodos fahren zu lassen. Jedenfalls schlug er das plötzlich vor. »Ich nehme mir Urlaub und behalte Annika hier, und du nimmst dir eine Auszeit und fährst auf deine Lieblingsinsel. Vielleicht siehst du danach klarer.«

Von Christos hatte sie ihm nicht erzählt, das hat sie mir später hoch und heilig geschworen. Aber sie hat Ingo gesagt, dass ich zu mir finden müsse und dass das am besten allein auf Rhodos ginge.

Ich nahm das Angebot natürlich sofort an und düste im Spätherbst mit klopfendem Herzen zum zweiten Mal auf meine Insel.

Ich hatte mir dasselbe Apartment gemietet. Christos sollte von alldem nichts wissen. Er hatte doch gesagt, er würde immer da sein. Ich wollte ihn überraschen. Das ist mir auch gelungen. Ich kam mit dem Taxi vorgefahren und sah am Strand weit hinten die Tauchbasis. Es war später Nachmittag und immer noch brütend heiß. Mich durchströmte tiefes Glück. Gleich würde ich bei ihm sein und in seinen Armen liegen. Ich brachte nur die Koffer hoch, zog mir Shorts und Shirt an und rannte los, durch den Sand, zu meinem Christos.

Ich platzte mitten in einen Lehrgang. Vier Schüler saßen im Kreis, und er erklärte ihnen gerade den Gebrauch der Sauerstoffflaschen.

Als er mich kommen hörte, sah er kurz auf, war völlig überrascht und strahlte dann übers ganze Gesicht. »Hallo, welche Überraschung.« Er sprang sofort auf. »Entschuldigung, aber ich muss einen lieben Gast begrüßen.« Dann drückte er mich an sich, küsste mich auf die Stirn. »Bist du allein?«

Ich nickte.

»Setz dich und höre mit zu. Es dauert nicht mehr lange.«

Als seine Kunden weg waren, zog er mich in die Hütte. Ich konnte es kaum abwarten, ihn endlich wieder zu spüren. Es war grenzenlos schön wie immer. Dann lud er mich zum Essen ein, und mit dem ersten Glas Retsina kam die Ernüchterung.

»Rebecca, ich muss dir etwas sagen. Ich bin nicht mehr allein. Meine Familie will, dass ich heirate. Meine Jugendfreundin. In Griechenland ist das anders. Wir haben Respekt vor der Familie und deren Wünschen. Sophia arbeitet auf Kreta in einem Hotel. Aber sie kommt in zwei Wochen für den Winter zurück. Dann müssen wir vorsichtig sein. Du verstehst das doch.«

Ich verstand gar nichts. Es gab eine andere. Warum bloß? Das hieß doch auch, es gab sie schon im Frühjahr. Na klar, sie war nur auf der Nachbarinsel, und deshalb hatte Christos freie Bahn.

Ich weinte. »Liebst du mich denn noch?«, schluchzte ich.

»Aber natürlich«, sagte er. »Ich werde dich immer lieben. Du weißt und fühlst das auch. Dein Mann, Sophia, was hat der mit uns zu tun? Komm, sei nicht traurig. Genieße jeden Tag, der uns bleibt. Schlaf heute bei mir. Wir legen uns an den Strand.«

Seine Worte vertrieben meine Eifersucht. Ich blieb bei ihm. An diesem und auch den folgenden zwei Tagen. Dann musste ich im Apartment schlafen. Christos wollte es so. Er hatte Angst, dass seine Mutter hinter unsere Verbindung kommen könnte. Warum, begriff ich nicht. Das war ihm doch im Sommer auch nicht wichtig gewesen. Aber ich nahm es hin.

Die restliche Zeit lebten wir wieder unseren alten Rhythmus. Ich kam frühmorgens an den Strand, abends in die Bar. Zweimal war er allerdings nicht allein dort. Beide Male war eine junge Frau bei ihm. Sehr hübsch und aus Deutschland wie ich. Ich setzte mich zu ihnen und fühlte mich wie das fünfte Rad am Wagen. Er flirtete wie ein Weltmeister mit ihr, und ich musste mich fürchterlich zusammenreißen, um nicht einfach aufzustehen und wegzulaufen. Als sie zur Toilette ging, ergriff er meine Hand.

»Sie ist eine Kundin und will einen Tauchkurs machen. Ich muss mich um sie kümmern. Du verstehst das doch?«

Ich nickte, denn ich wollte ihn verstehen, gegen jede Vernunft. Der wirkliche Schock kam bald darauf.

Es war zwei Tage später. Ich hatte morgens verschlafen, weil wir abends zu viel Retsina getrunken hatten, und erwachte erst gegen elf. Drei Stunden später als sonst. Blitzschnell sprang ich unter die Dusche, zog mir mein Strandzeug an und rannte los. Zum Häuschen. Die Tür war weit offen, Christos aber nicht da. Ich dachte, er mache einen Tauchgang, und wollte auf ihn warten.

Als er eine Stunde später immer noch nicht kam, wollte ich zu unserem Felsen bummeln und ein bisschen aufs Wasser sehen. Es war ein Fehler. Denn auf unserem Felsen war Christos, doch er war nicht allein. Die blonde Schönheit, mit der er abends am Tisch gesessen hatte, war bei ihm. Die beiden saßen aneinander gekuschelt, und Christos schien ihr das Meer zu erklären.

Ich konnte mir ausmalen, was er ihr erzählte. Dieselben Sätze, die er mir auch Tag für Tag heruntergeleiert hatte. Ich war maßlos enttäuscht. Mein Christos, der Mann, dem ich monatelang nachgeweint hatte, war nichts weiter als ein billiger Strandläufer, der Touristinnen abschleppte und sich damit vor seinen Freunden wichtig machte. Vermutlich hatte er eine Strichliste in seiner Hütte oder sammelte Slips wie Trophäen. Oh, wie dumm war ich gewesen!

Ich lief in mein Apartment und schloss mich ein. Zwei Tage lag ich da, wimmerte vor Schmerzen und hoffte insgeheim, dass Christos wenigstens mal nach mir sehen würde. Er musste sich doch Sorgen machen, wenn ich mich drei Tage nicht blicken ließ. Aber nichts passierte. Ich war ihm egal. Ich bedeutete ihm nichts. Ich war ein kleines, billiges Abenteuer für ihn gewesen. Gerade gut genug fürs Bett. Zum Heiraten nahm er eine Griechin, eine Einheimische. Eine Frau, die nicht mit jedem Erstbesten aufs Lager hüpfte. So musste er mich doch einschätzen. Damals dachte ich an Selbstmord. Hätte es meine Tochter nicht gegeben, ich wäre ins Meer gegangen. So verzweifelt, enttäuscht und gedemütigt fühlte ich mich.

Nach drei Tagen sah ich klarer. Der Schmerz brannte nach wie vor, aber ich wusste wenigstens, dass ich weiterleben wollte. Die Zeit, die mir auf Rhodos blieb, wollte ich nutzen, um zu mir zu kommen. Doch es waren nur Tage voller Traurigkeit. Alles erinnerte mich an ihn und meine glücklichen Stunden. Auf dieser Insel hatte ich zu mir gefunden, aber gleichzeitig auch meine Träume verloren.

Wie ein geprügelter Hund fuhr ich kurz darauf zum Flughafen und ließ mein Ticket umschreiben. Ich wollte so schnell wie möglich zurück. Hier hatte ich nichts mehr verloren. Es passte. Mein Flieger ging gleich am nächsten Tag.

Ich packte meine Sachen und nutzte den Abend, um nochmal am Wasser entlangzugehen.

Plötzlich winkte mir jemand zu. Es war Christos, er lief auf mich zu. »Wo warst du? Ich habe dich vermisst!«

Ich antwortete mürrisch: »Du hattest doch Gesellschaft!«

Christos lachte. »Meinst du Klara? Aber was denkst du! Sie ist eine Kundin, mehr nicht. Aber Sophia ist da. Gestern ist sie angekommen. Die Familie ist in heller Aufregung. Wann fliegst du?«

»Morgen«, sagte ich knapp.

Christos ergriff meine Hand. »Warum so früh? Bist du böse? Das darfst du nicht. Das macht hässlich. Liebe ist ein Schmetterling. Freue dich, solange er bei dir ist. Wenn du ihn fangen willst, stirbt er. Und wer die Liebe tötet, wird einsam sein.«

Ich spürte seine warme Hand, hörte seine rauchige Stimme. Und da war es wieder, dieses Gefühl. Ich konnte mich dem nicht entziehen. Er streichelte mein Gesicht, küsste mich, tat so, als wäre nichts geschehen. Und ich ging wieder mit ihm in sein Haus.

»Liebst du mich?«, fragte ich ihn, als er mich auf die Liege zog.

»Ich liebe dich«, sagte er.

»Warum tust du mir das alles dann an?«

Christos nahm meine Hand. »Liebstes, ich tue dir doch nichts an. Ich war doch immer gut zu dir. Aber unsere Leben passen nicht zusammen. Ich bin Grieche, denke und fühle anders. Du wirst mich nie richtig verstehen.«

»Ich kann es versuchen. Wir könnten gemeinsam hier leben. Ich suche mir Arbeit. Das wird schön, vertraue mir doch.«

Christos setzte sich zu mir, streichelte meine Arme. »Du frierst, weil du Angst hast. Du spürst, dass das Leben hier anders ist, anders, als du es jetzt kennst. Es ist nicht wie in deinem Urlaub. Es ist viel Tradition, Familie, gewachsener Alltag. Du würdest dich nicht zurechtfinden und in kurzer Zeit unglücklich sein. Weil ich dich liebe, will ich dir das ersparen. Geh zu deiner Familie. Da ist dein Platz. Und behalte im Herzen, was du gehabt hast.«

Ich schüttelte den Kopf. »Das kann ich nicht. Ich kann nicht ohne dich leben!«

»Unsinn! Jeder kann ohne den anderen leben! Und wer weiß, vielleicht gibt es ja einen Weg für uns. Wenn Gott uns zusammen haben will, wird es passieren. Vertraue ihm, er hat unser Leben in seiner Hand.«

Ich kuschelte mich an ihn, sog den Geruch seiner Haut in mich ein.

»Ich hole dich morgen früh ab und bringe dich zum Flughafen«, sagte er plötzlich und begann mich mit dieser unvergleichlichen Leidenschaft zu küssen. Ich gab mich ihm hin, und mit jeder Minute verlor ich mich wieder an ihn.

Doch Christos kam nicht. Ich wartete über eine Stunde auf ihn. Dann rief ich mir ein Taxi. Ich war wieder maßlos enttäuscht. Er hatte Recht. Ich verstand ihn nicht. Aber vielleicht liebte er mich so sehr, dass er sich und mir den Abschiedsschmerz ersparen wollte. So, mit dieser wunderbaren Nacht im Herzen, war es leichter für uns, auseinander zu gehen.

Der hat doch längst eine andere«, rückte Nina die Verhältnisse zurecht, als ich mich am Tag meiner Ankunft direkt vom Taxi aus in ihre Arme flüchtete. »Der Kerl spielt mit dir, und du bist wie eine Marionette. Er sagt dir ein, zwei schöne Sätze, und du dumme Gans vergehst in deinen Liebesträumen. Christos lebt sein Leben und nimmt sich, worauf er gerade Lust hat. Kapier das doch endlich.«

Eine Stimme in mir sagte, dass sie Recht hatte. Eine andere verurteilte sie wegen ihrer gnadenlosen Worte. Diese Zärtlichkeiten, diese wunderbaren Sätze. Das konnte kein Mann sagen, der nur möglichst viele Touristinnen aufs Lager locken will. Nein, so war Christos nicht. Er musste sich in mich verliebt haben. Niemand kann so Theater spielen. Meine Gefühle schlugen Purzelbaum. Ich wusste nicht mehr, wie ich reagieren sollte.

In dieser inneren Achterbahnfahrt ging ich rüber zu meiner Familie. Annika, mein geliebtes Kind, rannte mir entgegen. Ich war so froh, sie wieder in die Arme nehmen zu können. Schon für sie musste ich jetzt endlich eine Entscheidung treffen. Ein Leben wie in den letzten Jahren konnte ich nicht mehr fuhren. Ich würde daran kaputtgehen, und Annika brauchte mich doch. Ingo hielt sich bei unserer stürmischen Begrüßungsszene vorsichtig im Hintergrund. Er war unsicher, wusste nicht, wie ich auf ihn reagieren würde.

Immerhin hatten wir vor meiner Abreise eine schlimme Zeit gehabt und auch jetzt vier Wochen Funkstille hinter uns. Er war dünn geworden. Bestimmt aus Kummer über mich. Ich schämte mich. Ich wollte ihn in die Arme nehmen. Aber es gelang mir nicht richtig. Da war so viel Distanz zwischen uns. Er war nicht mehr der Mann, den ich liebte. Unsere Zeit war einfach vorbei. Oder? Ach, ich wusste nichts mehr.

Ich setzte mich erst einmal vor den Kamin. Annika kam auf meinen Schoß. Ingo holte Kaffee und Kuchen. »Selbst gebacken, um dich willkommen zu heißen, nicht wahr, Annika!«, sagte er.

Ich bedankte mich artig. Die Stimmung war alles andere als gelöst. Wir saßen nebeneinander, wie Schuhe im Keller stehen. So konnte es nicht weitergehen. Ich musste mich für oder gegen ihn entscheiden. Christos spielte dabei keine Rolle mehr. Er hatte in diesem Stück ja nicht mitspielen wollen. Oder doch? Ich hatte in nichts mehr Klarheit. Ich brauchte Hilfe.

»Ich möchte eine Therapie machen, Ingo«, sagte ich unvermittelt. »Ich brauche Hilfe. Ich weiß nichts mehr. Alles dreht sich. Ich bin durcheinander. Ich brauche einen Fachmann, der mir hilft, wieder geradeaus zu sehen.«

Ingo war einverstanden. Wir machten sofort einen Termin bei einem Spezialisten. Ich wollte vorerst nichts entscheiden, aus Angst, noch mehr Porzellan zu zerschlagen, und auch aus Angst um mich. Diese Urlaubsliebe hatte mich total konfus gemacht. Ich habe mich zu einem Zeitpunkt verliebt, als ich schon hilfsbedürftig war. Diese fremden Gefühle für diesen fremden Mann haben dann in mir das komplette Chaos verursacht. Ich hatte keine Möglichkeit mehr, eine sachliche Einschätzung vorzunehmen. Ich drohte mit Pauken und Trompeten unterzugehen. Das konnte ich nicht zulassen.

Die Gesprächstherapie war nicht erfolgreich. Obwohl ich der jungen Frau alles anvertraute, konnte ich mit ihren Antworten nichts anfangen. Im Gegenteil, sie verwirrten mich noch mehr. Ich brach die Behandlung ab.

Es ging mir immer schlechter. Zu meinem gefühlsmäßigen Durcheinander kamen schlimme Migräne-Attacken, die mich tagelang ins Bett zwangen. Bei schönstem Wintersonnenschein lag ich hinter heruntergelassenen Rollos und wimmerte vor Schmerzen. Jedes noch so kleine Geräusch verursachte höllische Qualen. Ich lag bewegungslos wie eine

Tote, starrte zur Decke und hoffte, dass nicht irgendwo im Haus ein Teller herunterfallen würde. Als es mir danach etwas besser ging, bekam ich einen unerklärlichen Hautausschlag. Als ich den im Griff hatte, litt ich an Durchfällen und Magenbeschwerden. Manchmal hatte ich auch alles gleichzeitig. Drei Monate lang ging es ständig bergab mit mir.

In dieser Zeit konnte ich mich kaum um Annika kümmern. Ingo nahm mir alles ab. Er versorgte das Kind und betreute auch mich wirklich liebevoll. Ich war ihm so dankbar und quälte mich mit Schuldgefühlen. Dieser tolle Mann hatte eine bessere Frau verdient als mich. Ich hatte ihn schamlos belogen und betrogen und ließ mich jetzt von ihm pflegen.

Aber es verging kaum eine Minute, in der ich nicht an Christos dachte. Er musste doch spüren, wie schlecht es mir ging. Es war mittlerweile schon Frühling, und ich war nur noch ein Schatten meiner selbst. Abgemagert, grauhäutig, kraftlos saß ich die meiste Zeit im Wintergarten und sah in die Natur. Ich konzentrierte mich dabei ganz fest auf Christos und hoffte durch die Kraft der Gedanken, ihn zu erreichen.

»Wenn der liebe Gott glaubt, dass wir zusammengehören, wird es passieren.« Immer wieder hörte ich diesen Satz. Es wird passieren. Ja, Christos. Aber hör doch, wie schlecht es mir geht!

Ostern hielt ich es nicht mehr aus. Es war ein besonderer Tag. Ich wollte mir auch etwas schenken und ihn anrufen. In diesem Jahr fiel unser Osterfest mit dem griechischen Ostern zusammen. Ich suchte den Prospekt seiner Tauchbasis heraus, den ich bei meiner ersten Reise mitgenommen hatte, und wählte die darauf stehende Handy-Nummer. Es meldete sich eine Frauenstimme.

»Hallo, hallo…«, den Rest konnte ich nicht verstehen. Sie sprach griechisch.

Ich rief nur: »Christos!« Dann herrschte Stille.

Kurz darauf war er dran, rief ebenfalls »Hallo«.

»Ich bin es, Rebecca«, sagte ich leise. »Ich wollte dir ein schönes Osterfest wünschen.«

Ich bekam keine Antwort. Im Hintergrund hörte ich lautes Gerede. Offenbar steckte die Familie in den Festtagsvorbereitungen.

»Rebecca?«, fragte er ungläubig. »Rebecca, wie geht's dir, was macht deine Familie?«

Ich hörte genau heraus, dass er nicht richtig wusste, wer ich war. Er hatte mich vergessen.

»Es geht uns gut, ja gut«, stammelte ich noch. »Grüß Sophia und frohe Ostern.«

Das war's. Jetzt hatte auch ich kapiert, dass dieser Mann mich nie wirklich gewollt hatte. Ich war gut für Sex. Das hatte ihn interessiert. Mehr nicht. Das Meer, die Sonne, die Stimmung, all das hatte mich blind gemacht, so blind, dass ich sogar meine Mutterinstinkte vergaß. Ich rappelte mich auf. Annika hatte genug gelitten. Sie sollte durch ihre liebeskranke Mutter nicht auch noch das Osterfest vermiest bekommen. Ich wusch mir die Tränen ab, zog mich schick an und begann halbwegs fröhlich, die Ostereier im Garten zu verstecken. Das war ich Ingo und Annika schuldig. Ich musste mich wenigstens jetzt zu Ostern zusammenreißen.

Gleich Anfang April fuhr ich zu einer vierwöchigen Kur in eine therapeutische Klinik. Der Aufenthalt dort hat mir wirklich geholfen. Man hat mir viele Dinge aus meiner Jugend aufgezeigt, mir die Probleme meiner Ehe verdeutlicht und auch Verständnis für meinen Gefühlstaumel mit Christos entgegengebracht.

Als ich entlassen wurde, sah ich mein Leben klarer. Vieles musste noch gelöst werden, aber ich hatte Fußstapfen gefunden, in denen ich gehen konnte.

Mittlerweile habe ich Ingo verlassen und mir eine eigene Wohnung genommen. Die Ehe klappte nicht mehr. Sie hatte sich überholt. Statt ihn länger im Ungewissen zu lassen und damit zu quälen, wollte ich klare Verhältnisse. Er hat mich und Annika ziehen lassen. Das war gut so. Mittlerweile sind wir gute Freunde geworden. Schon Annika zuliebe müssen wir uns vertragen.

Die Idee mit meiner Yogaschule habe ich verwirklicht. Ich habe zwei kleine Räume in der Innenstadt angemietet und gebe dort regelmäßig Unterricht. Die Arbeit macht mir Spaß und tut mir gut. Insgesamt fühle ich mich heute, über ein Jahr nach meiner Rückkehr aus Griechenland, recht stabil. Ich schaue wieder zuversichtlich in die Zukunft.

Eine Partnerschaft will ich derzeit nicht. Ich habe viel zu viel Angst, noch einmal verletzt zu werden. Vielleicht hat mir Christos auch meine ganzen Gefühle ausgesogen, und ich habe einfach keine mehr für andere Männer übrig.

Wer weiß, vielleicht sehen wir uns ja doch irgendwann wieder. Es soll doch Wunder geben. Freiwillig fahre ich jedenfalls nie mehr nach Rhodos. Ich bleibe vorläufig in Deutschland. Die Berge mag ich nicht, und das Meer will ich nicht mehr sehen. Jeder Spaziergang am Meer würde mich an Christos erinnern. Das möchte ich mir ersparen, und deshalb verreise ich erst gar nicht.

Aber dann und wann stelle ich mir vor, ich komme aus dem Haus und er steht vor mir: Christos. Er hat seine Insel verlassen, weil er ohne mich nicht mehr sein kann. Er wird sagen: »Der liebe Gott hat es gespürt und passieren lassen.« Ein Stück meines Herzens wird wohl immer auf ihn warten.

Bei uns gibt's alles. Von Gulasch und Schnitzel über Couscous mit Lamm bis zu Foul, dem ägyptischen Nationalgericht. Das sind dicke braune Bohnen, mit Zitrone gewürzt. Foul gibt's in allen Variationen: mit Gemüse, Salaten oder in Fladenbrot »verpackt«. Letzteres ist unser Renner. Billig und schmackhaft. Das kommt bei den Leuten an.

Niemand, ich selbst am wenigsten, hätte geglaubt, dass ich mal Restaurant-Chefin würde. Ich war nämlich eher schüchtern und konnte gar nicht gut auf Menschen zugehen. Aber das ist längst vorbei. Ich bin eine fröhliche Frau geworden, die sich mit Elan und Zuversicht in ihre neue Aufgabe gestürzt hat. Als ich vor einem Jahr den »Landkrug« übernommen habe, hatte die Gastronomie nicht gerade ihre beste Zeit. Ich musste von Anfang an kämpfen, um über die Runden zu kommen. Aber es hat bis jetzt ganz gut geklappt.

Ich bin zwar mitten in der sächsischen Provinz, in einem Ort mit etwa dreitausend Einwohnern. Aber ich habe das einzige Lokal weit und breit. Wer essen gehen, aber nicht allzu weit fahren möchte, der kommt zu mir. Ich bin hier bekannt. Aber Durchreisende sind schon irritiert, wenn sie hinter der provinziellen »Landkrug«-Fassade plötzlich in einer Atmosphäre wie aus Tausendundeiner Nacht sitzen und statt Pommes auch orientalische Spezialitäten bekommen können. Natürlich werde ich dann gefragt, was ich hier zwischen Brokatvorhängen, bestickten Sitzkissen, Messingkannen und Wasserpfeifen mache. Wenn die Zeit langt, erzähle ich, wie es dazu kam.

Ich kann keinen organischen Befund feststellen. Natürlich glaube ich Ihnen, dass Sie Schmerzen haben. Wir lassen Sie nächste Woche noch einmal röntgen.«

Mir war zum Heulen zumute. Seit zwei Jahren war ich ständig krank. Mal hatte ich unerträgliches Kopfweh, dann wieder ein juckendes Hautleiden. Dazu kamen Unterleibskrämpfe und neuerdings ein Taubheitsgefühl im rechten Arm, und wieder hatte kein Mediziner eine Erklärung.

In der Firma war ich längst nur noch sporadisch. Ich machte mir Sorgen. Lange konnte das nicht mehr gut gehen. Mein Chef hatte mir schon durch die Blume zu verstehen gegeben, dass sich einiges ändern müsste. Die Umsätze wären rückläufig. Er brauche stabile Mitarbeiter. Mit einer ständig kranken Buchhalterin könne er nichts anfangen.

Irgendwann würde ich arbeitslos werden, und dann? Jochen, der Mann, mit dem ich seit fünf Jahren zusammenlebte, hatte zwar eine bombig gehende Computer-Firma, doch von ihm konnte ich keine finanzielle Unterstützung erwarten. Im Gegenteil. Ich machte ihm sowieso nichts recht, und wenn ich ihm sagen müsste, dass mein Job weg wäre, würde er höchstens noch zusätzlich auf mich einhacken.

»Siehst du, nicht mal das kannst du. Zu dumm, um am Schreibtisch Formulare abzuheften. So unordentlich wie zu Hause bist du natürlich auch in der Firma. Man kann sich ja vorstellen, dass kein Arbeitgeber so jemanden wie dich braucht.« Und, und, und… Er hatte immer etwas an mir auszusetzen. Sowie er aus der Firma kam, ging's los. Die Suppe schmeckte nicht, aufgeräumt hatte ich auch nicht, und die Weihnachtsdeko war kitschig. Ich machte alles falsch. Mit dem Ergebnis, dass ich mich nicht mehr traute, überhaupt etwas zu machen, und mir dann vorwerfen lassen musste, dass ich faul sei. In seinen Augen war ich vermutlich nichtsnutzig und lebensuntauglich.

Nur wenn er jemanden zum Vorführen brauchte, war ich plötzlich der Hit. Firmenessen mit den Kunden, Abendtermine oder Empfänge – immer wenn es sich gut machte, eine Frau an der Seite zu haben, ließ er mich in sein Leben. Vor anderen lobte er mich und stellte mich als Glücksgriff vor. Aber kaum fing ich an, mich an seiner Seite wohl zu fühlen, machte er mich wieder klein.

Wenn ich dann wieder weinend auf dem Sofa saß, legte er nochmal richtig nach. »Heulen hilft auch nichts. Du solltest dich ändern. Wenn du nicht an dir arbeitest, kriegst du nichts mehr hin. So kann ich dich jedenfalls nicht lieben.«

Es war eine Beziehung, die längst keine mehr war. Aber ich wollte mir das nicht eingestehen. Ich hatte Angst. Angst vor dem Alleinsein, Angst vor der Zukunft, eigentlich Angst vor allem, und ich merkte nicht, dass meine Ängste nur durch diesen Mann ausgelöst wurden.

Mein Körper wollte mir das zeigen. Ich war ja pausenlos krank. Doch weil ich nicht auf die ersten Signale hörte, verpasste er mir einen richtigen Denkzettel. Vor drei Jahren bekam ich Unterleibskrebs. Die Operation verlief komplikationslos. Und die anschließende Kur öffnete mir die Augen. Ich erkannte nach langen Therapiegesprächen, dass ich mich von diesem Mann befreien musste.

»Sonst gehen Sie unter«, warnte mich die Therapeutin. »Er braucht Sie in der Opferrolle, um sich dann stark und gut zu fühlen. Nur wenn er Menschen klein gemacht hat, kann er seine Rolle leben. Solche Leute sind gefährlich. Gehen Sie! Die Krankheit war die letzte Warnung. Irgendwann sind Sie so krank, dass Sie nicht mehr gehen können.«

Ich nahm mir ihre Worte zu Herzen. Gleich nach meiner Rückkehr verließ ich Jochen und gab damit auch mein bürgerliches Nest, meine angebliche Sicherheit, meinen Status, meine Anerkennung auf. Ich war jetzt nicht mehr die Frau von Herrn Sowieso. Ich war nur noch eine kleine Angestellte, die sich einen Kleinwagen und eine Zweizimmerwohnung leisten konnte.

Aber die Umstellung fiel mir nicht schwer. Denn ich bekam dafür meine Ruhe und innere Ausgeglichenheit zurück. Ich wurde nicht mehr jeden Abend beschimpft, sondern konnte mich in meiner Badewanne aalen, vor dem Fernseher gammeln und mich in meinen eigenen vier Wänden kritikfrei wohl fühlen. Mit meinem Auszug war auch die Angst weg. Der Sprung ins kalte Wasser hatte sich gelohnt.

Als Erstes plante ich eine Reise. Mit Jochen war ich nur bis Amrum gekommen. Dabei wollte ich immer so gern die Welt sehen. Jetzt war mein zentnerschwerer Ballast in Form dieses Mannes weg, und ich konnte endlich dahin, wohin ich wollte. Ich wollte nach Ägypten. Im Roten Meer ungetrübte Badefreuden genießen. Genauer: Ich wollte im kristallklaren Wasser schnorcheln, die unglaubliche Vielfalt bunter Fische sehen, unter ausgedehnten Bilderbuch-Palmenhainen am schneeweißen Strand rund um Sharm El Sheikh, dem südlichsten Ort des Sinai, von Lust und Liebe träumen.

Für 800 Euro kam ich hin.

Ich wohnte in einem schicken Clubhotel direkt am Meer. Es war eine blühende Oase voller Blumenpracht inmitten der fast vegetationslosen Landschaft ringsum. Ein, nein, mein kleines Urlaubsparadies. Ich genoss die Zeit allein. Tagsüber ließ ich mich vom Shuttlebus zum Tauchzentrum Ras Um El Sid bringen, dümpelte dann in den lauwarmen Fluten oder unternahm Touren mit dem Glasbodenboot. Die Unterwasserwelt der Korallenriffe ist ein einziges Paradies. Ich konnte mich nicht daran satt sehen.

Abends versuchte ich mich in der kuscheligen Stimmung der kleinen Hotelbar zu vergnügen. Von Anfang an habe ich mich hier wohl gefühlt. Das lag in erster Linie am Barkeeper, einem Ägypter namens Mohammed. Er war Mitte vierzig, groß, drahtig und trug einen perfekt geschnittenen Schnurrbart. Mohammed gab jedem Gast das Gefühl der Einmaligkeit. Ich war ja eine allein reisende Frau und hatte schon etwas Hemmungen, allein in der Bar zu sitzen. Aber Mohammed verwickelte mich sofort in ein unaufdringliches Gespräch und gab mir dadurch Sicherheit. Ich saß an der Theke, nippte an meinem Campari Orange, und wenn er nicht gerade Getränke herausgeben musste, stand er an meiner Seite und unterhielt mich. Er war eben durch und durch Profi.

Am zweiten Abend begrüßte er mich schon wie eine alte Freundin. Er lächelte mir zu, stellte mir gleich einen Campari hin und legte mir eine deutsche Modezeitschrift dazu.

»Hier, sehen Sie. Die deutschen Frauen sind immer die schönsten. Auch Sie sind so gut gekleidet. Das fällt auf.«

Ich sah an meinem schlichten cremefarbenen Kleid herunter. »Wirklich? Oh, das ist ja nett.«

Seine Methode zeigte Wirkung. Von da an saß ich nicht mehr kauernd und unsicher, sondern beschwingt und selbstbewusst auf meinem Barhocker, denn ich war ja gut gekleidet, und ich genoss die Aufmerksamkeit eines gut aussehenden Mannes. Was wollte ich mehr?

Am dritten Abend wurde Mohammed direkter. Er fragte, ob ich nicht Lust hätte, an seinem freien Tag morgen mit ihm auszugehen. Und ob ich Lust hatte! Immerhin war ich mutterseelenallein in diesem fremden Land. Ob beim Schnorcheln, am Pool oder bei den Mahlzeiten, überall sah ich nur Paare, die sich entweder im Frust anzischten oder sich verliebt in der Sonne aalten. Zu Gesprächen mit mir war jedenfalls kaum jemand aufgelegt. Ich nahm das anfangs relativ locker, weil ich mich grundsätzlich gut allein beschäftigen konnte. Aber so langsam war ich für jede Abwechslung dankbar.

»Ich komme gern mit. Wohin gehen wir, und wann geht's los?«, fragte ich forsch.

Mohammed schob mir seine Karte mit seinem Namen und der Handynummer hin. »Ich hole Sie um acht Uhr ab.«

»Du, ich habe ein Rendezvous. Ich werde ausgeführt«, jubelte ich noch in der Nacht meiner Freundin in Deutschland per Handy ins Ohr.

Die reagierte gelassen: »Fang bloß nicht etwas mit einem Ägypter an. Das macht nur Probleme. Die sind anders als Omar Sharif in seinen Filmen.«

Ich musste laut lachen. »Nee, ich fange nichts an. Aber ich finde es toll, mal ein Rendezvous zu haben. Er sieht übrigens richtig gut aus. Ganz anders als Jochen. Ach, ich freue mich.«

Meine Freundin gab noch die üblichen Warnungen durch. »Du darfst nicht in entlegene Orte mit ihm fahren. Lass dich auf keinen Fall mit in die Wüste schleppen, hörst du, das ist gefährlich.«

»Ja, ja«, nuschelte ich in den Hörer. Ich hörte gar nicht mehr hin, sondern war gedanklich nur noch damit beschäftigt, wie ich mir die Haare machen und was ich anziehen könnte. Punkt acht klingelte in meinem Zimmer das Telefon, Mohammed wartete an der Rezeption auf mich. Ich hatte mich richtig aufgebrezelt, trug hohe Absätze und ein enges Stretchkleid.

Dann sah ich ihn in der Lobby stehen. Wow, der Anblick hat mich glatt umgehauen. Mohammed sah aus wie aus einem Modemagazin. Er trug eine schicke graue Hose, dazu ein schwarzes Shirt und schwarze Slipper. Er war eine wirklich bombige Erscheinung. Als er mich sah, winkte er mir vertraut zu. Wir gaben uns höflich die Hand. Dann brachte er mich hinaus zu seinem Auto. Ich schlug alle Warnungen meiner Freundin in den Wind und stieg ein.

Er war mir so vertraut. Ich hatte nicht die geringsten Zweifel, dass an diesem Abend alles mit rechten Dingen zugehen würde. So war es auch. Mohammed ging mit mir in eine schicke kleine Strandbar, in der man ihn bestens kannte. Er wurde vom Eigentümer begrüßt, bekam gleich den besten Tisch. Dann bestellte er zwei Cocktails für uns. Die Stimmung war malerisch. Wir saßen fast direkt am Meer unter dem sternenklaren Himmel. Die Luft war auch um diese Zeit noch richtig heiß. Mohammeds Augen blitzten im Schein der bunten Lichterketten, die in den Palmen als Beleuchtung angebracht waren. Im Hintergrund spielte leise Klaviermusik. Ich kann mich nur an wenige Momente in meinem Leben erinnern, die so beeindruckend waren.

Unser Gespräch war lebhaft. Uns gingen die Themen nicht aus. Mohammed erzählte von seiner riesengroßen Familie, seiner ersten Ehe mit der Tochter einer Nachbarin, von der Scheidung und der Hoffnung auf eine neue Chance in der Liebe. Ich gab meine Erfahrung dazu. Offen erzählte ich von den Qualen in meiner unglücklichen Partnerschaft mit Jochen, der Kur und den hohen Erwartungen, die ich in diese Reise gesetzt hatte. Es sollte ein Befreiungsschlag werden. Danach wollte ich frisch und munter meinen neuen Lebensabschnitt ohne Jochen beginnen. Ich erfuhr aber auch viel von Ägypten, den Sehenswürdigkeiten und der Tradition des Landes.

»Ich könnte mir morgen frei nehmen und mit Ihnen zum Katharinenkloster fahren«, schlug er plötzlich vor.

Ich stimmte begeistert zu. Von einem Einheimischen durchs Land geführt zu werden – besser konnte ich es doch nicht treffen. Kurz danach brachen wir auf. Mohammed hatte bezahlt. Er holte den Wagen und brachte mich auf direktem Weg nach Hause. Kein Umweg in die Wüste, kein Abstecher in schlecht beleuchtete Seitengassen. Er verwechselte auch nicht den Schalthebel mit meinem Bein und machte keine anzüglichen Bemerkungen. Er war einfach perfekt. Ein Gentleman vom Scheitel bis zur Sohle.

Selbstverständlich stieg er vor dem Hotel aus dem Auto und brachte mich wieder zurück bis in die Lobby. Dort gab er mir einen Kuss auf die Wange, bedankte sich für den schönen Abend und ging.

»Formvollendet! Davon können sich die deutschen Männer eine Scheibe abschneiden«, erzählte ich meiner Freundin noch in der Nacht am Telefon. Ich musste einfach loswerden, was ich erlebt hatte, und meine Eindrücke sprudelten nur so aus mir heraus. »Er ist traumhaft höflich, gebildet, kein bisschen schleimig, und er sieht dazu noch klasse aus. Wie ein Kinostar. Die dunkle Haut, der Bart, die tiefbraunen Augen. Ich könnte ihm die Sachen vom Leib reißen!«

Meine Freundin lachte vergnügt, blieb aber bei ihren Warnungen. »Denk an Aids. Du weißt doch nie, wo sich Männer am Tag vorher herumgetrieben haben. Also Vorsicht!«

Ich musste schmunzeln. Ich hätte mir nie vorstellen können, dass ich mich mal auf einen Urlaubsflirt einlassen könnte. Ich war gar nicht der Typ dafür. Ich war doch viel zu ernsthaft, würde immer überlegen, wie diese Liebe weitergehen könnte, und dann per Vernunft meinen Gefühlen einen Riegel vorlegen. Bringt nichts, macht nur Probleme, also aus und vorbei.

Doch jetzt, als Susi von Aids sprach, musste ich zugeben, dass ich nicht mal abgeneigt war, mit diesem Mann eine Affäre anzufangen. Meine Vorsicht, meine Ängste, alles war weg, seit er mir gegenüber gesessen hatte. Es war seine Ausstrahlung, die mich schwindelig werden ließ. Und ich fühlte mich in seiner Nähe nicht mehr unsicher, nicht mehr reizlos. Im Gegenteil. Ich war bereit, mich auf alles einzulassen. So war ich auch richtig froh, dass mir noch ein paar Tage in Ägypten blieben. Da konnte noch viel passieren.

Auf unserem Ausflug zum Mosesberg und zum Katharinenkloster erfüllten sich aber meine Erwartungen nicht. Mohammed blieb Gentleman. Er holte mich schon um fünf Uhr früh ab. Stunde um Stunde fuhren wir in seinem Wagen die Asphaltpiste entlang und redeten über unsere Ziele, Wünsche und Träume. Sie waren ziemlich ähnlich. Wir beide wollten noch einmal Liebe erfahren, eine Familie gründen, uns eine berufliche Existenz aufbauen. Unterwegs machten wir in einem kleinen Beduinendorf Halt. Vor den Lehmhütten lagerte eine Herde Kamele. Es war ein Bild des Friedens. Die Sonne brannte, und die Beduinen hatten sich in den Schatten der Palmen zurückgezogen. Mohammed holte kühle Getränke, und ich beobachtete die Szenerie vom Auto aus und sog die exotische Pracht geradezu in mich hinein. Weiter ging's zum Mosesberg. Wir erklommen erst die prächtige Bergspitze. In insgesamt zwei Stunden mussten wir über 700 Stufen gehen! Bei der Hitze war das eine Tortur. Doch wir wurden für unseren Einsatz reich belohnt. Der Blick vom Mosesberg hinunter auf das malerisch gelegene Katharinenkloster war einfach gigantisch. Anschließend besuchten wir noch eine inmitten eines Palmenhains gelegene Oase, und ich war am Abend fasziniert, wie viel beeindruckende Kulturschätze diese Sinai-Halbinsel zu bieten hat.

Wieder im Hotel, lud mich Mohammed noch zu einem Drink in die Bar ein. Er hatte ab acht Uhr Dienst und freute sich, dass er mich zumindest noch als Gast bei sich haben konnte. Irgendwann ging ich zu Bett. Mohammed hatte noch Gäste. Er zwinkerte mir zu. Das war's. Ich war richtig enttäuscht und sehnte mich in der Nacht in seine Arme.

Meine letzte Urlaubswoche war dagegen straff durchorganisiert. Mohammed hatte sich Urlaub genommen und jede Menge Pläne gemacht. Ich frühstückte im Hotel. Gegen Mittag holte er mich ab, und meist fuhren wir Richtung Suez. Die Felszüge der Arabischen Wüste reichen oft bis ans Wasser heran. Mohammed kannte jede Menge kleine, einsame Badebuchten, in denen wir fast ganz für uns sein konnten. Wir plätscherten im Meer oder aalten uns in der Sonne. Zwei endlos scheinende Tage lang fieberte ich weiter seinen Zärtlichkeiten entgegen. Ich brannte darauf, von ihm geküsst zu werden. Doch Mohammed hatte nichts mit den üblichen Strandcasanovas gemein. Er kam und kam einfach nicht zur Sache.

Erst an unserem dritten Strandtag nahm er schließlich im Sand liegend meine Hand, rückte nah an mich heran und küsste mich. Es war ein Kuss, den ich mein Leben lang nicht vergessen werde. Zärtlich, leidenschaftlich, wunderbar. Er schmeckte nach Orient, nach Sonne und Gewürzen, und ich konnte nicht genug davon bekommen.

Ich weiß nicht, wie lange wir im Sand lagen und uns küssten. Irgendwann stand Mohammed auf, zog mich zu sich hoch und flüsterte mir ins Ohr: »Komm mit. Da drüben ist eine kleine Höhle. Da kann niemand hineinsehen.« Dann umfasste er meine Hüften und schob mich Richtung Felswand. Wir mussten ein Stückchen durch fußtiefes Wasser waten, dann kam ein kleiner Sandhügel. Darauf ließen wir uns fallen.

Er sah mir in die Augen, sagte leise: »Ich liebe dich. Du bist meine Frau.« Dann zog er mir vorsichtig das Bikinihöschen aus und liebte mich so, wie es noch nie ein Mann getan hatte. Stürmisch, leidenschaftlich, als wäre es das letzte Mal in seinem Leben. Ich vergaß die Welt um mich herum und gab mich nur noch dieser grenzenlosen Lust hin.

Die Sonne brannte auf unsere Körper. Von weitem hörte ich das Meer rauschen, und ich fühlte nach langer Zeit wieder tiefes Glück. Schließlich kuschelte ich mich an seine behaarte Brust, hörte seinen ruhigen Atem.

»Wie geht's weiter?«, fragte Mohammed in die Stille. »In wenigen Tagen fliegst du zurück nach Deutschland. Wirst du mich dann vergessen?«

Ich schüttelte den Kopf, wusste aber keine Antwort. Wie geht's weiter? Ich wusste es nicht. Mohammed lebte im moslemischen Ägypten. Ein Sohn der Wüste. Ich kam aus Leipzig und arbeitete in einem Büro. Größer konnten die Gegensätze nicht sein. Wir hatten beide nicht genug Geld, um hin- und herzufliegen.

»Ich könnte hier in einem Hotel arbeiten«, sagte ich.

Mohammed schüttelte den Kopf. »Für einen Betrag im Monat, den du zu Hause in einigen Tagen verdienst. Außerdem hast du doch keine Ausbildung dafür, oder?«

Ich nickte. Er hatte Recht. Ich war Buchhalterin und sprach kein Englisch. Welcher Hotelkonzern konnte mich da brauchen.

»Du könntest doch als Barkeeper in Deutschland arbeiten!«

»Gern, aber ich bekomme gar keine Aufenthaltserlaubnis. Vergiss nicht, Ägypten ist kein EU-Land, und damit besteht für mich eine Visumspflicht. Ohne dass ich einen Gastgeber vorweisen kann, darf ich nicht mal zu Besuch kommen.«

»Ich bin dein Gastgeber«, sagte ich spontan und bekam im selben Moment Angst. Was, wenn das der einzige Grund seiner Zuwendung ist? Vielleicht brauchte er nur jemanden, um nach Deutschland einreisen zu können. War seine Liebe nur Theater, nur Mittel zum Zweck?

Er schien meine Gedanken lesen zu können. »Ich weiß, was du jetzt denkst. Viele meiner Landsleute stürzen sich deshalb auf die deutschen Frauen, weil sie zu einer Eintrittskarte nach Deutschland werden. Aber glaube mir, ich möchte gar nicht gern hier weg. Klar habt ihr mehr Geld. Aber Ägypten ist meine Heimat. Hier gehöre ich her. Bei euch wäre ich nur fremd. Ich suche wirklich keine Frau als Fahrkarte in ein besseres Leben.« Seine Worte taten mir gut. Aber eine Lösung unserer Probleme waren sie nicht

Was blieb, wäre eine Liebe auf Distanz. Das hieße Sehnsucht, Verlustängste, Misstrauen, Eifersuchtskräche am Telefon. Zwei-, dreimal im Jahr könnte ich mit einem Billigticket nach Ägypten fliegen. Doch für ein Hotel hätte ich schon kein Geld mehr. Ich müsste bei Mohammed in seiner Wohnung bleiben. Aber er lebte in einem winzigen

Ort an der Straße Richtung Suez. Was sollte ich dort unternehmen? Er würde abends in der Bar stehen und ich in leinen zwei Zimmern vor mich hin vegetieren. Das ging nicht. Bereits nach einem Monat wäre unsere Liebe kaputt. Und wenn Mohammed zu Besuch nach Deutschland kommen würde? Dann müsste ich ihn ernähren. Denn mit seinen umgerechnet 300 Euro Einkommen könnte er bei uns keine großen Sprünge machen. Mir wurde klar: Die Liebe war groß. Die Probleme aber auch. Eine Lösung war für mich nicht in Sicht.

Als mich Mohammed am Abend zurück ins Hotel fuhr, war ich ziemlich ernüchtert. Auf Gefühle allein kann man kein Miteinander aufbauen. Es muss auch eine solide Lebensbasis da sein. Und davon konnte bei uns keine Rede sein.

Ich motivierte mich zum Rückzug. Meine Güte, ich war doch kein Teenager mehr, der sich nach einem Mal Sex in eine Liebe hineinsteigert. Ich war vierzig Jahre alt und konnte mir wohl eine Affäre erlauben, ohne mir gleich ein lebenslanges Glück vorzulügen. Ich würde diese Tage mit Mohammed genießen. Das war's. Wenn das Thema Besuch anstünde, würde ich mich elegant und höflich aus der Affäre ziehen. Nur so konnte es gehen.

Die restlichen Tage in Ägypten ließ ich es mir gut gehen. Ich genoss unseren glühenden Sex. Nächtelang bekam ich kein Auge zu. Mohammed schlief bei mir im Hotel. Er kam nach Feierabend, schlich sich heimlich durch die Gänge zu meinem Zimmer. Denn natürlich war es einem Angestellten nicht erlaubt, bei den Gästen zu schlafen. Aber es ging gut. Er wurde nie erwischt. Morgens ging er genauso heimlich, wie er gekommen war, und fuhr nach Hause. Ich schlief mich erst einmal aus und verdöste den Rest des Tages am Pool.

Mit meiner Abreise konnte ich gut umgehen.

»Nur keine Sentimentalitäten«, riet mir meine Freundin noch am Telefon. »Lass dich nicht auf tausend Liebesschwüre ein. Diese Burschen nehmen das ernst, und dann lässt er dich nicht mehr aus seinen Fängen.«

Ich nahm ihren Rat an und wollte deshalb auch nicht, dass mich Mohammed zum Flughafen fuhr. Wir verabschiedeten uns morgens in meinem Zimmer.

Er streichelte mir liebevoll die Wange, sagte wehmütig: »Leb wohl. Vielleicht sehen wir uns mal wieder.«

Ich schluckte, verkniff mir eine Antwort und fühlte, dass mir heiße Tränen über die Wangen liefen. Ich redete mir selbst Mut zu. Vera, bleib nüchtern. Hör auf deine Freundin. Morgen ist alles vorbei. Dann hat dich die Heimat wieder, und der Schmerz hat ein Ende. Ich wollte mich so schnell wie möglich von ihm verabschieden und schob ihn hastig aus meinem Zimmer. Er ging den Flur entlang, winkte mir noch einmal zu.

Ich schloss die Tür, warf mich aufs Bett und heulte geschlagene zwei Stunden lang. Dann musste ich los. Draußen wartete der Flughafenbus.

Auf der gesamten Rückreise ging es mir gut. Ich spürte keine Wehmut. Im Gegenteil. Ich freute mich, dass ich mir diese Liebe und dieses Übermaß an Gefühlen gegönnt hatte. Ich fühlte mich rundum aufgewärmt durch Zuwendung und Sex. Alles, was ich in all den Jahren dieser verhängnisvollen Partnerschaft vermisst hatte, habe ich in zwei Wochen Urlaub bekommen. Diese Reise war ein Volltreffer gewesen.

Jetzt verstand ich auch, warum sich so viele Frauen im Urlaub auf ein Abenteuer einlassen. Es gibt so viel. Man fühlt sich wieder als Frau bestätigt, geliebt, anerkannt. Man kommt nach Hause in den Alltag und hat das Gefühl, neu geboren zu sein. Einfach wunderbar.

Doch leider ließ bei mir der Katzenjammer nicht lange auf sich warten.

Eine Woche hielt meine Lockerheit an. Ich erzählte meiner Freundin alles nochmal haarklein und erlebte dabei meine herrlichen Tage auch noch einmal. Anfangs freute ich mich auch auf meine Wohnung, die Nachbarn, die Kollegen. Das heißt, ich hatte eigentlich keine Zeit, Mohammed zu vermissen.

Doch bereits das erste Wochenende allein brachte die Wende. Ich vermisste ihn ganz schrecklich. Ohne ihn erschien mir alles so trostlos. Ich hatte keine Lust, etwas zu unternehmen. Meine Freundin lud mich ins Kino ein. Ich lehnte ab. Ich wollte allein sein und von Mohammed träumen. Mit seinem Bild im Kopf stand ich auf und ging ich zu Bett. Tagsüber im Büro war ich unkonzentriert. Minutenlang starrte ich auf die Papiere und nahm keine einzige Zeile wahr. In meinem Kopf drehten sich nur die Bilder von Mohammed. Mohammed in seiner Bar. Mohammed am Strand. Mohammed im Auto. Ich sah nur ihn vor mir, hörte seine Stimme und spürte diese grenzenlose Liebe in mir. Ich wollte nicht mehr ohne ihn sein. Er fehlte mir fürchterlich.

Nach zwei Wochen kam ein Brief von ihm. Ich war völlig überrascht. Ich hätte nicht im Traum gedacht, dass er sich melden würde. Es waren wunderbare Zeilen. Er schrieb von seiner Liebe, seiner Sehnsucht, seiner Hoffnung, mich wieder zu sehen.

Ich rief meine Freundin an. »Was soll ich tun?«

»Abwarten, das vergeht wieder. Wenn du dich meldest,

hast du ihn am Bein. Einen mittellosen Ägypter. Na bravo«, warnte sie mich.

Ich wartete. Aber mein Gefühl verging nicht. Im Gegenteil. Meine Sehnsucht wurde immer schlimmer. Ich knüppelte mit Mühe mein Arbeitspensum runter. Den Rest des Tages igelte ich mich zu Hause ein. Ich mochte nichts mehr essen und wartete darauf, dass dieser Zustand ein Ende nehmen würde.

Ich hatte schon einen Jammermonat hinter mir, als ich schließlich aufgab und bei ihm anrief. Mohammeds Stimme begann zu zittern, als er hörte, dass ich am Apparat war.

Unsere Intimität war sofort wieder da. Es war, als hätte ich ihn einen Tag zuvor verlassen. Nichts stand zwischen uns. Keine Zeit und keine Entfernung. Keine Kultur und keine Religion. Er war so lieb wie immer, erzählte, was er gemacht und wie oft er an mich gedacht hatte. Er sei sogar an einem Sonntag auf den Mosesberg gestiefelt und hätte dabei mit mir gesprochen. Ich weinte vor Rührung, als er mir diese Geschichte erzählte.

Danach machte ich Nägel mit Köpfen. »Ich möchte, dass du mich besuchst. Ich regele alle Formalitäten. Bitte, bitte, komm. Ich will dich hier sehen!«

Es war das erste und einzige Mal, dass ich Mohammed sprachlos erlebte. Ich glaube, er hatte nicht im Geringsten mit diesem Angebot gerechnet. Er hatte nicht daran geglaubt, jemals wieder von mir zu hören, jetzt hatte er mich in der Leitung, und ich bat ihn zu kommen, nach Deutschland, einfach so.

Er stotterte ein »Warum so schnell?«

Ich hatte die Antwort sofort parat. »Weil wir genug gelitten haben!« Was mich so sicher machte, war mein Gefühl. Ich handelte diesmal nicht aus dem Kopf heraus, sondern aus dem Herzen. Das hatten mir die Ärzte während der Kur geraten. Mir würde es dann besser gehen. Damals wollte ich es wissen. Heute muss ich sagen: Sie haben Recht behalten.

Es dauerte mehr als zwei Monate, bis er sein Visum hatte. Dafür brauchte er unter anderem eine bestehende Krankenversicherung und meine Bestätigung, dass ich hier in Deutschland für ihn aufkomme. Ich habe alles unterschrieben, Hauptsache, Mohammed konnte zu mir kommen.

Ich war unendlich stolz, als ich ihn das erste Mal meiner Freundin vorführte. Sie hatte uns zum Kaffee eingeladen. Er sah wie immer klasse aus und fiel in unserem tristen Deutschland noch mehr auf als in Ägypten. Charmant begrüßte er sie und erwies sich auch bei ihr als blendender Unterhalter. »Ein Traummann«, murmelte sie mir zu, als ich kurz mit ihr allein in der Küche stand. »Jetzt verstehe ich deine Gefühle. Der ist ja richtig klasse.« Meine anderen Freundinnen urteilten genauso. Keine sagte irgendetwas Negatives. Er hatte eben Stil und keine Probleme, sich unserem Kulturkreis anzupassen. Das machte den Umgang mit ihm so unkompliziert.

Mohammed blieb damals drei Wochen. Danach stand fest: Wir werden es miteinander versuchen. Dass das nur mit einer Heirat ging, war uns von vornherein klar. Einfach ausprobieren war bei uns nicht drin. Wir konnten uns nur mit einem Trauschein besser kennen lernen. Doch das Risiko wollten wir eingehen.

Sechs Monate nach meiner schicksalhaften Ägyptenreise gaben wir uns im Standesamt in Leipzig das Ja-Wort. Ich hatte dafür jede Menge Nachweise erbringen müssen, zum

Beispiel Bescheinigungen über ausreichenden Wohnraum und Einkommen. Durch unsere Eheschließung bekam er eine Aufenthaltserlaubnis. Danach ging alles viel problemloser, als ich geglaubt hätte.

Das lag wohl daran, dass Mohammed keine zwanzig mehr war, sondern ein gestandener Mann von Mitte vierzig, der ein klares Lebenskonzept im Kopf hatte. Mohammed wollte nicht in meiner Wohnung sitzen und aus dem Fenster gucken. Er wollte eine Existenz für uns aufbauen und damit den Grundstein für den Bestand unserer Ehe legen. Von Anfang an hat er sich unermüdlich um Arbeit bemüht und schnell Erfolg gehabt. In einem schicken Luxushotel konnte er aufgrund seines tadellosen Auftretens einen Job als Barchef bekommen und hat damit ordentlich verdient.

Unser Alltag in Deutschland war deshalb kaum schwieriger als für andere Ehepaare auch. Wir haben beide gearbeitet und hatten von Anfang an genug Geld in der Tasche, um am Leben teilhaben zu können. Kino, Theater, Restaurantbesuche mit Freunden. Mohammed war allem gegenüber aufgeschlossen und machte alles mit. Bei meinen Freunden kam er nach wie vor gut an. Seine Geschäftskollegen mochten ihn. Er sprach nahezu perfekt Deutsch und hatte keinerlei Probleme, sich einzufügen.

Im Gegenteil, er fand sich in unserer leistungsorientierten Gesellschaft besonders gut zurecht, weil er selbst sehr fleißig und strebsam ist. Von Anfang an hatte er vor, sich selbständig zu machen. Deshalb haben wir auch seinen Verdienst auf die hohe Kante gelegt und von meinem gelebt.

Nach nur einem Jahr hatten wir das Startgeld für ein eigenes Restaurant zusammen. In der Stadt trauten wir uns nicht, etwas zu eröffnen. Also sind wir hinaus aufs Land gegangen. Dort haben wir einen kleinen Landgasthof angeboten bekommen. Das Lokal gefiel uns. Der Kaufpreis für das Haus auch. Mit unserem Ersparten als Anzahlung kamen wir hin. Wir wollten aber keinen deutschen Gasthof eröffnen, sondern in der Gastronomie genauso mischen wie in unserem Leben.

Wir haben ein deutsches Lokal mit ägyptischem Ambiente kreiert, und bislang sieht es so aus, als ob es gut ankommt. Bei uns gibt's eben für jeden etwas. Deshalb kommen auch viele Familien. Ich habe meine Arbeit aufgegeben und das Restaurant übernommen. Mohammed hat aus Sicherheitsgründen erst einmal seine Arbeit als Barchef behalten. Falls das Lokal nicht läuft und wir schließen müssen, haben wir immer noch ein Gehalt. Nur mittags ist Mohammed auch da.

Unsere Ehe läuft super. Klar ist nur noch wenig Zeit für Romantik. Unser Job ist knüppelhart. Im Moment müssen wir um jeden Gast kämpfen. Aber unsere gefühlsmäßige Basis ist da. Wenn ich hinterm Tresen stehe und die Getränke einschenke, kommt Mohammed oft vorbei und gibt mir einen Klaps auf den Po oder küsst mir flüchtig die Wange. Bei solchen Berührungen bin ich immer noch wie elektrisiert. Diese körperliche Anziehung ist bis heute ein starkes Bindeglied zwischen uns. Aber es wäre längst zerrissen, wenn der Rest, die geistige Übereinstimmung und das gleiche Lebenskonzept, nicht ebenso vorhanden gewesen wären. Dann wären wir längst auseinander. Aber bei uns passt nun mal alles. Mohammed hat zwar das Aussehen eines Nordafrikaners, aber die Mentalität eines Nordeuropäers. Er ist strebsamer, ordentlicher, gewissenhafter, korrekter als die meisten Deutschen, die ich kenne. Das macht es ihm so leicht, sich einzufügen.

Da sieht man, dass es letztlich nicht wichtig ist, wo einer geboren wurde. Wichtig ist, wie jemand ist und welche Ziele er hat. Nur wenn das zusammenpasst, kann man der Liebe eine Chance geben.

Tagelang bekam ich kein Auge zu. Achmed war verschwunden, und ich wusste nicht, wo ich ihn noch suchen sollte. Seine diversen Stammlokale hatte ich abgeklappert, verschiedene Freunde angerufen. Ich hatte das Gefühl, er ließ sich verleugnen. Denn einmal konnte ich im Hintergrund Stimmen hören, und ich glaube, dass seine dabei war. Ich war total durcheinander. Meine Tochter war bei mir und tröstete mich. Darüber war ich sehr froh. Allein kam ich mit der Situation nicht mehr klar.

Ich konnte einfach nicht verstehen, was Achmed so verändert hatte. Wir hatten erst vor sechs Monaten geheiratet. Doch seitdem war er wie ausgewechselt, und mit unserer Liebe ging es auch ständig bergab. Achmed war plötzlich pausenlos unterwegs. Nach seiner Arbeit zog er mit seinen Freunden los und kam selten vor Mitternacht nach Hause. Dann setzte er sich in die Küche, stopfte sich mein liebevoll gekochtes Essen hinein und rutschte danach zu mir ins Bett. Doch Liebe gab's längst nicht mehr. Wenn ich ihn streicheln wollte, schubste er meine Hand weg. Er hat sich auf die Seite gedreht und geschnarcht.

Wochenlang ging das so. Ich war fix und fertig und hatte schon über acht Kilo abgenommen. Um meine Arbeit bei der Bank nicht zu gefährden, versuchte ich, mir im Büro nichts anmerken zu lassen. Doch das schaffte ich nur mit Beruhigungstabletten. Aber als Achmed gar nicht mehr nach Hause kam, halfen die auch nicht. Ich war wie aufgedreht und hatte einen schrecklich hohen Blutdruck. Kein Wunder, ich konnte ja auch kaum mehr schlafen. Zudem trank ich pausenlos Kaffee und hatte wieder angefangen zu rauchen. Mein Hausarzt war erschrocken über meinen Zustand. Er hat mich sofort eine Woche krankgeschrieben.

Ich saß zu Hause und war verzweifelt. Was war bloß mit Achmed los? Wir hatten uns doch immer blind verstanden, brauchten nie Worte, um zu wissen, was der andere fühlt, denkt und wünscht. Und plötzlich sollte alles vorbei sein. Plötzlich gab es diesen Achmed nicht mehr. Ich konnte das nicht glauben.

Kennen gelernt habe ich ihn vor zwei Jahren in seinem Heimatort Houmt Souk auf Djerba. Ich habe dort nach meiner Scheidung Urlaub gemacht.

Meine Tochter Alexia war auf die Idee gekommen. »Du musst einfach mal raus, Mama«, hatte sie gesagt, und noch am selben Tag haben wir gebucht.

Damals war ich noch völlig down. Nach 23 Jahren Ehe hatte sich mein Mann Dieter in eine andere verliebt und mich Hals über Kopf im Stich gelassen. Man muss sich das mal vorstellen: Ich kam von der Arbeit und fand ihn im Schlafzimmer. Die Schranktüren waren weit geöffnet. Auf unserem Bett lagen aufgeklappte Koffer. Er war dabei, seine Kleidung darin zu verstauen.

Ich verstand nichts, fragte irritiert: »Was machst du?«

Statt zu antworten, brummelte er nur Unverständliches. Dann klappte er die Koffer zu und wollte an mir vorbei zur

Haustür gehen. Doch ich hielt ihn fest. Ich wollte eine Antwort. Insgeheim wusste ich natürlich, was los war.

Unsere Ehe war schon seit Jahren eingeschlafen. Es gab nur noch Routine: Arbeiten, Abendessen, Fernsehen. Er hatte als Hobby sein Kegeln. Ich traf mich einmal in der Woche mit meinen Freundinnen zum Turnen und ging anschließend mit den Frauen etwas trinken. Das war unser Dasein. Nur unsere mittlerweile erwachsene Tochter brachte dann und wann etwas Leben ins Haus. Wir hatten uns an die Eintönigkeit gewöhnt.

Als er aber vor drei Jahren unseren regelmäßigen Urlaub an der See platzen ließ und sich stattdessen zu einer angeblichen Radtour mit einem Freund verabredete, ahnte ich gleich, dass hinter der ungewöhnlichen Aktivität eine andere Frau steckte. Passend dazu kamen geheimnisvolle Anrufe. Wenn ich ranging, wurde aufgelegt. Zweimal überraschte ich Dieter im Bad, während er etwas ins Handy flüsterte und dann ertappt den Aus-Knopf drückte. Ich sagte ihm klar ins Gesicht, was ich vermutete: »Du hast eine andere!«

Doch er leugnete lautstark. Ich hätte Hirngespinste und würde ihn mit meiner Eifersucht noch wirklich aus dem Haus treiben. Aber ich wusste, dass ich Recht hatte. Es passte doch alles zusammen. Auch, dass er von einem Tag auf den anderen wieder nett und aufmerksam zu mir war, konnte mich nicht beruhigen. Für mich war das nur Taktik, um mich abzulenken.

Doch als er jetzt die Koffer in der Hand hielt, wollte ich Gewissheit. Er sollte mir ins Gesicht sagen, was los war. »Du ziehst doch zu ihr«, zischte ich.

Er hatte wenigstens noch so viel Respekt vor mir, dass er es zugab. Wir schafften es an diesem Abend, noch zu reden. Wie ein geprügelter Hund saß ich mit ihm am Wohnzimmertisch. Ich bat, ja, ich flehte, er möge uns noch die Chance für einen Neuanfang geben. In zwei Jahren wollten wir doch Silberhochzeit feiern.

»Geh doch jetzt nicht«, weinte ich. »Bitte, lass es uns versuchen. Wir haben über so viele Jahre zueinander gestanden. Das darfst du nicht wegwerfen. Wir haben beide Fehler gemacht. Lass sie uns ausräumen und noch einmal ganz von vorn anfangen.«

Doch egal, was ich sagte, er schüttelte nur den Kopf. Er wollte weg, für immer. Ich konnte ihn mit nichts halten. Weder der Appell, an unser Kind zu denken, noch die Bitte, unser gemeinsam aufgebautes Leben zu retten, brachte ihn von seinem Entschluss ab. Schließlich sagte er klar und deutlich: »Ich liebe dich nicht mehr!«

Da verließ mich die Kraft, um diese Ehe zu kämpfen. Ich sackte in mich zusammen und sagte nur noch: »Dann geh jetzt bitte, aber schnell!«

Dieter ging, und ich blieb wie erstarrt zurück.

Als der erste Schock überwunden war, sah ich klarer. Irgendwie konnte ich ihn sogar verstehen. Unser gemeinsames Leben war wirklich nicht mehr schön gewesen. Vielleicht hatte er Recht, wenn er das beendete, was keinem von uns beiden mehr gut tat. Eine eingeschlafene Ehe nochmal ein Vierteljahrhundert fortzusetzen, bis wir beide langsam nebeneinander eingehen würden, nein, das konnte nichts bringen.

Statt dem verlorenen Traum vom dauerhaften Glück zu zweit nachzuweinen, wollte ich mein Schicksal anpacken. Ich verabredete mich mit Freundinnen, baute mir auch im Kollegenkreis Freundschaften auf, schloss mich einem Theaterkreis und einer Jazz-Dance-Truppe an. Ich kam wirklich unerwartet gut mit dem überraschenden Alleinsein zurecht.

Und ein Urlaub mit meiner flotten Tochter würde mich noch weiter nach vorn bringen. Alexia ist ein bildhübsches junges Mädchen. Sie geht gern aus, ist lebensfroh und nie übellaunig. Ich dachte sofort: Die Tage mit ihr werden mich endgültig aus dem Tief befreien.

Wir einigten uns schnell auf das Urlaubsziel. Zwei Wochen Club-Urlaub in Tunesien, genauen auf der Insel Djerba. Das war uns von vielen Freunden empfohlen worden.

Wir wurden nicht enttäuscht. Die Anlage war prächtig. Direkt am Meer gelegen, gab es jede Menge Sportangebote. Tagsüber haben wir Surfen geübt, Tennisstunden genommen und in der Sonne gedöst. Abends wollten wir etwas erleben. Die ersten beiden Abende haben wir uns voll ins Clubprogramm gestürzt. Erst Varieté, dann Clubdisco. Ein Gast gab uns den Tipp, ins Hotel Abou Nawas Golf zu fahren. Dort wäre eine ganz verrückte Disco. Alexia sah mich an. »Wollen wir?« Ich nickte: »Und ob!«

Mit einem Ehepaar, das wir in unserem Club kennen gelernt hatten, bestellten wir uns ein Taxi und düsten durch die sternenklare Nacht.

An dem Abend habe ich Achmed kennen gelernt. Er war Türsteher in der besagten Disco. Er stand da in einer schicken Uniform und flapste in gutem Deutsch mit uns Touristen. Ich war mir sicher, dass er Alexia im Auge hatte. Er war vielleicht Mitte zwanzig und damit in ihrem Alter. Doch er sprach mich an. Nicht aufdringlich, nein, nett und lustig. Ich war schlagfertig und konterte schnell. Ein paar Mal warfen wir uns die verbalen Bälle zu. Dann merkte ich, dass sich hinter uns schon eine Schlange gebildet hatte.

Alexia schob mich durch den Eingang, flüsterte mir kichernd ins Ohr: »Mama, was ist denn mit dir los? Lass doch den Jungen in Ruhe!«

Ich war ganz selbstbewusst: »Wieso ich, der will doch was von mir!«

Sorglos stürzten wir uns in den Trubel. Ich saß an der Bar und gönnte mir einen Cocktail. Alexia war mit zwei jungen Deutschen ihres Alters auf die Tanzfläche gegangen. Ich fühlte mich wohl. Fast zwanzig Jahre hatte ich so einen Abend nicht mehr erlebt. In meiner Ehe gab es doch nur Arbeiten, Essen und Fernsehen. Jetzt fühlte ich mich wie ein junges Mädchen. Ich musste mich nicht nur so gefühlt, sondern auch so gewirkt haben. Denn plötzlich stand Achmed neben mir und zog mich auf die Tanzfläche. »Ich habe meinen Dienst getauscht. Jetzt zeige ich dir mal, wie man in Tunesien feiert.«

Achmed wirbelte mich über die Tanzfläche, so dass meine Tochter nur noch staunend am Rand stand. Er imitierte Michael Jacksons Moonwalk, ließ die Hüften kreisen wie Elvis Presley und warf sich auf die Knie wie Mick Jagger. Ich kramte meine ganzen Tanzstundenkenntnisse heraus und versuchte eine halbwegs gute Figur neben ihm zu machen.

Ich weiß nicht, wie lange das so ging. Jedenfalls war ich irgendwann so erschöpft, dass ich förmlich von der Tanzfläche schlich. Achmed kam sofort nach, bestellte mir einen Erfrischungsdrink und schwang sich pustend auf den Barhocker an meiner Seite.

»Du tanzt toll«, sagte er lächelnd und schob mir eine Haarlocke aus dem Gesicht. »Du bist überhaupt eine tolle Frau«, ergänzte er schnell.

Alexia und ihre beiden Verehrer kamen auch zu uns. Achmed legte seinen Arm um meine Schulter. Ich dachte nun: ‹Sieh da, er demonstriert seine Ansprüche›, und fühlte mich geschmeichelt. Da saß ich nun mit meinen bald fünfzig Jahren in einer Disco voller bildhübscher junger Mädchen, und ein blutjunger Super-Dancer wollte offenbar nur mich. Konnte das mit rechten Dingen zugehen?

Ach, warum nicht? Ich war nicht in der Stimmung, mir darüber Gedanken zu machen, sondern nahm es einfach hin. Ich wollte den Augenblick genießen. Das hatte ich mir vorgenommen. Einfach mal in die Situation abtauchen und nicht an Morgen und die Folgen denken. Jetzt machte ich eben wahr, was ich mir immer vorgenommen hatte, und nahm Achmeds Aufmerksamkeiten einfach an.

Genüsslich thronte ich auf meinem samtbezogenen Barhocker und ließ mich von ihm mit Getränken und Komplimenten verwöhnen. Als die Musik langsamer wurde, bat er mich wieder zum Tanz. Eng umschlungen drehten wir uns im glitzernden Discolicht. Er flüsterte mir ins Ohr, wie bewundernswert und schön er mich fände.

Ich schmiegte mich wie eine Schlange an ihn und drückte mein Gesicht an seine Wange. Er roch unverschämt gut. Es war eine Mischung aus einem europäischen Herrenparfüm und den Düften des Orients: Weihrauch, Kardamom, Minze. Ich kann es heute nicht mehr beschreiben, aber es roch einfach hinreißend.

Als er begann, mich zu küssen, wollte ich für eine Sekunde die Notbremse ziehen. Aber dann dachte ich an das, was ich mir vorgenommen hatte: nur für den Moment leben! Glücksmomente genießen, wenn sie da sind! Sie kommen nämlich so schnell nicht wieder. Das hatte mir das Leben bisher gezeigt.

Als mir Alexia auf die Schulter tippte und lächelnd sagte: »Wir wollen gehen. Das Taxi ist draußen«, erwachte ich wie aus einem herrlichen Traum. Ich küsste Achmed noch einmal, umarmte ihn und rief: »Bis morgen. Ich komme wieder!«

Achmed lief mir nach. »Ich bringe dich zum Auto! Wo wohnst du denn überhaupt?«

Alexia nahm mir die Antwort ab: »Club Aldiana, tschüs, bis morgen.«

Im Taxi fauchte ich Alexia wütend an. »Wie konntest du ihm sagen, wo wir wohnen?«

»Weil er dir gut tut. Ich habe dich schon lange nicht mehr so fröhlich und entspannt erlebt wie heute Abend, Mama«, meinte sie ruhig. »Genieße doch die Tage hier. Warum soll er sich nicht wieder mit dir treffen? Er ist doch nett.«

Ich blieb mürrisch. »Aber er ist halb so alt wie ich. Der könnte doch glatt mein Sohn sein.«

Alexia kicherte: »Könnte, ist er aber nicht. Der möchte ganz was anderes bei dir sein. Komm, Mama, nimm mal, was du kriegen kannst. Du hast genug bei Papa auf dem Sofa gesessen. Jetzt gönnst du dir mal was.«

In der Nacht habe ich kein Auge zugekriegt. Ich lag neben meiner tief schlafenden Tochter und starrte vom Bett aus in den nächtlichen Himmel. Was war das? Hatte ich mich womöglich verliebt – in einen blutjungen Kerl aus Tunesien?

Ich verwarf meine Gedanken schnell wieder. Alles Blödsinn! Der würde sich bestimmt nicht wieder melden. So wie er aussah, konnte er jeden Abend ein bildhübsches Mädchen abschleppen. Was wollte er denn mit mir? Aus seiner Sicht war ich steinalt, dazu noch leicht übergewichtig und für ihn bestimmt alles andere als sexy.

Aber Achmed ließ mich die ganze Zeit über nicht mehr aus den Augen. Am nächsten Tag tauchte er plötzlich am

Strand auf. Er lümmelte sich einfach neben mich in den Sand und überschüttete mich mit Komplimenten.

Ich sah ihn an. Er lag da wie hingegossen. Sein braun gebrannter Oberkörper war muskulös, seine Beine gut gewachsen. Er war stark behaart und trug knappe Boxershorts.

Ich sah auch an mir herunter und war weniger begeistert. Überall etwas zu viel Speck. Die Haut nicht mehr frisch. Ich war nun mal eine Endvierzigerin mit den üblichen Verschleißerscheinungen. Etwas verschämt stand ich schnell auf und knotete mir den Pareo um, um meine nicht mehr astreinen Hüften zu verstecken. Achmed musterte mich unverhohlen und lobte zu allem Überfluss noch meine Figur.

Klingt komisch, aber ich fühlte mich mit jedem seiner Komplimente wirklich ein Stückchen schöner und konnte gut damit leben, dass das Tuch immer wieder verrutschte und meine Beine freigab. So schlimm war es offenbar gar nicht mit meiner Cellulitis. Vielleicht war ich auch zu kritisch mit mir. Ich sollte viel selbstbewusster damit umgehen. Achmed hatte Recht. Für mein Alter sah ich wirklich noch gut aus. Wenn ich die anderen Frauen am Strand sah, schnitt ich gar nicht so schlecht ab. Keine war wirklich perfekt. Und Männer mögen grundsätzlich ein paar Pfund mehr an uns Frauen. Diese klapperdürren Hungergestelle sind etwas für die Modemagazine, aber nichts fürs Bett.

Ach, Achmed tat mir gut. Es war ein schönes Gefühl, nochmal umschwärmt zu werden. Das letzte Mal, dass mich ein Mann so durchdringend ansah, war bestimmt schon dreißig Jahre her. Ich hatte ganz vergessen, wie schön das ist. Während mir diese Gedanken durch den Kopf gingen, aalten wir uns im Sand, quatschten sorglos drauflos und labten uns an einem Eis, das Achmed geholt hatte. So konnte ich das Leben aushalten.

Schließlich wollte Achmed gehen, bat mich aber eindringlich mitzukommen. »Ich könnte dir meine Heimat zeigen. Das wahre Tunesien, das dir kein Reiseführer bieten kann. Wie wär's mit einem echten orientalischen Markt? So eine Atmosphäre hast du bestimmt noch nie erlebt!«

Ich war unentschlossen. Doch Alexia hatte gerade eine Tennisstunde. Ich hatte nichts vor. Warum eigentlich nicht! Ich legte Alexia eine Nachricht aufs Bett. Dann machte ich mich schick und wartete in der Hotellobby auf Achmed.

Mit seinem alten klapprigen Kombi fuhren wir zuerst in seinen Heimatort Houmt Souk. Wir bummelten über den Basar. Die Läden quollen über von Töpferwaren, Kupfertellern, bunten Marionetten, Teppichen und Seidentüchern. Es war aufregend, diese exotische Welt so hautnah an der Seite eines Einheimischen kennen zu lernen. Ich saß in Cafés mit seinen Freunden, die allesamt zwanzig Jahre jünger waren als ich, sich aber in keinster Weise irritiert zeigten. Viele spielten Domino. Wir tranken *Thé à la menthe*. Dann fuhren wir nach Guellala und sahen einheimischen Töpfern über die Schulter. Anschließend ging es zum Bauernmarkt nach Midoun. Dort lebte sein Onkel, der uns spontan zu einer Jeepfahrt einlud. Ich saß mit Achmed auf der Rückbank. Der milde Wind wirbelte mein Haar durcheinander. Achmed legte seinen Arm um mich, zog mich fest an sich. So düsten wir über die holprige Küstenstraße. Rechts das blaue Meer, links die sattgelbe Wüste. Ein wunderbares Erlebnis. Wir kamen in ein abgelegenes Berberdorf, wo wir mit lautem Hallo begrüßt wurden. Eine Frau reichte mir Tee, eine andere wohlschmeckendes Pistaziengebäck. Dann führte mich Achmed in ein großes Haus, in dem viele Teppichknüpferinnen saßen, und geduldig erklärte er mir alles über das Handwerk. Ein Freund setzte mir eine weinrote Chechia, die typische tunesische Kappe, auf. Es war alles so sorglos und fröhlich. Ich schloss diese freundlichen Menschen sofort in mein Herz. Abends zuckelte Achmed wieder mit mir durch die Discos.

Längst hatte er mit seiner aufmerksamen, höflichen Art mein Herz gerührt. Es kam, was kommen musste. Wir machten da weiter, wo wir in der Nacht zuvor aufgehört hatten. Er küsste mich. Erst nur beim Tanz, dann auch beim Nachhause-Gehen im Hotelflur. Schließlich landeten wir am Meer. Wir ließen uns in den Sand fallen, und Achmed begann, mir das Kleid hochzuschieben. Ich ließ ihn gewähren. Ich wollte es auch. Ich wollte diesen Mann spüren und mich nach tristen Jahren mal wieder als Frau fühlen. Besonders gefiel mir, dass er ein Kondom aus der Tasche zog. Ich hatte so viel von Aids gelesen. Gerade in Urlaubsgebieten ist die Gefahr groß, sich mit dem Virus zu infizieren. Aber mein Achmed war trotz seiner jungen Jahre verantwortungsvoll genug, auf einen Schutz zu achten.

Er liebte mich stürmisch, aber auch unendlich gefühlvoll. Seine Hände waren überall. Seine Zunge verwöhnte jeden Zentimeter meines Körpers. Er spielte mit meinem Körper wie auf einem Musikinstrument und entlockte mir immer neue Töne der Lust. Mit meinem Mann war ich selten zum Höhepunkt gekommen. Jetzt durchströmten mich nicht enden wollende Wogen der Wollust. Als er mich nahm, war das wie eine Wiedergeburt. Die alte Inge war tot, eine neue auf die Welt gekommen.

Glücklich, erschöpft und tief erfüllt von diesem wunderbaren Tag und dem grenzenlos schönen Sex, schlief ich in seinen Armen ein. Der milde Wind streichelte meine Haut. Es war ein Moment, wie man ihn nicht oft erlebt. Als er mich sanft weckte, ging schon die Sonne auf.

»Du musst ins Hotel. Deine Tochter macht sich sonst Sorgen«, sagte er leise.

Ach ja, Alexia. Ich hatte in den Armen dieses Mannes sogar meine Tochter vergessen.

Achmed brachte mich mit seinem Wagen zurück. Im Hotel war noch alles ruhig, als ich mit meinen Sandalen in der Hand durch die Flure schlich. Ich huschte leise ins Zimmer. Alexia schlief noch. Ich ließ schnell das Kleid fallen, dann schlüpfte ich unter die Decke und schlief selig und zufrieden ein.

»Mutti, ich gönne es dir. Du hast mal deinen Spaß verdient«, sagte Alexia, als ich ihr mittags alles brühwarm erzählte. »Achmed ist ein wirklich netter Kerl. Genieß doch die Zeit mit ihm. Kümmere dich nicht um mich. Ich habe tolle Leute hier kennen gelernt. Zum Beispiel Lisa. Wenn du willst, kann ich auch bei ihr im Zimmer schlafen. Sie hat bestimmt nichts dagegen, wenn ich bei ihr übernachte.«

Ich drückte sie, eine Spur verlegen. »Du bist eine wahre Freundin!« Insgeheim war ich sehr froh über ihr Angebot. Achmed lebte bei seinen Eltern. Wir hatten also keinen Ort, wo wir mal ganz für uns sein konnten. Das Hotelzimmer wäre ideal dafür. So kam es dann auch.

Am nächsten Abend nahm ich ihn mit zu mir. Der Sex mit ihm blieb grandios. Alles war so intensiv, wie ich es noch nie erlebt hatte. Dieser junge Mann versetzte mich mit seinem durchtrainierten, makellosen Körper und seiner sexuellen Raffinesse in einen wahren Rausch. Er machte mich Stunde um Stunde glücklicher, als ich es je für möglich gehalten hätte. Ich spürte eine längst verloren geglaubte Lebendigkeit in mir und fühlte mich zwanzig Jahre jünger.

Die restlichen Urlaubstage waren Achmed und ich unzertrennlich. Er hatte sich in der Disco Urlaub genommen und konnte nun rund um die Uhr mit mir zusammen sein. Alexia hatte sich verständnisvoll bei ihrer neuen Freundin einquartiert. Achmed lebte quasi bei mir. Wir haben viel unternommen, uns die Festung Bordj el Kebir angesehen, uns von seiner Großmutter die tunesische Spezialität Tajine zubereiten lassen, einen Kamelmarkt besucht. Achmed zeigte mir eine Moschee und zwei traumhaft romantische Bergoasen, in denen wir Händchen haltend den Sonnenuntergang bewunderten. Aber wir haben auch stundenlang nur am Strand gelegen und geredet.

Achmed erzählte viel von seiner Familie, seiner Jugend, auch seinen Träumen. Er wollte immer gern Zahnarzt werden. Doch seine Familie hat kein Geld. Also hat er nach der Schule in einer Autowerkstatt gearbeitet. Das lag ihm aber nicht. Dann versuchte er sich mit Gelegenheitsjobs durchzuschlagen. Meistens hat er in Lokalen am Strand gearbeitet. Dort hat er auch sein gutes Deutsch gelernt.

Als sein Onkel, der lange im Ruhrgebiet im Hotelfach gearbeitet hatte, nach Tunesien zurückkam und in einem Hotel die Leitung einer Disco übernahm, konnte er bei ihm anfangen. Das war vor fünf Jahren. Seitdem hatte er sich in verschiedenen Hotels als Türsteher, Kellner, eigentlich als Mädchen für alles eingearbeitet. Aber sein Traum war nach wie vor, Zahnarzt zu werden. Er war ja erst Mitte zwanzig, und alle Türen standen ihm noch offen.

Die Zeit verging mit ihm wie im Flug, und damit gingen auch meine zwei Wochen Urlaub zu Ende. Mein Herz war schwer wie selten.

»Kommst du wieder?«, fragte mich Achmed an unserem letzten Abend. »Ich kann dich ja nicht besuchen. Ich habe kein Geld dafür! Es liegt also an dir, ob wir uns wieder sehen.«

Das wusste ich, und ich wusste auch, dass ich diesen Mann wieder sehen wollte. »Ich komme!«, versprach ich, und um meine Worte zu besiegeln, liebten wir uns noch ein letztes Mal. Aber es war nicht mehr so ungezwungen, so leicht und locker. Es war viel Wehmut dabei. Ich wusste, dass uns fast 25 Jahre, die fremde Kultur, der andere Glauben und mehrere tausend Kilometer trennten. Eigentlich hatte unsere Liebe keine Chance.

Das sagte ich auch im Flugzeug zu Alexia, als sie tröstend meine Hand hielt. »Es hat keinen Sinn. Da passt doch nichts zusammen«, meinte ich mit Tränen in den Augen.

Alexia war diesmal die Reife. »Dann denke doch einfach, dass du wunderschöne Tage hattest. Das ist doch wertvoll im Leben. Muss denn alles für immer sein? Du wolltest lernen, den Tag so zu nehmen, wie er kommt. Ohne viel Planung, ohne viel Perspektive. Achmed hat dich aufblühen lassen. Du warst fröhlich wie selten. Das hat sich doch alles gelohnt«

Ich gab ihr Recht.

Ja, meine Affäre hatte sich gelohnt. Ich fühlte mich wieder als Frau und stieg aus dem Flugzeug mit der stolzen Gewissheit, für viele Männer noch schön und begehrenswert zu sein. Wie war ich denn eingestiegen auf dem Hinflug? Mit einem Selbstbewusstsein, das niedriger als die Teppichkante war. Ich hatte mich in meiner Ehe so klein machen lassen. Ich war ein ängstliches, vom Leben enttäuschtes und frustriertes Etwas geworden. Nichts von dem war heute, nach meiner Reise, mehr davon übrig. Alexia hatte Recht: Es hatte sich wirklich gelohnt! Dieser junge Mann hatte mir Mut, Kraft und Zuversicht gegeben.

Das war toll, führte aber auch dazu, dass ich nur noch schlecht ohne ihn zurechtkam. Die erste Zeit zu Hause fehlte er mir schrecklich. Ich ging brav in mein Büro, saß abends wie früher allein vor dem Fernseher. Aber in meinem Kopf dröhnten Discoklänge. Vor meinen Augen flimmerten die Lichter der Nacht. Ich hatte keine Lust mehr auf Einsamkeit und Langeweile, auf Alltagstristesse und Routineeinerlei. Ich hatte zwei Wochen gespürt, was Leben heißt. Ich wollte nicht wieder zurück in mein altes, eintöniges Dasein.

Ich griff zum Telefon und versuchte Achmed in der Disco zu erreichen. Es klappte. Im Hintergrund lachten Menschen. Er war fröhlich wie immer. »Komm, Schatz, komm zu mir«, rief er in den Hörer. Es blieb bei ein paar Liebesschwüren, dann musste er auflegen.

Plötzlich war sie da, die Stille. Ich saß im Sessel, den mir meine Oma vererbt hatte, und hörte das Ticken der Standuhr. Tick, tick, tick, wieder drei Sekunden Lebenszeit vorbei. Mit jedem Ticken wurde mir klarer, dass ich dabei war, die kostbare Restzeit meines Lebens zu vertun. Tick, tick, tick, die Zeit ging unaufhaltsam weiter. Ich wurde unaufhaltsam älter, und mein Leben rann wie Sand durch die berühmte Lebensuhr. So konnte es nicht weitergehen.

Ich griff noch einmal zum Hörer, verlangte noch einmal nach Achmed. »Ich schicke dir ein Ticket. Du kommst zu mir«, rief ich in den Hörer. »Morgen erledige ich alles.«

Achmed war natürlich begeistert, bedankte sich überschwänglich. Für Achmeds Ticket musste ich an meine eiserne Reserve gehen. Aber es war mir egal. Ich konnte nicht immer nur an Sicherheit denken. Ich musste auch mal etwas wagen, um glücklich zu sein. Begeistert erzählte ich Alexia davon. Doch die war plötzlich nicht mehr sonderlich erfreut. Meine immer so coole Tochter hatte auf einmal Bedenken.

»Mutti, bist du sicher, dass er hierher passt? Ich weiß nicht, was Oma und deine Freundinnen sagen, wenn du plötzlich mit diesem Jungen hier ankommst. Urlaub ist eine Sache. Aber hier ist Alltag. Ich weiß nicht, ob du dich nicht, verzeih bitte, dass ich es so offen sage, ob du dich nicht lächerlich machst.«

Alexias Worte machten mich wütend. Ich konterte sofort: »Was interessieren mich meine Freundinnen. Die liegen doch nicht abends allein im Bett. Alle haben schöne Worte parat, aber mit meiner Scheidung fertig werden muss ich allein. Ich sehne mich nun mal zurück in Achmeds Arme, ich will seine samtige Stimme hören, ihn fühlen, schmecken. Kapierst du nicht, alles andere ist mir egal.«

Alexia zuckte richtig zusammen. So aufgebracht hatte sie mich wohl noch nie erlebt. Beschwichtigend nahm sie meine Hand. »Ist ja schon gut, Mutti. Du musst es schließlich selbst wissen. Ich möchte nur nicht, dass er dir wehtut. Ich mache mir doch bloß Sorgen. Du bist verliebt. Aber vielleicht geht's nicht gut mit euch. Und dann wird alles für dich noch schlimmer als nach der Trennung von Vati.«

Alexia hatte Recht. Ich wusste das. Aber es war mir egal. Ich wollte Achmed bei mir haben. Alles andere zählte nicht. Trotzig sagte ich: »Ich muss es versuchen, verstehst du. Ich muss!«

Bis ich die nötigen Einreisepapiere komplett hatte und Achmed endlich kommen konnte, fegte noch ein Sturm der Entrüstung durch mein Lebensumfeld. Meine Kolleginnen, denen ich einfach davon erzählte, waren fassungslos und gaben mir in spitzen Bemerkungen zu verstehen, dass ich wohl einen Hormonkoller hätte.

Meine Mutter tobte und schrie mich am Telefon an: »Holst dir einen hergelaufenen Kameltreiber ins Haus. Du musst verrückt sein, du gehörst zum Arzt.«

Meine Freundinnen machten mir die Hölle heiß, indem sie mir ein Horrorszenario ausmalten. Er würde mich ausnutzen, meine Konten plündern, mich mit jungen Mädchen im Wohnzimmer betrügen. Von »pass auf dein Geld auf« bis »der sucht sich bald 'ne andere« war alvles dabei. Doch ich hörte nicht hin. Allen ging die Phantasie durch, und mir ging's nur noch auf die Nerven.

Ich freute mich auf Achmed. Er hatte mehrmals geschrieben, dass er es auch kaum erwarten könne, in Düsseldorf am Flughafen zu stehen und mich endlich in die Arme zu nehmen. Zwei endlos lange Monate später war es so weit. Achmed war bei mir.

Damit ich ihn den Anfeindungen meiner intoleranten Umgebung nicht aussetzen musste, blieben wir fast immer für uns. Ich baute mir mit Achmed meine eigene kleine Welt auf. Tagsüber arbeitete ich fleißig an meinem Schreibtisch in der Bank. Wenn ich nach Hause kam, hatte er bereits eingekauft, gekocht, die Wohnung geputzt, den Tisch gedeckt. Wir saßen Händchen haltend vor dem Fernseher, gingen Händchen haltend ins Bett. Ich ließ außer Alexia niemanden mehr in unsere kleine heile Welt. Es war eine Idylle, die mir genügte, mich rundum zufrieden machte. Jede Stunde mit ihm war wunderbar. Ich war glücklich und liebte ihn von Tag zu Tag mehr. Wir gingen oft spazieren, unternahmen Fahrradtouren, kuschelten uns ins Gras.

Drei Monate ging das gut. Dann musste er zurück, weil sein Visum abgelaufen war. Damit kam der triste Alltag zurück. Unsere Idylle war Vergangenheit. Doch ich wollte mich der Wirklichkeit nicht mehr stellen.

»Lass uns heiraten!«, sagte ich zu Achmed. »Dann können wir für immer zusammen sein. Du kannst dann hier arbeiten und findest bestimmt schnell einen Job.«

Achmed war begeistert. »Ich liebe dich und möchte für immer mit dir leben«, flüsterte er mir ins Ohr.

Noch einmal fuhr er zurück nach Tunesien, um seine Papiere vorzubereiten. Ich erledigte meine Behördengänge. Meiner Familie erzählte ich nichts von meinen Plänen. Ich hatte einmal den Fehler gemacht, zu offen gewesen zu sein. Noch einmal sollte mir das nicht passieren.

Achmed war einen Monat später wieder da. Wir mussten aber noch einmal sechs Wochen warten, bis alles unter Dach und Fach war. Die Beamten der Ausländerbehörde witterten eine Scheinehe und nahmen mich mit vielen Fragen in die Zange. Aber ich konnte mit ruhigem Gewissen antworten: Es ist Liebe. Ich will diesen Mann heiraten und übernehme auch die Verantwortung für ihn. Die Trauung war schlicht. Danach gab es ein Abendessen zu zweit. Das war die ganze Feier. Eine Hochzeitsreise hing nicht dran. Die sollte später einmal nach Tunesien gehen.

Im Nachhinein war schon die Hochzeitsnacht nicht mehr schön. Ich habe es damals nicht richtig gemerkt. Heute weiß ich, dass unser Sex von da ab lustlos und langweilig war.

Insgesamt veränderte sich mit dem Trauschein einiges zwischen uns. Achmed begann plötzlich, seine Wünsche anzumelden. Er wolle gern arbeiten, hätte auch schon etwas in Aussicht. Sein Onkel hätte ihm den Tipp gegeben. Die Arbeit würde gut bezahlt. Aber er brauche schicke Kleidung, und ohne Auto käme er nicht hin. Er müsse ja beweglich sein. Dabei kuschelte er sich an mich, erzählte mir, was er alles in dem Job machen könne. Der Eigentümer des Lokals wolle langfristig nach Tunesien zurück. Wir könnten es dann übernehmen.

Er malte mir meine Zukunft in leuchtenden Farben aus, und ich fiel voll darauf rein. Verliebt, wie ich war, wollte ich ihm jede Tür öffnen. Es sollte ihm an nichts fehlen. Denn er plante ja auch für meine Zukunft. Ich ging an meine Lebensversicherung und ließ sie mir mit viel Verlust vorzeitig auszahlen. Doch die stattliche Summe war blitzschnell ausgegeben. Achmed überredete mich, ein schickes Auto zu kaufen. Die Kleidung musste ebenfalls teuer sein. Immerhin musste er doch als künftiger Geschäftsführer eine gute Ausstattung haben. Ich nickte, obwohl mir damals schon mulmig zumute war. Außerdem hoffte ich, dass Achmed ja bald Geld verdienen und mir dann bei den laufenden Kosten für Miete, Strom und Haushalt unter die Arme greifen würde.

Doch es kam alles ganz anders.

Nachdem ich Achmed so prächtig ausstaffiert hatte, ging er schon frühmorgens aus dem Haus und kam erst nachts zurück. Angeblich musste er in dem Lokal schon richtig schuften. Ich war traurig, weil wir so wenig gemeinsame Zeit hatten. Doch Achmed tröstete mich: »Das ist nur die Einarbeitungszeit. Das wird ja besser.« Ich glaubte ihm und schmiegte mich wenigstens nachts ganz eng an ihn.

Doch als er nach zwei Monaten immer noch kein Geld mitbrachte, wurde ich misstrauisch. Achmed lachte, sagte immer: »Morgen, morgen bezahlt er«, und dann bat er lächelnd wieder um einen Schein, damit er tanken könne. Er müsse doch zur Arbeit, für uns etwas aufbauen. Fast jeden Morgen steckte ich ihm etwas zu. Mittlerweile war auch mein Girokonto überzogen. Wenn ich versuchte, mit Achmed darüber zu sprechen, vertröstete er mich.

Schließlich hatte ich genug. Ich bat eine Freundin, mich nach Neuss zu fahren. Dort war das Lokal. Ich wollte selbst mit dem Inhaber sprechen und ihm sagen, dass wir das Geld brauchten. Das Lokal fand ich sofort. Es war ein Restaurant, allerdings mit angebauter Disco. Nicht schick, aber ordentlich. Selbstbewusst fragte ich nach dem Chef. Der war Tunesier und sah mich ratlos an. Meine Fragen nach Achmed verstand er nicht. Er kannte keinen mit dem Namen, kannte auch keinen Onkel aus Houmt Souk.

Ich wankte förmlich aus dem Lokal. Achmed hatte mich also angelogen. Seit unserer Hochzeit hatte er mir offenbar nur Geschichten erzählt, um sich ein schönes Leben zu machen. Meiner Freundin sagte ich kein Wort davon. Ich redete mich heraus, Achmed sei gerade zu Einkäufen unterwegs.

Zu Hause brach ich mit einem Weinkrampf zusammen. Das konnte doch nicht sein. So eine Liebe konnte nicht gespielt sein. Es musste etwas anderes dahinter stecken. Vielleicht würde sich alles zum Guten wenden. Vielleicht hatte mich nur der Lokalchef angelogen. Alles war doch denkbar. Wie viele Frauen in meiner Situation konnte ich der Wahrheit nicht ins Gesicht sehen. Ich malte mir alle möglichen Erklärungen aus, nur um nicht wahrhaben zu müssen, dass Achmed mich so betrogen hatte.

Als er nach Hause kam, sprach ich ihn weinend auf meinen Besuch in dem Lokal an. Doch Achmed reagierte nicht etwa betroffen oder gar ertappt. Nein, er tobte. Lautstark beschuldigte er mich, dass ich ihm nachspioniere, und er lasse sich das von mir nicht bieten. Er sei nicht mein Sklave und ich hätte zu begreifen, dass er sich so nicht länger behandeln ließe. Er schrie mich zusammen und ließ mich dann einfach weinend sitzen.

Die Tür fiel ins Schloss. Ich war ernüchtert. Das war also sein wahres Gesicht. All seine Liebesschwüre hatten nur dazu gedient, in Deutschland eine Bleibe zu bekommen, um hier ein leichtes Leben zu haben. In dieser Nacht kam er erst um drei nach Hause und schlief auf dem Sofa. Ich lag in meinem Bett und starrte die Decke an. Ich musste genau wissen, was sich abspielte. Ich musste wissen, wohin Achmed wirklich ging.

Am nächsten Tag durchsuchte ich seine Sachen und fand jede Menge Rechnungen von Discos und Lokalen. Keine Frage, er hatte es sich gut gehen lassen. Während ich Überstunden abknüppelte, um finanziell halbwegs über die Runden zu kommen, hatte er sich offenbar prächtig amüsiert. Ich schrieb mir die Namen der Restaurants von den Rechnungszettelchen auf und klapperte sie in den nächsten Tagen systematisch ab.

Ich hatte Erfolg. Am dritten Abend sah ich Achmed. Er trug einen der schicken Anzüge, die ich von meinem Geld gekauft hatte. Lässig stand er an der Bar, hielt einen Cocktail in der Hand und war tief versunken in die Unterhaltung mit einer braun gebrannten Zwanzigjährigen. Er fasste sie um die Taille, küsste ihren Hals. Das kannte ich doch alles. Es war also sein normales Programm. So machte er sich immer an die Frauen heran. Dieses junge Ding war hübsch. Da ging es wohl um Sex. Bei mir ging es um Geld und um die Aufenthaltsgenehmigung. Das wurde mir in dem Lokal schnell klar. Als mir diese Gedanken durch den Kopf gingen, fiel Achmed eine Zigarette aus der Hand.

Er bückte sich, um sie aufzuheben, und entdeckte mich dabei. Sein Blick traf mich wie ein kalter Regenguss. In seinen Augen war nichts Liebes, Zärtliches mehr. Seine Augen waren kalt, eiskalt. Sie blitzten hasserfüllt zu mir herüber. Es gab keinen Zweifel mehr. Dieser Mann empfand nichts für mich, höchstens Abscheu.

Ich rannte kopflos aus dem Lokal. Es regnete. Ich lief weinend durch die Straßen, bestimmt eine Stunde lang. Bis auf die Haut durchnässt, kam ich in meiner Wohnung an. Ich steckte den Schlüssel von innen in die Tür und schloss ab. Ich wollte Achmed nie mehr wieder sehen. Ich weinte die ganze Nacht lang: über die verlorene Liebe, über die fehlende Zukunft, aber auch über meine grenzenlose Dummheit.

Alle, ja wirklich alle hatten mich gewarnt. Aber ich hatte nicht hören wollen und diesen jungen Burschen in mein Leben geholt. Für ihn hatte ich mein Geld ausgegeben, meine Altersversicherung durchgebracht, meinen Freundeskreis gesprengt. Alles nur, um mit ihm heiße Stunden verbringen zu können. Was hatte er dabei empfunden? Vermutlich Ekel und Widerwillen. Er hat mit mir geschlafen, weil es dazugehörte, weil ich alte Kuh es wollte. Er hat mich befriedigt, weil ich sonst keinen Euro herausgerückt hätte. Oh, wie furchtbar. Ich schämte mich so. Was war bloß aus mir geworden.

Ich rief Alexia an. Die kam sofort. Ihr sagte ich endlich die Wahrheit, und sie fiel aus allen Wolken. Meine heimliche Hochzeit machte sie sprachlos.

»Mutti, das ist ja furchtbar«, sagte sie. »Warum hast du denn nicht mit mir gesprochen? Aber seitdem Achmed bei dir war, konnte man ja nicht mehr normal mit dir reden. Ich habe mich deshalb auch aus allem herausgehalten. Ich dachte, du kommst schon wieder zur Vernunft. Aber dass du ihn gleich heiratest, das hätte ich nie gedacht.«

Sie wollte mir helfen, sagte aber sofort, dass ich noch

einmal mit Achmed sprechen müsse. »Das ist wichtig. Wenn du dich trennst, ohne mit ihm gesprochen zu haben, beginnst du es vielleicht zu bereuen. Und was dann? Dann hört der Spuk doch nie auf! Du musst seine Seite hören und dich dann in Freundschaft trennen. Er kann arbeiten und dir das Geld zurückzahlen.«

Alexia schlief bei mir. Die Tür ließen wir offen. Aber Achmed kam nicht mehr. Weder in dieser noch in der folgenden Nacht ließ er sich blicken. Eine Woche wartete ich, doch Achmed blieb verschwunden. Mit Alexia durchstreifte ich alle infrage kommenden Lokale. Aber wir fanden ihn nicht. »Du musst zur Polizei. Vielleicht ist er ja nach Hause zurückgeflogen, und wir machen uns hier umsonst Gedanken«, sagte Alexia schließlich.

Doch man kam uns zuvor. Als wir zu Hause ankamen, klingelte das Telefon. Es war die Polizei. Achmed war verhaftet worden. Man wollte seine Frau darüber informieren. Heraus kam: Er hatte mit Drogen gehandelt und sich erwischen lassen. Jetzt saß er im Gefängnis. Ich konnte nicht mehr. Ich war mit einem Drogendealer verheiratet. Was musste ich noch alles ertragen?

Als ich den Hörer auflegte, bekam ich einen Nervenzusammenbruch. Alexia hat den Krankenwagen gerufen, und ich landete in der Klinik. Dann hat sie meine beste Freundin informiert. Zu zweit haben sie mich am Krankenbett von einer stationären Therapie überzeugt. Ich bin dann direkt dorthin gekommen. Vier Wochen habe ich mich aufbauen lassen.

Es hat gut getan, mit Fachleuten mein Erlebnis auszudiskutieren. Ich habe viel für mich gelernt. Unter anderem, dass man auch dazu stehen muss, wenn man Fehler gemacht hat. Ich habe mich von schönen Gefühlen treiben lassen und mir dabei selbst den Blick für die Wahrheit verstellt. Ich konnte mir plötzlich vorstellen, dass sich ein Junge, der nur halb so alt ist wie ich, in mich verliebt. Ich konnte mir vorstellen, dass er lebenslang mit mir zusammenbleibt. So ein Unsinn. Das konnte nicht funktionieren. Aber die Stimme meines Kopfes hatte ich einfach ausgestellt. Ich wollte sie nicht hören. Sie hätte ja meine schönen Gefühle kaputtgemacht. Und das wollte ich nicht zulassen.

Solche Dinge macht man, wenn man überfordert ist. Ich habe mich zu einem Zeitpunkt in ein neues Leben gestürzt, als das alte noch nicht verarbeitet war. Ich hätte nach der Trennung von meinem Mann noch länger allein bleiben müssen, bis die entstandenen Wunden verheilt waren. Doch dann kam Achmed, und ich habe mich forttragen lassen in eine Welt, in der nur die Liebe zählte. Es war die Welt, die meine kranke Seele brauchte. Aber es gab sie gar nicht in Wirklichkeit. Es gab sie nur in meiner Vorstellung. Das Erwachen kam schnell. Nun musste ich wieder mit dem Kopf da sein und mein in Trümmern liegendes Leben mühselig neu sortieren.

Aus der Klinik entlassen, habe ich die Scheidung eingereicht. Mein Anwalt fand heraus, dass Achmed eine Strafe von über einem Jahr zu erwarten hat. Danach wird man ihn vermutlich in sein Heimatland abschieben.

Ich bin erleichtert, denn ich will ihn nicht mehr wieder sehen. Seine Sachen habe ich in Säcke verpackt und auf den Boden gebracht. Wenn er sich meldet, gebe ich ihm alles. Aber dann soll er für immer verschwinden. Er hat mir zu wehgetan. Wie es bei mir weitergeht, weiß ich im Moment noch nicht. Meine Arbeit habe ich noch. Das ist wenigstens ein Anfang. Wegen der Schulden muss ich mit der Bank sprechen. Sie werden mir wohl einen Kredit einrichten, und dann muss ich in den nächsten Jahren die Summe abstottern.

Ich habe für die Illusion einer Liebe in jeder Hinsicht einen hohen Preis gezahlt.

Ich sehe in den grauen Novemberhimmel und hoffe nur, dass ich bald eine Antwort aus Cagliari im Briefkasten finde. Wenn ich den Job an der Schule dort bekomme, packe ich sofort meine Koffer.

Fünf Jahre Deutschland sind wirklich genug. Ich habe jetzt endgültig begriffen, dass ich mich nie wieder hier einleben werde. Es ist nicht nur das Wetter. Es ist die ständige Überforderung, der Dauerstress. Als allein erziehende Mutter mit zwei Kindern fühle ich mich von allen im Stich gelassen. Ich muss Geld verdienen. Es gibt aber keine Ganztagsschulen. Also bleibt nur ein Halbtagsjob, und die sind rar. Ich hatte Glück und konnte in einer Werbeagentur unterkommen. Doch es läuft nur, wenn nichts Unvorhergesehenes dazwischenkommt. Vor kurzem war mein Jüngster, Alessandro, krank. Eine nette Frau aus der Nachbarschaft war bereit, sich um ihn zu kümmern. Doch dafür nimmt sie acht Euro die Stunde. Das kann ich mir eigentlich nicht leisten. Doch ich habe niemanden, der mir etwas abnimmt. Meine Mutter ist selbst berufstätig. Sie hat weder Zeit noch Interesse daran, Kinder zu hüten.

Hier in Deutschland ist sich nun mal jeder selbst der Nächste. Keiner nimmt dem anderen etwas ab. Was zählt, ist das Geld, das Auto und ein schicker Vorgarten. Ich will das alles nicht mehr. Ich möchte wieder Familienzusammenhalt, echte Freunde und Zeit haben, auf der Piazza zu sitzen und einen Cappuccino zu trinken.

Es war ein riesiger Fehler, dass ich damals, vor fünf Jahren, regelrecht von Sardinien geflohen bin. Ich wollte nur weg von dort. Weg von dem Mann, der mir so viel angetan hatte. Weg von seiner Familie und seinem Land. Ich wollte vergessen und glaubte, das ginge nur weit weg von Italien. Am besten in Deutschland, wo mich nichts mehr an meine große Liebe und zehn Jahre Ehe erinnern würde.

Im Nachhinein weiß ich, dass diese überstürzte Flucht überhaupt nicht nötig gewesen wäre. Aber jeder kann sich im Leben irren und eine Weiche verkehrt umlegen. Dann muss man den Irrtum einsehen und auf dem falsch eingeschlagenen Weg wieder umdrehen. Ich bin bereit dazu. Ich will zurück. Zurück nach Sardinien. Zurück auf die Insel, die wohl meine wirkliche Heimat ist.

Meine Geschichte begann vor 25 Jahren. Ich war damals siebzehn und heftig in einen Jungen aus der Nachbarschaft verliebt. Meine Eltern waren entsetzt. Ich, die wohlerzogene Arzttochter aus Wiesbaden, liebte einen Lehrling aus einem Herrenbekleidungsgeschäft. Das fanden sie einfach stillos.

Um die Familienehre zu retten, verfrachteten sie mich in den Sommerferien zu Freunden nach Italien, genauer gesagt, nach Sardinien. Dort sollte ich auf andere Gedanken kommen. Das kam ich auch, aber auf die falschen, und alles wurde nur noch schlimmer. Doch das konnten meine alten Leutchen damals nicht ahnen.

Ich war jedenfalls bei einer angesehenen sardischen Familie untergebracht, die für die Sommerferien ein Haus auf der idyllischen Insel Carloforte gemietet hatte. Das war ein traumhaftes, noch nicht so überlaufenes Eiland. Der Geheimtipp der Italiener.

Es war auch alles wunderbar. Mein Lehrling war schnell Schnee von gestern. Insofern hatten sich meine Eltern den richtigen Plan ausgedacht. Aber es gab ja reichlich Ersatz.

Ich fand schnell Anschluss an eine italienische Clique Gleichaltriger. Tagsüber tobten wir uns am Strand aus, unternahmen Touren mit dem Segelboot oder spielten Volleyball. Abends lungerten wir in den zahllosen kleinen Bars herum. Ich war eines dieser deutschen Mädchen, die ein bisschen pummelig und unscheinbar waren, und wurde trotzdem heftig umschwärmt. Einer bemühte sich besonders um mich: Giorgio.

Er war drei Jahre älter, Fotograf und konnte mit seiner tiefen Stimme und dem italienischen Akzent wunderbar erzählen. Ich schmolz sofort dahin. Zu meiner Überraschung brachte er mich Abend für Abend artig nach Hause. Nachmittags wartete er brav am Strand auf mich. Einmal stand er sogar mit einer Schachtel meiner geliebten Pralinen von Baci Perugina vor unserem Ferienhaus, um bei meiner Gastmama gute Stimmung zu machen. Auch die war hin und weg und plante ihn gleich auf der Terrasse zum gemeinsamen Spaghetti-Essen ein.

Giorgio wickelte uns alle in null-Komma-nichts um den Finger. Das Schema war immer gleich: Komplimente, Aufmerksamkeit und gekonnte Selbstdarstellung. Er konnte sich wunderbar verkaufen, erzählte immer, wie anständig, strebsam, treu und familienorientiert er sei. Dabei war Giorgio der typische Italiener. Er war nur mäßig groß, aber kompakt gebaut, hatte eine gute Figur, dunkelbraune Locken und diesen wahrhaft grenzenlosen Charme. Er nannte mich nur

»briciolina«, mein Krümelchen, gab mir durch ununterbrochene Zuwendung das Gefühl, seine »principessa« zu sein, und lobte alles, was ich tat und sagte. Das klingt naiv, aber der ganze Zinnober tat meinem Selbstbewusstsein unendlich gut. Doch wenn er »mehr« wollte, ließ ich ihn abblitzen. Aber das verstand er nur als Auftakt zum Spiel. Die sprichwörtliche italienische Hartnäckigkeit ließ ihn beharrlich weiter seine Beute jagen und letztlich auch fangen. So düste ich mit ihm auf seinem Motorroller durch die engen Gassen und klammerte mich verliebt an seine kräftige Brust. Er trug nur knallenge T-Shirts, und ich konnte seine strammen Brustmuskeln fühlen. Sein Haar wehte mir ins Gesicht, und mit jedem gefahrenen Kilometer geriet mein Hosenverkäufer mehr in Vergessenheit. Am Ende des Urlaubs kannte ich kaum mehr seinen Namen, konnte dafür aber umso verliebter in Giorgios Armen »Ti amo« hauchen.

Die Abreise war hochdramatisch. Ich weinte mir die Augen aus dem Kopf, schluchzte den ganzen Rückflug über, dass ich ohne Giorgio nicht leben könne, und kam völlig gebrochen nach Wiesbaden zurück.

Für meine Eltern hatte sich damit nicht die Thematik, wohl aber die Besetzung des Stücks geändert. Statt mit dem unerwünschten Lehrling mussten sie sich jetzt mit dem unerwünschten Italiener auseinander setzen. Aber der war ja glücklicherweise nicht da. Was jedoch dazu führte, dass anfangs unsere Telefonrechnung in astronomische Höhen schnellte. Erst mit dem Winter kehrte allmählich wieder Ruhe ein. Was wiederum daran lag, dass wir an unserer Schule einen neuen Mitschüler aus Frankfurt bekommen hatten, der Giorgio ähnlich sah und mit dem ich mich in meiner Not zu trösten begann. Ab und zu kamen nochmal Briefe aus Sardinien, die ich aber irgendwann nicht mehr beantwortete.

So ging es zwei Jahre, bis zum Abitur. Mit Giorgio verband mich nur noch die Erinnerung. Unsere glühende Liebe war an der Distanz gestorben. Ich war zu jung und schnell für andere Götter zu entflammen.

Fast zehn Jahre lang herrschte Funkstille zwischen uns. In der Zeit absolvierte ich mein Sprachenstudium, heiratete einen Medizinstudenten, wechselte insgesamt sechsmal den Wohnsitz und ließ mich wieder scheiden. Mein Mediziner hatte sich als karrieresüchtiger Langweiler entpuppt, mit dem ich mich ausschließlich über Patientendaten unterhalten konnte. So kam es, dass ich mit knapp 28 Jahren glaubte, mein Leben bereits gelebt zu haben. Ich fühlte mich wie eine alte Frau, der das Schicksal die Flausen aus dem Kopf getrieben hatte und die jetzt nur noch den gesicherten Alltag lebt. Ich arbeitete bei einer Bank, hatte eine kleine Zweizimmerwohnung, zwar nette, aber letztlich belanglose Freundinnen und ließ vor meinen Augen immer öfter die Vergangenheit lebendig werden.

Und da spielte Giorgio nun mal die entscheidende Rolle. Ich sah ihn oft vor mir, hörte seine rauchige Stimme und redete mir immer öfter ein, dass der Sommer auf Carloforte die glücklichste Zeit meines Lebens gewesen sei. Was war denn auch aus meinem Leben geworden? Ich vertrieb mir die Abende mit Endlostelefonaten diverser Freundinnen oder zog am Wochenende durch die neuesten In-Lokale auf der Suche nach dem Traumprinzen, mit dem ich eine zweite Chance bekommen konnte. Doch insgesamt hatte mich der Frust fest im Griff.

Der Alltag konnte nicht annähernd so schön sein wie die Erinnerung an meine aufgewärmte alte Liebesgeschichte.

Welche Frau kennt sie nicht, die Gedanken an den Ex-Liebhaber. So schlecht war er doch gar nicht! Vielleicht habe ich ihn nur nicht richtig verstanden damals! Nie war jemand wieder so zärtlich, klug und einfühlsam!

Obwohl ich wusste, dass aufgewärmter Kaffee nicht schmeckt, träumte ich mich immer öfter zurück nach Sardinien, in die Arme von Giorgio. Aber ich machte mir keine großen Illusionen. Giorgio war sicherlich längst verheiratet und hatte vermutlich drei Bambini. Vielleicht gäbe es einen zweiten Giorgio, mit dem ich meine Jungmädchen-Gefühle nochmal ausleben könnte.

Was würde ich denn riskieren? Meinen Resturlaub. Ich hatte doch sowieso nichts Besseres vor. Vielleicht könnte ich nochmal Spannung in mein Leben bringen, dem Alltagsfrust zumindest für ein paar Sonnentage einen Tritt geben. Ein Single-Urlaub mit Flirtabsichten kann einen nur nach vorne bringen. Mit diesen Gedanken flog ich im Sommer 1987 nach Cagliari.

Ich hatte zwei Wochen Urlaub gebucht und mir südlich von Pula ein wunderschönes Hotel am Strand ausgesucht. Ich genoss wie zehn Jahre zuvor auch diesmal das typisch italienische Strandleben. Dieser hinreißende Mischmasch aus Bikini-Mädchen, durchtrainierten Jung-Playboys, übergewichtigen Mamas, plärrenden Kindern, unverhohlen spannenden Senioren, Eisverkäufern, Rollerfahrern und, und, und, natürlich eingehüllt in einen gewaltigen Geräuschpegel. Aus jeder Himmelsrichtung knattern Motorroller, schreien Menschen, wird gelacht und schallt laut bis an die Schmerzgrenze Musik. Ich sog die Stimmung in mich ein und fühlte mich glatt zehn Jahre jünger.

Schon am zweiten Tag fing ich an zu recherchieren. Ich fand über meine damaligen Gasteltern heraus, dass Giorgio mittlerweile ein eigenes Fotostudio im Herzen Cagliaris hatte, immer noch unverheiratet war und sich bestimmt freuen würde, mich zu treffen. Der Rest war klar. Wir machten einfach da weiter, wo wir zehn Jahre vorher aufgehört hatten. Das heißt, ich sah Giorgio und war wie damals hin und weg.

Die zehn Jahre Trennung waren wie ausgelöscht. Er überschüttete mich auch wie damals mit Komplimenten, und mein durch erfolgreiche Abmagerungskuren zwischenzeitlich aufpoliertes, aber durch die Scheidung wieder ramponiertes Selbstbewusstsein jubelte erneut. Ich war wieder »tesero«, sein Schatz, und »amore mio« und bekam wie damals jeden Wunsch von den Augen abgelesen.

Es war eine Traumzeit. Giorgio hatte es irgendwie geschafft, in Windeseile eine Vertretung für sein Geschäft zu finden, so dass wir viel Zeit zusammen verbringen konnten. Er zeigte mir seine Heimatstadt von den wirklich spannenden Seiten. Wir bummelten durch das romantische Castello-Viertel. So manches in den malerischen Gassen erinnert an die spanischen Eroberer. Wir sahen uns die Kathedrale Santa Maria di Castello an und genossen den Blick von der Terrazza Umberto auf den Hafen. Klar verbrachten wir viel Zeit im Caffè Genovese bei Espresso und una pastina. Aber abends waren wir meistens in meinem Hotelzimmer, um uns den längst vergessen geglaubten Liebesfreuden hinzugeben.

Es war Wahnsinn. Giorgio im Bett zu haben hatte etwas Unwirkliches. Er liebte nicht, er zauberte. Jede Pore meiner Haut war auf Empfang gestellt, und Giorgio versetzte mich Nacht für Nacht in einen Rauschzustand. Alles war wie damals, als er mich auf einem Mini-Eiland, das wir per Motorboot angesteuert hatten, im Sand liebte. Doch damals war ich jung, dachte, dass Liebe immer so aussehen müsste. Nach zwei längeren Partnerschaften und einer gescheiterten Ehe wusste ich, dass Mann und Mann nicht das Gleiche ist. Es gibt schlechte und gute Liebhaber. Giorgio war der beste. Dass guter Sex den Blick verstellt, das habe ich damals gelernt. Unsere körperliche Anziehung machte mich süchtig. Oh, warum hat der liebe Gott für uns Frauen nicht ausschließlich Italiener geschaffen, dachte ich jeden Abend, wenn ich glückselig an Giorgios behaarter Brust einschlief.

An seiner Seite fühlte ich mich wie eine ideale Mischung aus Heidi Klum und Claudia Schiffer. Ich war für ihn die Schönste, und allmählich glaubte ich, das auch für jeden anderen zu sein. Mein Gang wurde gerade, mein Blick klarer, mein Unternehmungsgeist ungebremst. Giorgio hatte mich in zwei Ferienwochen durch Liebe und Zuwendung zu einer neuen Frau gemacht.

Bei meiner Abreise stand fest: Ich haue ab, suche mir in Cagliari Arbeit und bleibe für immer in Italien. Giorgio wünschte sich nichts sehnlicher. Er stand mit schmachtendem Blick am Flughafen, steckte mir einen Liebesbrief mit der Botschaft »Ich warte auf dich« in die Tasche und legte den Verlobungsring gleich dazu.

Als ich wieder in meiner tristen Single-Wohnung ankam, lag schon ein Rosenstrauß von ihm vor der Tür. Abend für Abend klingelte jetzt das Telefon, und ich bekam jede Menge Liebes- und Treueschwüre in den Hörer gehaucht. Er konnte nicht abwarten, mich in die Arme zu nehmen, und ich hatte auch keinen anderen Gedanken mehr, als mich mit diesem Mann auf dem Laken zu wälzen. Wir mussten nicht lange warten.

Mit meinen Sprachkenntnissen war ich auch auf dem italienischen Markt schnell erfolgreich. Für den Januar des folgenden Jahres bekam ich einen Vertrag an einer kaufmännischen Schule als Englischlehrerin. Bis dahin wurde ich zur Pendlerin: Frankfurt-Cagliari. Einmal im Monat verbrachte ich ein verlängertes Wochenende in meiner künftigen Wahlheimat. Giorgio lebte noch bei seiner Familie, und so tauchte ich direkt in einen italienischen Clan ab. Ich mischte voll mit, verstand mich glücklicherweise prima mit meiner Schwiegermama und kam auch bei den diversen anderen Familienmitgliedern gut an. Von Onkel Davide bis Tante Maria akzeptierten alle die »tedesca« aus Wiesbaden. Als ich zu Weihnachten für immer kam, hatte ich mich schon richtig eingelebt.

Ich zog jetzt direkt mit Giorgio in eine neue Wohnung. Das war eigentlich die erste Ernüchterung. Sie war billig und recht klein. Fenster und Türen waren undicht. Es zog durch alle Ritzen, und ich fror ständig. Im Winter rutschen die Temperaturen in Cagliari schnell unter null Grad, die Luft ist feucht, es bläst ein kalter Wind. Die Wohnungen haben nicht im Entferntesten unseren Standard. Eigentlich ist das eine mächtige Herausforderung, wenn man aus einer schicken Neubau-Apartmentanlage in Düsseldorf-Meerbusch kommt. Aber mir war das letztlich ziemlich egal. Es gab ein großes Bett, und das reichte mir.

Unser Leben ging dann auch jenseits des Lakens seinen Weg. Der Alltag war ausgelassen und lebensfroh wie der aller Italiener. Giorgio hatte einen riesengroßen Freundeskreis, und unser Zuhause glich einem Taubenschlag. Ständig kam jemand vorbei, setzte sich zum Kaffee und blieb bis in die Nacht. Und wir waren pausenlos unterwegs, um

Freunde zu besuchen. Wenn uns keine Freunde einluden, waren wir bei Mama Maria und den Geschwistern, Neffen, Nichten von Giorgio zu Gast. Geselligkeit wird einfach groß geschrieben in Italien, und ich genoss es aus vollem Herzen. Im Sommer kamen wir selten vor ein Uhr nachts zur Ruhe. So lange spielte sich das Leben auf der Piazza Costitutione und in den umliegenden engen Gassen ab. Im Winter traf man sich eben zu Hause oder in rappelvollen Gaststätten. Die Cagliaritani verdienen nicht viel, aber trotzdem sind sie ständig in Kneipen und Bars. Man lebt fröhlich miteinander. Das hat mir gefallen.

Genauso unkompliziert ist der Umgang mit den Kindern. Das habe ich sehr schätzen gelernt, als 1989 Giulia und drei Jahre später Alessandro auf die Welt kamen. Man sitzt als junge Mutter nicht allein in irgendwelchen Vorstädten und wartet, dass der Mann nach Hause kommt. Man lebt weiter in der Gemeinschaft mit. Kinder sind überall gern gesehen. Jeder nimmt sie selbstverständlich mit in Restaurants und zu Freunden. Sie spielen vor den Lokalen auf den Plätzen, und alle miteinander passen auf sie auf. Das ist so unkompliziert. Bestimmt ein Grund, warum Italiener mehr Kinder haben. Sie können es sich leisten. Nicht finanziell, aber vom Lebensgefühl her. Freunde, Familie, jeder ist für Kinder da.

Bei mir war es genauso. Ich konnte auch mit einem Kind gut arbeiten. Der soziale Zusammenhalt klappte. Entweder Mama Maria holte die Kleine vom Kindergarten ab, oder Giorgios Schwester Filippa, oder sie spielte einfach bei Giorgio im Fotostudio. Als Alessandro dazukam, nahmen wir uns ein Au-pair-Mädchen. Eine junge Französin, die ich über eine Agentur bekommen hatte.

Eine Entscheidung, die sich zwar gut anhörte, aber leider eine Katastrophe auslösen sollte.

Ich habe bisher von den Vorteilen Italiens und seiner Männer erzählt. Aber es gibt wie bei allem auch hier zwei Seiten. Dazu komme ich jetzt. Für italienische Männer ist Fremdgehen Volkssport. Ich dachte zwar, dass Giorgio die berühmte Ausnahme darstellen würde. Aber ich sollte mich getäuscht haben.

Von Anfang an veränderte die Anreise von Françoise unser Leben. Sie kam aus Paris, sah unscheinbar aus, war ständig griesgrämig und schaffte es, auch die kleinsten Alltagsdinge zu komplizieren. Sie konnte nichts erledigen, ohne es vorher ausdiskutiert zu haben, und das fiel uns eigentlich schon nach kurzer Zeit auf den Wecker.

Doch einer sah das ganz anders: mein Mann Giorgio. Er war mit ihr rundum zufrieden. Offenbar in jeder Hinsicht. Wenn ich unsere Perle in irgendeiner Weise kritisierte, hatte Giorgio sofort eine Entschuldigung parat. Ich würde ihr unrecht tun, sie sei nur gründlich und gewissenhaft, eine junge Frau, die sich in die Familie voll einbringe. Wie voll, sollte ich aber erst später erfahren. Erst einmal nahm er sie nur in Schutz.

Als er dann aber noch anfing, mit ihr etwas zu unternehmen, wurde ich misstrauisch. Françoise und mein Mann beim Segeln, beim Shopping, beim Sightseeing. Natürlich immer mit den Kindern. Aber mir kam das mehr als komisch vor. Zeitgleich schlief unser bis dahin nach wie vor sehr aktives Sexleben ein. Giorgio war plötzlich übermüdet und kränkelnd, und wenn es wirklich mal zur Sache ging, entpuppte sich der Sex als Pflichtprogramm. Statt Phantasie gab's nur noch das routinierte Standardprogramm für die Ehefrau. Dazu hatte ich keine Lust, und so ließen wir es irgendwann ganz.

Nach einiger Zeit nahm ich das aber nicht mehr gelassen hin, sondern reagierte zickig. Ich stellte Giorgio zur Rede, sagte ihm klipp und klar, dass das Mädchen daran Schuld habe. Er hätte sich verliebt und würde sich wie ein alberner Gockel aufführen. Das Mädchen könnte seine Tochter sein und er solle sich schämen. Irgendwann müsse das Theater ein Ende haben.

Er stritt natürlich alles ab und wurde sogar richtig gehässig. Ich glaubte meinen Ohren nicht zu trauen, als er bissig meinte, ich könne wohl meinen Alterungsprozess nicht ertragen und deshalb keine jungen Mädchen in meiner Umgebung mehr dulden, ohne sie anzugiften. Das war ja wohl die Höhe. Ich sah als reife Frau um Längen besser aus als dieses graugesichtige Biest aus Paris. Wie dem auch sei, ich lernte Giorgio von einer anderen Seite kennen. Er konnte ein Charmeur sein, aber immer nur der Dame gegenüber, von der er etwas wollte. Jetzt galt seine übertriebene Aufmerksamkeit offenbar der neuen Beute, und ich war, zumindest vorübergehend, abgeschrieben. Wir hatten nur noch Zoff.

Die Folgen sind klar. Italienische Männer weinen sich zuallererst bei Mama aus. Der erzählte er, wie unrecht ich ihm täte, und sie machte mir prompt die Hölle heiß. Ihr Sohn würde so etwas nicht tun. Das habe er ihr glaubhaft versichert. Ich fühlte mich zunehmend isoliert und immer unwohler in meiner Haut. Bei seiner Familie stellte er mich als eine hysterische Kuh hin, die junge Mädchen wegbeißt und es sich noch nicht einmal eingestehen will. Er machte mich überall lächerlich, und ich musste das wehrlos hinnehmen.

Die Stimmung zu Hause wurde entsprechend problematisch. Giorgio bezeichnete mich als krankhaft eifersüchtig, und Françoise spielte ihren Sonderstatus aus. Wann immer sie etwas falsch machte und ich sie kritisierte, wandte sie sich Hilfe suchend an meinen Mann und wurde prompt von ihm in Schutz genommen. Die arme Kleine spielte die Ach-ich-bin-so-verletzlich-Jungmädchenrolle. Mein alternder Casanova fiel darauf rein, und ich saß in der Falle und litt.

Mittlerweile wusste ich selbst schon nicht mehr, ob ich mir das nicht alles nur einbildete. Vielleicht sah ich Gespenster. Waren das schon die Wechseljahre, die meine Hormone in Wallung brachten? Hatte er nicht Recht, wenn er sagte, dass er sich um einen Gast im Hause kümmern müsse? Ich war ja auch biestig zu dem Mädchen gewesen, und er musste das als Familienvater etwas abbiegen. Verständlich, dass er als Ausgleich für die erlittenen Kränkungen mal etwas mit ihr unternahm. Was sollte sie denn allein machen in einem fremden Land? Das ist eben italienische Gastfreundlichkeit, die ich als kühle Deutsche nicht schätzen konnte. Vielleicht war es wirklich so, und ich hatte mich in diese Sache so hineingesteigert, dass ich keinen Ausweg mehr fand?

Doch der Zufall kam mir zu Hilfe.

Es war eine dieser dummen Alltagssituationen, die plötzlich alles klären. Françoise war wie jeden Nachmittag mit den Kindern am Strand, Giorgio angeblich in seinem Studio. Ich hatte Stundenausfall, weil so viele Schüler erkrankt waren, und kam drei Stunden früher als sonst nach Hause. Im Vorgarten lag Alessandros Schwimmreifen. Er musste ihn vergessen haben. Ich nahm ihn hoch und dachte spontan: ‹Das ist die Gelegenheit, Elke. Jetzt kannst du mal an den Strand fahren und nachsehen›. Es war eine innere Stimme, die mich antrieb. Ich weiß nicht, wie oft ich mir in den letzten fünf Jahren gewünscht habe, ich hätte sie nicht gehört. Denn dann wäre mein Leben ganz anders verlaufen. Aber was soll's. Ich habe sie gehört und bin mit dem Roller an den Strand gefahren.

Es war ein ganz normaler Wochentag. Der Strand war wenig besucht. Ich wusste, dass die Kinder gern in der Nähe der Dünen spielten, und bin zielgerichtet dahin gefahren. Ich sah meine beiden Kleinen schon von weitem. Sie hatten mit ihren Schaufeln eine Mauer gebaut. Das hatten sie von meinen Eltern beim letzten Nordseeurlaub auf Amrum gelernt. Aber Françoise konnte ich nicht entdecken. Sie musste sich in Sichtnähe in die Dünen verzogen haben.

Ich schloss den Roller an einer Palme ab und ging in großen Schritten auf die Dünen zu. Es war ein traumhafter Tag. Die Sonne strahlte vom tiefblauen Himmel. Das Meer war ruhig und glitzerblau. Ich atmete tief durch. Es war anstrengend, im Sand zu laufen. Ich fand den kürzesten Weg durch die Dünen, und dann sah ich sie plötzlich. Meinen Mann und mein Au-pair-Mädchen. Sie kuschelten im Sand. Giorgio lag so, dass er die Kinder im Auge hatte. Seine eine Hand steckte in ihrem Bikini-Höschen. Die andere streichelte ihren Rücken. Françoise lag entspannt in der Sonne und genoss seine Zärtlichkeiten.

Ich blieb stehen und sah ihnen zu. Ein merkwürdiges Gefühl. Ich wollte mich selber quälen und alles genau sehen. Ich wollte leiden. Da lag der Mann, mit dem ich so unglaublich lustvolle Stunden verbracht hatte, und bezärtelte mein Kindermädchen. Ich konnte nicht weinen, nicht schreien, nicht dazwischen gehen. Ich wollte einfach nur zusehen und mit jeder Sekunde meine Liebe schwinden fühlen. Ich weiß nicht, wie lange ich so dastand. Vielleicht fünf, vielleicht zehn Minuten. Dann machte ich abrupt kehrt und rannte durch den Sand Richtung Roller. Ich wollte weg von diesem Pack, so schnell wie möglich allein sein.

Ich weiß gar nicht genau, wie ich nach Hause gekommen bin. Ich weiß nur, dass ich in mein Schlafzimmer ging, mich aufs Bett warf und meinen Schmerz ins Kissen schrie. Irgendwann stand meine Nachbarin und gute Freundin im Zimmer. Ich spürte ihre Hand auf meiner Schulter. Sie fragte nicht, was los ist. Sie hat es geahnt. Später hat sie mir verraten, dass sie die beiden schon vorher einmal überrascht hatte. Sie wollte sich zwei Eier ausleihen und ist durch den Garten gekommen. Sie war wohl zu leise gewesen, denn sie hat noch gesehen, wie sie sich geküsst haben. Doch sie hat mir das nicht sagen wollen, weil sie glaubte, dass es nur eine Affäre sei und vorbeiginge. »Unsere Männer nutzen jede Gelegenheit, sich Frauen zu krallen. Es ist besser, nicht immer hinzusehen«, sagte sie damals zu mir. Ich habe nur den Kopf geschüttelt, nein, nein, nein gerufen und mich in ihren Armen ausgeweint.

Als Giorgio mit Françoise ahnungslos nach Hause kam, gab es einen Streit, wie man ihn sonst nur in italienischen Filmen sieht. Meine Nachbarin hat sich sofort die Kinder geschnappt und zu sich genommen. Damit war der Kriegsschauplatz frei. Ich bin wie eine Furie auf die beiden los, habe Giorgio geschlagen, an den Haaren gerissen, wütend beschimpft. Er hat sich nicht gewehrt, sondern alles stumm ertragen. Françoise hatte sich in ihrem Zimmer eingeschlossen und in sicherer Position abgewartet, wie der Kampf wohl ausgehen würde.

»Warum, warum tust du mir das an, warum nur?«, habe ich geschrien. Die Antwort ist er mir bis heute schuldig geblieben. Ich habe weitergetobt, ihm ins Gesicht gezischt: »Du musst dich entscheiden: das Mädchen oder ich!«

Noch am selben Abend hat Giorgio seine Françoise ausquartiert und bei Freunden untergebracht. Sie ist aber nicht, wie er es mir versprochen hatte, eine Woche später nach Paris zurückgeflogen. Giorgio hat vielmehr die Zeit genutzt, um sie bei der anderen Familie als Au-pair-Mädchen unterzubringen. Der Grund war mir später klar. Giorgio dachte gar nicht daran, die Beziehung zu ihr aufzugeben. Er wollte sein Herzstück nur aus der Schusslinie nehmen und dann seine Familie retten.

Wie alle beim Seitensprung ertappten italienischen Männer begann er sich plötzlich wieder rührend um mich zu bemühen. Liebesschwüre, Blumen, Pralinés, ein Schmuckstück. Er hat mich mit Geschenken überschüttet, immer wieder versucht, mich mit seinen Komplimenten auch sexuell zu verführen. Anfangs war ich zu wütend, um darauf einzugehen. Aber nach einigen Wochen wäre ich fast darauf hereingefallen.

Glücklicherweise erfuhr ich von Freunden, dass er sich weiterhin mit Françoise traf. Das machte es mir leichter, ihn mir aus dem Herzen zu reißen. Ich weiß nicht, wie es mir ergangen wäre, wenn ich mich erwartungsvoll auf einen Neuanfang eingelassen hätte und dann abermals enttäuscht worden wäre. Ich glaube, das wäre furchtbar für mich gewesen. So habe ich Giorgio und seine Spielereien von Anfang an richtig eingeschätzt und ihn nicht mehr an mich herangelassen. Das hat mir viel Schmerz erspart.

Für Giorgio sah die Sache ganz anders aus. Er glaubte, dass er mich bald wieder beruhigt haben würde, und war darauf bedacht, sich nicht noch einmal von mir erwischen zu lassen. Aber ich wusste genau, was er vorhatte, wenn er angeblich Abendtermine hatte oder am Wochenende wichtige Kundenaufträge erledigen musste. Ich sagte nichts mehr, nickte nur und ließ ihn ziehen. Wir lebten eine Ehe zu dritt. Das konnte ich nicht ertragen. Ich wollte weg, weg von diesem Mann und seinen Demütigungen. Aber ich brauchte

Zeit, die Ereignisse zumindest ansatzweise zu verdauen und dann einen klaren Kopf zu bekommen, um zu überlegen, wie es weitergehen könnte.

Drei Monate spielte ich das Doppelleben mit. Innerlich plante ich aber meine Rückreise nach Deutschland. Heimlich schickte ich jede Menge voll gepackte Kartons Richtung Heimat. Das meiste war Spielzeug und Wintersachen für die Kinder. Genauso heimlich packte ich eines Morgens meine Koffer, schnappte mir die Kinder und flog nach Wiesbaden. Laut Zettel, den ich Giorgio hingelegt hatte, nur zu meiner Mutter, um mich zu erholen. Aber ich hatte nicht vor zurückzukommen. Ich wollte in Deutschland bleiben. Nur um lange Auseinandersetzungen zu vermeiden, präsentierte ich ihm die Urlaubsversion.

So kam es, dass ich mich nicht mal richtig von der Schwiegermama und dem Rest der Familie verabschiedet hatte. Ich hatte einfach Angst gehabt, ihnen reinen Wein einzuschenken. Ich wusste doch nicht, ob sie mir wegen der Kinder Probleme machen würden. Ich sah mich allein als Ausländerin diesem riesigen italienischen Familienverband gegenüber.

Das war so ein Moment, in dem ich bereute, mich im Urlaub verliebt und meine Heimat einfach aufgegeben zu haben. In der Notlage fühlte ich mich plötzlich so fremd und allein gelassen. Isoliert. Ausgeliefert. Hätte ich mich damals getraut, offen mit Giorgios Familie zu sprechen, wäre alles anders ausgegangen. Denn im Nachhinein weiß ich, dass sie mir alle dabei geholfen hätten, auch ohne Giorgio in Italien bleiben zu können. Ich hätte ihnen vertrauen können. Aber mir fehlte der Mut, das einfach auszuprobieren. Deshalb bin ich abgehauen.

Schon die Ankunft war eine Ernüchterung. Meine Mutter nahm mich wenig begeistert auf. Ich passte mit zwei kleinen Kindern nicht in ihr Alltagsprogramm. »Versöhn dich wieder mit ihm. Südländer sind nun mal so«, sagte sie und versuchte mir Abend für Abend einzureden, dass ich nach Italien zurück müsse. Ihre Reaktion war eine 180-Grad-Drehung. Denn eigentlich mochte sie Giorgio überhaupt nicht.

Wie hatte sie sich damals aufgeregt, als sie von Giorgio und mir erfuhr. Sardinien war das Ende der Welt und Giorgio ein Wilder. Jetzt war plötzlich alles anders. Er war ein liebevoller Familienvater, und ich sollte meine Ehe um jeden Preis aufrechterhalten. Es ging ihr aber dabei mehr um den Ruf der Familie und ihre Bequemlichkeit als um mein Wohl.

Aber ich wollte auf keinen Fall zurück und sah mich schon heimlich nach einer Wohnung um. Mit Hilfe einer alten Jugendfreundin, die mir von Anfang an engagiert zur Seite stand, wurde ich schnell fündig. Mitten in der Stadt konnte ich eine hübsche, allerdings auch sehr teure Wohnung mieten. Ich schlug sofort zu. Das Geld für die erste Miete lieh mir die Freundin. Ich hoffte, damit auch meine Mutter umzustimmen. Wenn sie sähe, wie entschlossen ich war, in Deutschland zu bleiben, würde sie mir schon unter die Arme greifen. So war es dann auch. Als ich ihr von der angemieteten Wohnung erzählte, gab sie ihre Versöhnungsversuche erst einmal auf und streckte mir einen größeren Betrag für die Einrichtung vor. Innerhalb weniger Tage war alles komplett fertig, und ich konnte mit den Kindern in unser neues Heim einziehen.

Dann dauerte es natürlich nur noch Tage, bis auch Giorgio begriff, was ablief. Er rief mich an und war völlig außer sich. Jetzt schrie, weinte, flehte er. Er wollte seine Frau und seine Kinder zurück und überschüttete mich mit Entschuldigungsarien. Immer wieder bat er mich um Verzeihung. Das Mädchen spiele keine Rolle. Ein Ausrutscher, den man nicht überbewerten dürfe. Er warf alles in die Waagschale, auch unser Sexleben. Er hätte noch nie so viel Spaß im Bett gehabt wie mit mir. Nur weil ich ihn die letzte Zeit abgewehrt hätte, wäre er überhaupt auf die Idee gekommen, mit einer anderen zu schlafen. Ich möge das vergessen, zu ihm zurückkommen, und alles würde gut werden.

Aber ich wollte nicht, oder besser, ich konnte nicht. Ich konnte ihm nicht verzeihen, nicht vergessen und nicht von vorn anfangen. In mir war kein Gefühl mehr für ihn. Das war am Strand von Cagliari gestorben. Seine vertrauten Hände auf der Haut dieses kleinen, unwichtigen Mädchens zu sehen hatte mir meine Liebe genommen. Ich hatte für diesen Mann meine Heimat und meine berufliche Zukunft aufgegeben. Ich hatte ihm zwei Kinder geschenkt, und ich hatte an ihn geglaubt und ihm vertraut. Das hat er alles weggeworfen, für ein paar schöne Stunden mit einem jungen Ding. Damit war die Entscheidung gefallen. Gegen mich. Ein Zurück gab es nicht mehr. Ich wollte mich nicht mal mehr mit ihm auseinander setzen und ging einfach nicht ans Telefon, wenn ich im Display seine Nummer nah.

Prompt stand Giorgio vor der Tür, und das ganze Lamentieren wiederholte sich. Er quartierte sich sogar eine Woche in einem benachbarten Hotel ein, um mich täglich treffen zu können. Für mich war das purer Stress. Ich ließ ihn keine Sekunde mit den Kindern allein, aus Angst, er könne sie mit nach Italien nehmen.

Es war ja rechtlich nichts geregelt. Wir hatten das gemeinsame Sorgerecht, und jeder konnte mit den Kindern verreisen. Wenn sie einmal in Italien wären, müsste ich klagen, und wie solche Prozesse ausgehen, weiß niemand. Gut, Italien ist ein EU-Land, und es gibt ein Haager Übereinkommen. Danach haben die Sorgerechtsentscheidungen der Zentralbehörde Gültigkeit für beide Elternteile. Auf Basis des Abkommens würde dann auch eine Rückführung zur Mutter, in diesem Fall zu mir, geregelt.

Schlimm ist es ja zum Beispiel in arabischen Ländern, die das Haager Übereinkommen nicht unterzeichnet haben. Da sprechen die nationalen Gerichte den Vätern das Sorgerecht zu. Ein Rückführungsabkommen gibt es nicht. Das war's dann. Die Frauen, die mit Männern aus diesen Ländern Kinder haben, müssen sich bei einer Scheidung darauf einstellen, dass sie ihre Kinder im Land lassen oder mit ihnen fliehen müssen. Und in Deutschland können sie auch nicht sicher sein. Entführungen sind nicht selten. Ich kenne auch eine Mutter, die auf eigene Faust nach Ägypten gereist ist und ihr Kind mit Hilfe eines Detektivs herausgeholt hat. Diese Horrorgeschichte hatte ich immer im Kopf, wenn Giorgio mit den Kindern zusammen war. In der Angst, meine Kinder zu verlieren, quälte ich mich mit wilden Phantasien.

Alles Dinge, über die man nicht nachdenkt, wenn man sich am Strand verliebt und sicher ist: Diese Liebe ist für immer. Doch dann ist plötzlich alles aus, und man steht den harten Gesetzen gegenüber und fragt sich nur, warum man das nicht vorher gesehen hat. Es gibt doch für die Liebe keine Garantie. Wenn sich eine Frau in einen Ausländer verliebt und ihn heiraten will, sollte sie sich auch informieren, was auf sie zukommen kann, wenn die Liebe vorbei ist und eine Scheidung ansteht. Ich habe keine Sekunde darüber nachgedacht, meine Zukunft nur rosarot gesehen. Ich war einfach grenzenlos dumm.

Aber Italien war nicht der Libanon, und Giorgio hatte wirklich das Wohl seiner Kinder im Auge. Er versprach mir hoch und heilig, nichts zu tun, um sie mir wegzunehmen. Die Kinder gehörten zur Mutter, und er würde mir da keine Schwierigkeiten machen, egal, wie ich mich entscheiden würde. Seine Worte taten mir gut. Aber sie konnten ja auch hohl sein, und ich blieb trotz allem misstrauisch. Doch Giorgio hielt Wort. Er kam regelmäßig einmal im Monat, um seine Kinder zu sehen und um seine Ehe zu kämpfen. Hört sich nach großer Liebe und tiefer Reue an.

Doch falsch! Es war wieder alles nur Theater. Denn Freunde sahen ihn in Cagliari weiterhin mit Françoise Händchen haltend durch die Straßen ziehen. Er spielte das Doppelspiel, das Italiener in puncto Frauen lieben. Hier die Ehefrau, die man als sicheren Hafen braucht. Da die junge Geliebte, mit der man Spaß hat und mit der man sich gern zeigt. Ich hatte ihn und seine Show durchschaut. Das wollte er nicht wahrhaben und zeigte schon deshalb immer wieder schauspielerische Höchstleistungen. Zum Schluss ging mir sein dauerndes Gezeter nur noch auf die Nerven, und ich warf ihn kurzerhand hinaus. Ich hatte keine Zeit mehr für seine durchtriebenen Spielchen.

Ich brauchte meine Kraft, um meine Existenz zu sichern. Denn Giorgio war zwar ein Mann des Wortes, aber nicht des Geldes. Er ließ mir problemlos die Kinder, dachte aber nicht daran, für sie Unterhalt zu zahlen. Ab und zu legte er mir einen Schein hin. Das war es aber auch. Mir blieb jedoch nichts anderes übrig, als es hinzunehmen. Denn einen Unterhaltsprozess in Italien zu gewinnen und die vereinbarten Summen verlässlich einzutreiben, halte ich für ein Ding der Unmöglichkeit. Italienische Behörden funktionieren anders als unsere.

Glücklicherweise hatte ich schnell Arbeit in einer Werbeagentur Befunden. Das war meine Rettung. Doch der Verdienst reichte angesichts der hohen Miete und der Lebenshaltungskosten hinten und vorn nicht. Ich musste sogar zeitweise staatliche Hilfe in Anspruch nehmen. Auch so ein Punkt, den man erst berücksichtigt, wenn das Kind in den Brunnen gefallen ist. Wer zehn Jahre im Ausland gelebt hat und dann mit zwei Kindern ins Arbeitsleben zurückkehren möchte, muss schon sehr mutig sein. Ich war immerhin Ende dreißig, und da gibt einem kaum mehr jemand eine Chance, sich irgendwo einzuarbeiten.

Doch ich wollte es schaffen. Ich wollte in Deutschland bleiben und das Geld für mich und die Kinder allein verdienen. Nur so konnte ich ein neues Leben beginnen. Ich habe es geschafft. Zwei Jahre lang habe ich wirklich geknüppelt, alles gemacht, was irgendwie Geld brachte. Neben der Agenturarbeit habe ich Übersetzungen geschrieben, Artikel für Touristik-Zeitungen verfasst, PR-Aufträge für sardische Hotels übernommen. Oft saß ich bis spät in die Nacht an meinem winzigen Schreibtisch im Wohnzimmer. Morgens musste ich wieder pünktlich raus, um Giulia und Alessandro in die Schule zu bringen.

Bis heute bin ich so eingespannt, dass mir für nichts mehr Zeit bleibt. Ein Friseurbesuch bedeutet einen gewaltigen Organisationsaufwand. Für Babysitter habe ich kein Geld. Ich bin darauf angewiesen, dass Freundinnen mal einspringen. Insgesamt ist mein Leben ein einziger Stress. Obwohl ich mir eine gute berufliche Basis aufgebaut habe, bin ich mit meinem Leben in Deutschland nicht zufrieden. Ich habe bereut, den Kindern den Vater und die Geborgenheit ihrer italienischen Familie genommen zu haben. Deshalb bin ich vor zwei Jahren wieder nach Cagliari gefahren. Ich wollte wissen, ob mein Gefühl mich trügt oder ob ich wirklich wieder in Italien leben möchte.

Mein Verhältnis zu Giorgio hat sich längst entspannt. Er zahlt zwar immer noch nicht, aber wir gehen freundschaftlich miteinander um. Françoise ist nicht mehr bei ihm. Er hat sie längst durch eine Italienerin ersetzt. Aber dies ist bestimmt schon die Vierte oder Fünfte, von der er mir erzählt.

Mein Wiedersehen mit meiner geliebten Insel war zwiespältig. Ich habe mich riesig gefreut, meine Freunde und Giorgios Familie zu treffen. Es gab überall rührende Szenen. Die Italiener zeigen gern ihre Gefühle. Es flossen literweise Tränen. Mama Maria hat mich bestimmt eine Viertelstunde lang nicht mehr losgelassen. Sie hat mich nur gedrückt, geküsst und gestreichelt und »figlia mia, figlia mia« gestammelt. Einziger Wermutstropfen: Die Kinder haben sie kaum erkannt. Sie waren zu lange fort gewesen. Drei Jahre. In ihrem Alter eine kleine Ewigkeit. Das hat ihr wehgetan und mir auch.

Ich habe mich geschämt, dass ich die Kinder so brutal aus ihrem Umfeld herausgerissen habe. Sie sind nun mal zu fünfzig Prozent Italiener, und das kann man auch nicht leugnen. Sie sehen südländisch aus, und sie haben auch diese Mentalität. Sie sind temperamentvoll, spritzig, gesellig und immer unternehmungslustig. Das kann ich nicht einfach verdrängen. Ich kann sie nicht in Italien aufwachsen lassen und dann, nur weil ich es will, plötzlich zu guten Deutschen machen wollen. Ich habe Kinder von einem Ausländer und damit die Verpflichtung, sie sich auch in seinem Sinne entwickeln zu lassen.

Wer sich am Strand verliebt, bekommt nicht nur Sonne und Meer, er bekommt auch diese Dinge mit und sollte verantwortungsvoll damit umgehen. Doch um so vernünftig zu denken, habe ich Abstand gebraucht. Auf der einen Seite ist die Welt zusammengerückt. Wir fliegen in wenigen Stunden auf andere Kontinente. Aber wenn es um Mentalität und Lebensart geht, sind wir oft schon hinter der nächsten Grenze ganz, ganz weit auseinander. Das wurde mir alles so klar, als ich nach drei Jahren Distanz nach Cagliari zurückkam.

Mir wurde klar, dass ich den Kindern zuliebe in Italien hätte bleiben und mich durchbeißen müssen. Ich hätte es bestimmt geschafft. Zumal mir alle zur Seite gestanden hätten. Nun ja, es kann ja einen Neuanfang geben. Ich bin auf meiner Reise oft allein durch die Straßen gelaufen. Auch unser damaliges Wohnhaus wollte ich noch einmal sehen. Es ist längst verkauft. Im Garten spielten fremde Kinder. Das gab mir einen Stich. Aber ich bin stark genug, solche Sentimentalitäten zur Seite zu schieben. Es ist vorbei. Nach hinten sehen bringt nichts. Das Leben spielt hier und jetzt. Man muss den Augenblick leben und an die Zukunft denken. Die Vergangenheit ist nur eine Last.

Giorgio hat immer gesagt: Wer die Zukunft meistern will, kann sich nicht mit der Vergangenheit belasten. Beides kostet zu viel Kraft. Man muss sich entscheiden. Er hat Recht damit. Ich habe mich entschieden. Ich will nach vorne sehen und mein Leben noch einmal neu gestalten.

In den letzten zwei Jahren habe ich mehrmals auf Sardinien Urlaub gemacht. Giorgio hat uns jeweils für die Wochen eine Wohnung angemietet. Es war jedes Mal eine erholsame Zeit. Er holte jeden Tag die Kinder, und ich hatte mal Freiraum, um mich zu erholen, Freunde zu besuchen und, wie beim letzten Mal, mich nach Arbeit umzusehen.

Meine Bewerbung an einem privaten Gymnasium scheint Erfolg versprechend. Ich könnte dort Englisch und Deutsch unterrichten und hätte eine feste Stelle. Das Einkommen ist ein Drittel niedriger als bei uns. Aber dafür sind auch die Mieten und die Lebenshaltungskosten geringer. Wenn ich dann noch rechne, dass ich mir die Betreuungskosten für die Kinder spare, müsste ich gut zurechtkommen.

Ich warte jeden Tag auf die Zusage. Wenn es klappt, packe ich sofort meine Koffer und fliege in das Land, das mein Schicksal wurde. Hier habe ich mich verliebt, hier habe ich geheiratet, und hier habe ich meine Träume verloren. Aber hier werde ich auch wieder glücklich. Die Sonne, das Meer, das heitere Wesen der Italiener, ich möchte all das nicht länger missen.

Und vielleicht beginnt mein Traum nochmal von vorn. Ich werde wieder am Strand liegen, und ein charmanter Italiener wird mich ansprechen, und ich fange das Spiel der Liebe nochmal von vorne an. Es kann doch wirklich nicht sein, dass alle Italiener untreu sind. Ich will einem von ihnen nochmal eine Chance geben.

Schon als kleines Mädchen faszinierte mich der Orient. Die Geschichten aus Tausendundeiner Nacht habe ich regelrecht verschlungen.

Der spannendste Ort war für mich der Harem. Da lebten die Frauen und Kinder der Sultane und Scheichs in Luxus und Prunk, und ich träumte mich in diese fremde Welt mit Schlangenbeschwörern, Märchenerzählern und eben den verschleierten Haremsdamen. War das schon ein Zeichen? Manchmal denke ich: ja! Das Schicksal war mir wohlgesonnen und wollte mich rechtzeitig auf mein neues, so gänzlich anderes Leben vorbereiten.

Denn heute lebe ich selbst im Harem. Aber er fällt bescheidener und ganz anders aus als in meinen Märchen. Mein Harem ist kein goldverzierter Palast, sondern »nur« ein schicker zweistöckiger Neubau mit großem Garten. Und hinter den hohen Mauern werde ich auch nicht wie in fernen Zeiten von Sklavinnen gesalbt, sondern bereite wie Millionen andere Hausfrauen und Mütter meinen Kindern das Frühstück zu.

Seit sechs Jahren lebe ich schon in Dubai am Persischen Golf. Ich bin die Zweitfrau eines Arabers und teile mir den Mann, den ich liebe, mit einer weiteren Frau, mit Selma (35), der Erstfrau meines Mannes.

Ich weiß, dass sich das in den Ohren der westlichen Frauen absurd anhört. Hätte man mir vor wenigen Jahren gesagt, dass ich mal als Zweitfrau im Harem leben würde, hätte ich auch nur gelacht. Erst heute weiß ich, dass man wirklich über nichts vorschnell urteilen darf. Man muss immer erst den Vorhang beiseite schieben und hinter die Kulissen schauen. Und siehe da: Oft verlieren dann die Dinge ihre Absurdität.

Heute empfinde ich meine Situation nicht mal mehr als fremd, sie ist nur anders. Ich habe gelernt, dass die Welt nicht nur aus Europa besteht. Es gibt auch andere Kulturen mit anderen Lebensformen. Und ich habe mich entschieden, in einer anderen Kultur zu leben, und damit auch verpflichtet, die anderen Spielregeln zu berücksichtigen.

Keine Frau teilt gerne ihren Mann mit einer anderen. Auch ich nicht. Ich hätte meinen Mann lieber für mich allein, und ich weine auch heute noch manchmal bittere Tränen, weil das nicht geht. Aber ich will diesem Mann zuliebe ein Leben führen, dass in seiner Kultur so normal ist wie in unserer Kultur die Ein-Kind-Familie und das Reihenhaus am Stadtrand.

Mein Reich ist eine Vierzimmerwohnung in Jebel Ali, der Strandzone von Dubai. Hier lebe ich mit meinen beiden Söhnen Ali (2) und Mohammed (4) im ersten Stock. Im Erdgeschoss wohnt Selma. Sie hat vier Kinder mit meinem Mann.

Die meiste Zeit verbringe ich im Haus. Draußen ist es zu heiß. Die Temperaturen klettern im Sommer schnell auf 50 Grad im Schatten. Da läuft die Klimaanlage rund um die Uhr auf Hochtouren. Die Wohnung ist entsprechend eingerichtet. Überall kühlende Fliesen, im Wohnbereich liegen Sitzkissen. Es gibt keinen Tisch und keine Stühle. Gegessen wird am Boden. Ich habe hier gelernt, dass das entspannender für den Magen ist.

An der Wand steht ein Fernseher. Das ist mein Fenster nach Deutschland. Ich gucke viel Nachrichten, aber auch Vorabendserien. Letzteres liegt an der Zeitverschiebung. Wir sind hier vier Stunden weiter, und deshalb komme ich nie bis zum Abendprogramm. Wenn das beginnt, liege ich schon im Bett.

Aber ich brauche es einfach, die deutsche Sprache zu hören und jeden Abend ein Stückchen Heimat zu sehen. Ich habe nämlich häufig Heimweh. Aber mit den Bildern von Deutschland im Kopf schlafe ich ruhig ein. Wenn ich dann morgens die Vorhänge aufziehe und auf das tiefblaue Meer und die leise im Wind wogenden Palmen sehe, ist mein Heimweh wie weggewischt.

Dubai ist schön, wunderschön. Es ist eine aufregende Mischung aus Orient und imposanter Moderne. Wer durch die Straßen fährt, spürt, dass hier alles im Aufwind ist. Der Bauboom ist unglaublich. Wenn ich mal sechs Wochen nicht hier war, zieren schon neue Wolkenkratzer die Silhouette. Ein faszinierendes Tempo, ganz konträr zur orientalischen Gelassenheit, die einem sonst bei jeder Gelegenheit im Alltag begegnet. Gerade in den Altstadtgassen hat jeder Zeit für einen Tee, einen Plausch. Man sitzt zusammen, redet, zeigt Ware. Ich liebe das. Doch in den klimatisierten Büros arbeitet man zwischen Telefonen und piependen Computern auf Hochtouren. Hier zählt jede Minute. Jeder hat verinnerlicht, dass Zeit Geld ist. So treffen überall in diesem Land Tradition und Moderne knallhart aufeinander.

Beim Friseur gibt es traditionelle Hennamalerei neben modernsten Beauty-Podukten. Im Supermarkt findet man offene Kardamom-Säcke und Flakons mit Rosenöl ebenso wie

Schweizer Schokolade oder Tiefkühlpizza. Draußen an den Straßenständen baumeln die Gebetsketten neben Pokémon-Figuren. Und so gibt es neben Einehen eben auch Vielehen, nicht nur bei den Emiratis, auch bei den anderen Moslems, die aus der ganzen Welt hierher gekommen sind.

Dubai ist ein Schmelztiegel der Nationen. Die wenigen Emiratis leisten sich ein Heer von ausländischen Mitarbeitern, Angestellten, Dienstmädchen, Hilfskräften. Die meisten sind Inder und Asiaten. Entstanden ist eine bunte Mischung vieler Kulturen. Diese Vielfalt macht tolerant.

Das war ich nicht, als ich Abdul vor sechs Jahren kennen lernte. Es ist keine von diesen kitschigen Urlaubsgeschichten, in denen allein stehende Frauen am Strand von einheimischen Lovern abgeschleppt werden. Meine Geschichte begann, als mein Urlaub schon vorbei war.

Eine Woche Dubai lag hinter mir, als ich mich beschwingt in den Flugzeugsitz meiner LTU-Maschine fallen ließ. Auf dem Platz neben mir sah ich auf den ersten Blick nur viel weißes Baumwolltuch. Der Duft eines edlen Herrenparfüms stieg mir angenehm in die Nase. Ich wollte meinem Sitznachbarn zunicken und schaute in ein Paar tiefschwarze Augen. Augen, die sofort alles in mir zum Kribbeln brachten. Der Mann neben mir hatte ein scharf geschnittenes Gesicht, gerahmt von einem sorgfältig rasierten Vollbart. Er trug die Kandorra, das traditionelle arabische Gewand, dazu Kopftuch mit schwarzer Kordel. Eine imposante Erscheinung.

Dann hörte ich seine tiefe Stimme, die sich in klarem Englisch nach meinen Urlaubseindrücken erkundigte. Ich plapperte munter drauflos, vom schönen Wetter, dem würzigen Essen und dem aufregenden Jeeptrip in die Wüste. Ich erzählte aber auch von meinem Job als Web-Designerin, meinem Frust am Arbeitsplatz und dem Kummer, dass ich jetzt keinen Resturlaub mehr hätte. Mein Sitznachbar erzählte mir von seiner florierenden Exportfirma, seinen regelmäßigen Europareisen, seiner Liebe zu Nürnberger Lebkuchen und belgischen Pralinen. Wir hatten jede Menge Gesprächsthemen, und die Zeit verging buchstäblich im Flug.

Als wir in München landeten, hatten wir längst unsere jeweiligen Visitenkarten in der Tasche. Abdul Latif hieß meine Flugbekanntschaft, und er hatte zwei Wochen in meiner Heimatstadt zu tun. Mir zitterten die Knie, als er sich beim Hinausgehen mit einer Verbeugung von mir verabschiedete. Ich sah ihm nach. Er war groß, kräftig. Zur Kandorra trug er blitzblank geputzte Lederschuhe. In der Hand hatte er nobles Gepäck. Keine Frage, er gefiel mir.

Damals war ich 26 Jahre alt, und hinter mir lag bis dahin ein ganz normales Durchschnittsleben. Ich komme aus einem konservativen Elternhaus. Mein Vater ist Mediziner, meine Mutter Lehrerin. Ich habe zwei ältere Brüder und eine jüngere Schwester. Die Eltern haben uns Kinder christlich erzogen. Wir sind alle zur Kommunion gegangen. Ich habe das Gymnasium besucht und war sogar Klassenbeste. Eine bayrische Frohnatur, bei den Mitschülern beliebt. In der Freizeit habe ich engagiert Klavier gespielt und mir sogar Geld als Musiklehrerin verdient. Nach dem Abitur habe ich an einer Fachhochschule studiert und einen super Abschluss gemacht. Danach gab's eine Krisenzeit. Niemand wollte mich einstellen. Schließlich fand ich mein Glück bei einer Internetfirma in München und habe da schon zum Einstieg ein Bombengehalt bekommen. Ich konnte mir einen schicken Wagen, witzige Klamotten und ein zwar winziges, aber total zentral gelegenes Apartment in Schwabing leisten.

»Susanne im Glück« nannte ich diesen Lebensabschnitt und empfand mich als Paradebeispiel der jungen Powerfrau, die nichts kennt, was sie sich nicht zutraut. Ich probierte abends in den In-Treffs die neuesten Cocktails durch, ließ mir bei den Modepäpsten von Sweetheart die neuesten Abendkleider zeigen und flanierte mit meinen ständig wechselnden Frisuren Samstag für Samstag die Leopoldstraße rauf und runter. Bis mir im November 1996 der Herbstwind derartig den Eisregen ins Gesicht blies, dass ich spontan entschied, eine Woche in die Sonne zu reisen. Schick war Dubai. Da wollte ich hin. Natürlich allein, wie es sich für eine emanzipierte Erfolgsfrau gehörte.

Eine Woche döste ich in einem luxuriösen Strandhotel im puderweißen Sand, schlemmte am Buffet und ging nachmittags das legendäre Burj Al Arab besichtigen. Die Nacht ab 400 Euro. Das erinnerte mich sofort an meine Märchen aus 1001 Nacht. Voll mit neuen Eindrücken hätte ich mich auch wieder auf den Schreibtisch in meiner Agentur gefreut. Doch Abdul Latif war mir in die Quere gekommen.

Jetzt saß ich nur noch abwesend vor Computer und Telefon und wartete, hoffte, ja sehnte ein Lebenszeichen dieses Mannes herbei. Würde er sich melden? Und was würde ich dann tun? War ich nicht zu alt für diese Träume? Ich war doch keine orientalische Prinzessin, die auf einen Prinzen wartet, der sie auf seinem weißen Kamel in sein Beduinenzelt bringt.

So oder ähnlich drehten sich pausenlos die Gedanken in meinem Kopf, bis er am zweiten Tag nach meiner Rückkehr wirklich anrief und mich zum Abendessen in ein libanesisches Restaurant einlud.

Mein Herz klopfte, als ich zusagte, und es hämmerte wüst, als ich ihm schließlich am nächsten Tag im Lokal gegenüberstand. Ich streckte ihm die Hand entgegen. Er nahm sie nicht, sondern verbeugte sich höflich. Wie peinlich! Doch der Rest war wunderbar. Es gab Mezze mit Hoummus und meine geliebten Felafel. Er bestellte Tee. Ich hätte mir zu gern einen Wein bestellt, traute mich aber nicht. Moslems dürfen doch keinen Alkohol trinken, und ich wollte nicht unhöflich sein. Aber das war alles nicht wichtig. Ich verlor mich schnell in diesen dunklen Augen und konnte mich nicht satt hören an seiner tiefen Stimme.

Wir redeten über mich und ihn und auch damals schon über Selma, seine Frau. Klar war ich nicht begeistert, zumal ich an einer Geliebtenrolle nicht das geringste Interesse hatte. Und Abdul Latif erzählte auch noch ganz sorglos, dass er seit drei Jahren verheiratet sei, vier Kinder mit Selma habe und in der Rolle des Familienvaters sehr glücklich sei. Aber er sagte auch, dass ich ihm gefiele und in seinem Herzen noch Platz für eine weitere große Liebe sei.

Ich war verwirrt, hustete nervös in meine Serviette und dachte wohl, dass es das Beste wäre, ganz schnell aus dem Lokal zu verschwinden.

Doch es kam ganz anders. Weit nach Mitternacht saßen wir immer noch dort. Statt Wein trank ich Pfefferminztee und genoss das Gespräch. Wir redeten viel über unsere Religionen. Ich wollte seine Meinung zu grundsätzlichen Glaubensfragen hören und bekam Antworten, die mir einleuchteten.

Ich entdeckte auch viele Parallelen zu meinem christlichen Glauben, nur dass der Islam die Gottesregeln offenbar im Alltag praktischer umsetzt. Er ist direkter, fordernder, klarer. Das gefiel mir. Ich hörte aufmerksam zu, auch als

Abdul Latif später von seinem Land schwärmte. Von Stunde zu Stunde fühlte ich mehr, wie die Verliebtheit in mein Herz kroch.

Aber ich wehrte mich gegen das Gefühl. Abdul Latif war verheiratet, Moslem und aus dem fernen Dubai. Es sprach wirklich alles gegen eine Liaison. Ich nahm mir fest vor, nach diesem Abendessen den Kontakt zu ihm abzubrechen. Doch ich schaffte es nicht.

Als er mich beim Abschied bat, auch am nächsten Tag mit ihm essen zu gehen, sagte ich sofort zu. Auch die restlichen Abende verbrachten wir zusammen. Ich aß mich an seiner Seite durch die komplette Küche Münchens. Anschließend brachte er mich immer per Taxi nach Hause. Vor der Haustür nickte er mir höflich zu – und ging. Das war's. Kein Händedruck, kein Kuss, nichts.

Ich zerfloss längst vor Sehnsucht. Er wirkte auf mich wie achtzig Kilo geballte Erotik, und ich hätte ihm am liebsten sein Gewand von den breiten Schultern gerissen. Mein striktes Gebot, niemals einen verheirateten Mann in mein Bett zu lassen, hatte längst keine Gültigkeit mehr. Ich war absolut bereit, nein, ich war versessen darauf, mich mit diesem Mann auf ein Abenteuer einzulassen. Doch ich ging allein ins Bett. Bis zu seiner Abreise rührte er mich nicht an.

Am Morgen seines Abflugs lag ich schluchzend im Bett und starrte in den eisgrauen Winterhimmel. Da flog er dahin, mein Wüstenprinz, zurück zu Ingwer und Minze, zu Rosenduft und Kardamom, aber auch zu Selma, seiner Frau. In selbstverletzender Weise malte ich mir aus, wie das Wiedersehen zwischen den beiden aussehen würde, und verkroch mich an dem darauf folgenden Wochenende mit dem ersten wirklichen Liebeskummer meines Lebens in mein Single-Bett.

Die Zeit danach war geprägt von Ruhe und Zurückgezogenheit. Statt auszugehen, lag ich am liebsten mit einem Stapel Bücher im Bett. Von Abdul Latif wusste ich, dass er regelmäßig betet, den traditionellen Fastenmonat Ramadan einhält und kein Schweinefleisch isst. Ich wollte mehr über seine Lebensweise wissen und verschlang Literatur über den Islam.

Von Abdul Latif hörte ich vier Wochen kein Wort. Er hatte mir nur nach seiner Ankunft in Dubai gemailt, dass es ihm gut ginge. Ich war enttäuscht über die nüchternen Zeilen, aber irgendwie auch erleichtert. Er war ja doch zu fremd, um in meine Welt zu passen. Ich ahnte nicht, dass umgekehrt ein Schuh draus wurde. Abdul Latif wollte von Anfang an, dass ich in seine Welt passte, und ließ mir in diesen Wochen nur Zeit, mich zu finden. Aber das hat er mir erst viel später gesagt.

Erst einmal bekam ich per Post einen dicken Umschlag. Inhalt: ein für zwei Wochen ausgestelltes Ticket nach Dubai und ein zauberhafter Brief. In blumiger Sprache schrieb mir Abdul Latif darin, wie wichtig ich ihm sei und dass er mir gern seine Heimat zeigen würde. Ich möge nur kommen.

In meiner Firma gab es Probleme mit dem Termin. Er hatte ihn ja willkürlich festgesetzt, aber ich setzte alles daran, Urlaub zu bekommen. Und es klappte. Einen Monat später, es muss Mitte Februar gewesen sein, saß ich im Flieger.

Beim Landeanflug auf Dubai war mir mulmig zumute. Ich wusste: Da unten wartet ein Mann, von dem ich mit Sicherheit nicht wieder loskomme – und der verheiratet ist.

Abdul Latif stand mit einer Rose in der Ankunftshalle. Er lächelte mir zu. Aber ich sah wieder nur seine rabenschwarzen Augen. In Hollywood-Filmen lässt man in solchen Momenten seine Koffer fallen und sinkt einander selig in die Arme. Nicht so in meiner Szene. Abdul Latif verbeugte sich wie immer. Ich lächelte ihm artig zu. Das war's.

Ich war mal wieder enttäuscht. Aber es war auch die erste Hürde, die ich in Richtung seiner Kultur nahm. Ich verstand allmählich, dass hier, in den fernen Emiraten, die Uhren anders gingen.

Die zwei Wochen waren ein Traum. Abdul Latif hatte mich in einem schicken Hotel untergebracht. Er holte mich jeden Morgen ab und kutschierte mich in seinem Geländewagen durch sein Land. Ich war tief beeindruckt. Innerhalb von nur dreißig Jahren war hier eine hochmoderne Metropole entstanden. Oder anders ausgedrückt: Als ich geboren wurde, hatte es hier nur Kamele, Beduinenzelte und Sand, Sand, Sand gegeben. Heute saßen wir auf edlen Teakholzbohlen im exklusiven Yachtclub und schlürften frisch gepresste Obstsäfte. Wir schlenderten durch klimatisierte Shopping-Malls und begutachteten die Auslagen der teuersten Designer wie Gucci, Armani und Hermes. Er zeigte mir Moscheen, winzige Restaurants mit separaten Frauenabteilen und Oasen, in denen Beduinen Rast machten wie vor dreißig Jahren.

Er hatte sich Zeit für mich genommen und seine Frau zu ihrer Familie nach Ägypten geschickt. Das kam mir nur einen Moment komisch vor. Dann dachte ich: Was soll's, so funktioniert das eben hier. Zärtlichkeiten oder gar Sex – all das gab es aber nicht. Doch wir redeten über Gefühle, über unsere Vorstellungen von Ehe und Zweisamkeit, und die klafften gar nicht so weit auseinander. Auch ich wollte Kinder, Geborgenheit, Vertrauen.

Aber ich wollte keine andere Frau. Das sagte ich deutlich. Abdul Latif lächelte, er lächelte überhaupt immer, wenn ich nicht einverstanden war und sich ein Konflikt zwischen uns anbahnte.

Dann sagte er nur: »Du musst wissen, was du tust!«, und damit war der schwarze Peter wieder bei mir. Was sollte ich tun? Ich liebte ihn längst mit Haut und Haaren, und wenn es sein musste auch mit seiner Frau.

Als er mich eines Abends ins Hotel zurückfuhr, habe ich mich einfach zu ihm hinübergebeugt und ihn geküsst. Er ging mit mir nach oben. Es wurde die berauschendste Liebesnacht meines Lebens. Es gab keinen Zentimeter an meinem Körper, den er nicht zärtlich berührte. Ich hatte schon mal von den Liebeskünsten der Orientalen gehört. Aber was ich erlebte, überstieg meine kühnsten Vorstellungen. Es war ein Fest der Sinne, und ich wusste danach, dass mich dieser Mann nie mehr loslassen würde. Der Sex mit ihm war das Grandioseste, Zärtlichste, Lustvollste, was ich mir vorstellen konnte.

»Werde meine Frau«, hauchte er mir im Rausch der Gefühle ins Ohr, und ich stieß mein »Ja« gleich mehrmals hintereinander hinaus. Ja, ich wollte seine Frau werden, ja, auch seine Zweitfrau.

Ich wachte in seinen Armen auf, und das Unvorstellbare war plötzlich denkbar geworden. Schleichend hatte ich mich durch die Macht der Liebe von einem Teil meines europäischen Gedankenguts verabschiedet. Ich war bereit, das Unmögliche zu akzeptieren: Ich würde einen Mann nehmen, der schon eine Frau hatte. Wie sollte ich das meiner Familie erklären? Ich beschloss: am besten gar nicht.

Zurück in München, kündigte ich meine Wohnung, den Job. Doch ich erzählte nichts von meiner Liebe, sondern nur von einem Job-Angebot bei einer amerikanischen Firma in Dubai. Ich log, dass sich die Balken bogen, nur um mich nicht den entgeisterten Fragen meiner Freundinnen und Kollegen stellen zu müssen.

Selbst meinen Eltern schenkte ich nur teilweise reinen Wein ein. Auch ihnen präsentierte ich die Geschichte mit der Firma, gestand aber auch, mich in einen Araber verliebt zu haben. Ein moderater Muslim, mehr sagte ich nicht, und die Frau und die Kinder ließ ich ganz unter den Tisch fallen. Sie hatten schon so genug Probleme, mich in den fernen Orient abdüsen zu lassen. Ich erzählte etwas von einer schicken Wohnung, einem super Gehalt und optimalen Arbeitsbedingungen. Das gefiel ihnen, und so ließen sie mich ziehen, und ich zog – direkt in ein neues, gänzlich fremdes Leben.

Abdul Latif holte mich wie beim ersten Mal am Flughafen ab. Aber er fuhr diesmal direkt zu einem Religionsvertreter. Ich gab eine Erklärung ab und konvertierte damit zum Islam, dann unterschrieb ich den Heiratsvertrag. Eine kurze, schlichte Zeremonie. Als traditionelle Morgengabe bekam ich einen symbolischen Betrag von einigen tausend Dirham (umgerechnet 5000 Euro). Davon habe ich Geschenke für meine Eltern gekauft.

Dann fuhren wir zu Abdul Latif nach Haus. Ich kannte das Haus nur von Fotos. Das schwere Eisentor öffnete sich wie von Geisterhand, und ich sah im Scheinwerferlicht einen großen Garten mit Orangenbäumen, vielen Blumen, Kinderspielgeräten, einem Teepavillon. Keine Frage, es war ein kleines Paradies.

In der großzügigen Wohnhalle wartete Selma auf uns, das Hochzeitspaar. Was muss sie gefühlt haben, als ich plötzlich an der Seite ihres Mannes auftauchte? Aber sie wirkte sehr gefasst und beherrscht. Respektvoll verbeugte sie sich. Ich streckte ihr die Hand entgegen. Sie ergriff sie. Klingt komisch, aber sie war mir auf Anhieb sympathisch. Sie überreichte mir Geschenke, kostbare Parfüms, einen Seidenschal und eine edel bestickte Abayya, das traditionelle schwarze Gewand. Ich warf es sofort über mein bodenlanges Kleid, drehte mich kichernd darin, und der Bann war gebrochen. Sie lachte mich an. Ich drückte sie. Dann ging sie aber schnell wieder in ihre Gemächer.

Abdul führte mich in mein künftiges Reich, eine riesengroße schicke Vierzimmerwohnung. Er hatte sie bewusst spärlich möbliert. Den Rest sollte ich nach meinen Wünschen gestalten. Die Wohnung war schön. Sehr hell, viel Marmor, große Fensterflächen mit Blick zum Meer. Ich fühlte mich sofort wohl. Auf dem Wohnzimmertisch lag ein Schlüsselbund. »Vor der Tür steht ein Wagen, ein Landrover. Du wirst ihn mögen.« Und ob! Ich fiel ihm um den Hals, bedankte mich mit einem langen Kuss. Wir waren ja allein, endlich.

Für die Hochzeit standen mir drei Nächte mit Abdul Latif zu. Das musste die Erstfrau Selma hinnehmen. In der Zeit haben wir unsere Körper genossen, denn geredet hatten wir in all der Zeit davor genug. Doch danach war ich allein. Abdul Latif ging am vierten Tag nach dem Frühstück ins Büro, abends musste er zu seiner Erstfrau. So schreibt es das eheliche Regelwerk vor.

Damit hatte mich der Alltag gepackt und auch die pure Eifersucht. Ich konnte weder essen noch hinausgehen. Ich hatte nur den einen Gedanken: Mein Mann schläft heute Nacht mit einer anderen. In meinem Inneren drehte sich alles. In meinem Herzen herrschte ein Massaker. Ich litt Höllenqualen und musste mich sogar übergeben. Die ganze Nacht über lag ich schluchzend im Bett, plante meine Abreise und nahm mir fest vor, diesen Mann nie wieder zu sehen. Mit der Sonne kam etwas Ruhe in mein Herz und auch wieder Vernunft. Ich hatte mich entschieden, bei voller Kenntnis der Situation. Jetzt musste ich uns auch eine Chance geben.

Als Abdul Latif am Abend kam, wollte ich nicht mit ihm schlafen. Er wusste genau, was mich bedrückte, und wir haben viel gesprochen. Er könne nun mal zwei Menschen lieben, und daran sei doch nichts falsch. Unsere westlichen Vorstellungen von Besitz und Ausschließlichkeit würden Gefühle töten. Ich argumentierte, dass er sich das umgekehrt auch nicht vorstellen könne. Aber da biss ich auf Granit. Er sagte, das sähe der Islam nicht vor, und damit war die Argumentationskette durchschnitten. Ich verstand schon in dieser Nacht, dass Gespräche nichts bringen würden. Entweder ich käme damit zurecht, oder ich müsste gehen. Das war's.

In den kommenden Monaten war ich viel zu sehr damit beschäftigt, mich mit meinem neuen Umfeld auseinander zu setzen, als dass ich mich weiter in die Eifersucht hineinsteigern konnte. Außerdem mochte ich Selma. Ich respektiere und schätze sie. Meine Arbeit fehlte mir gar nicht. Im Gegenteil, die Eindrücke waren so vielfältig, dass in meinem Kopf gar kein Raum mehr blieb, einer Arbeit nachzugehen.

Ich nahm mir vor, die Situation erst einmal so zu nehmen, wie sie war. Ich musste es schaffen! Statt mich zu grämen, begann ich mich abzulenken. Anfangs gab ich mich einem wahren Kaufrausch hin. Ich düste von Shopping-Mall zu Shopping-Mall und durchstöberte jedes noch so kleine Geschäft nach Einzelstücken für meine Wohnung. Abdul Latif hatte meinen Einrichtungsetat großzügig bemessen. Als die Wohnung perfekt war, meldete ich mich in einem der zahlreichen Frauenclubs an.

Ich ging dort schwimmen, reiten, traf mich mit den Frauen zum Tee oder zum Abendessen. Die Clubs sind gemischt, viele Araberinnen, aber auch Amerikanerinnen und Asiatinnen sind dabei. Es machte Spaß, mit den Frauen zusammen zu sein. Insgesamt ist das Leben hier liberaler, als wir Europäer es uns vorstellen. Dubai hat ein aufregendes Nachtleben. Es gibt Lokale aller Couleur. Wir sind von Anfang an viel ausgegangen.

Abdul Latif ist gläubig, aber er ist kein fanatischer Moslem. Er betet zwar regelmäßig, denkt aber auch, dass Allah dann und wann ein Auge zudrücken sollte. Damit kann ich gut umgehen. Ich trage zu Hause ganz normale Kleidung, eigentlich genauso wie früher. Meist schlichte, schicke Kleider, dazu flotte Sandaletten. Meine Haare stecke ich neuerdings hoch. Das liegt an den Temperaturen. Wenn ich auf die Straße gehe, werfe ich mir meistens die Abayya über. Man fühlt sich in der arabischen Gesellschaft einfach wohler, wenn man sich anpasst. Das Gesicht trage ich grundsätzlich nicht verschleiert. Hände und Füße auch nicht. Im Gegenteil, ich mag Nagellack und hohe Sandaletten, schminke mich grundsätzlich und zeige das auch. Abdul Latif gefällt das, und er hat auch den Mut, dazu zu stehen.

Allerdings war er nicht begeistert, als ich nach einem Jahr Dubai doch den Wunsch äußerte, wieder arbeiten zu gehen. Er blieb mir, vermutlich aus Protest, eine Antwort schuldig. Ich wollte keinen Konflikt, das habe ich in Arabien gelernt. Man sucht den Kompromiss, geht nie auf Konfrontation. Sonst beißt man auf Granit. Also habe ich abgewartet und mich erst einmal ausschließlich um Familienplanung gekümmert. Ali und Mohammed kamen problemlos zur Welt.

Doch mein jüngster Sohn ist jetzt zwei, und ich möchte wieder etwas tun. Deshalb habe ich vor kurzem eine Kosmetik-Ausbildung angefangen. Abdul Latif war jetzt auch einverstanden. Er fördert mich sogar und ist bereit, mich zu unterstützen, wenn ich mich später mal selbständig machen möchte. Die arabischen Männer entwickeln sich auch. Man muss ihnen nur Zeit lassen. Ich träume von einem eigenen Salon mit edlen Produkten. Die Räume dafür könnte ich in direkter Nachbarschaft anmieten. Dann ließen sich Kinder und Arbeit perfekt kombinieren. Es gibt hier viele Touristinnen, und eine deutsche Kosmetikerin hätte bestimmt Erfolg.

Nebenbei büffele ich Arabisch. Ich möchte mich einfach mit allen Menschen hier verständigen können. Sie sind durchweg sehr, sehr nett. Abdul Latifs Familie hat mich besonders liebevoll aufgenommen. Sein Clan umfasst insgesamt mehr als 50 Personen. Die Älteren sprechen kein Englisch. Es gibt mit ihnen kaum Möglichkeiten der Verständigung. Aber in ihren Augen habe ich nicht ein einziges Mal Abneigung entdeckt.

Seine älteren Tanten warten schon jedes Mal aufgeregt in ihren Frauengemächern auf mich und überschütten mich förmlich mit Pudergebäck und Honigleckereien. Wenn man nicht aufpasst, nimmt man hier rapide zu. Ich habe fünf Kilo in zwei Wochen geschafft. Aber danach habe ich mich beherrscht und mich mehr von dem herrlich frischen Obst ernährt, das es hier zu kaufen gibt.

Übrigens haben mich schon meine Eltern und auch meine beiden besten Freundinnen besucht. Als sie ankamen, waren sie alle schockiert. Ich sah ihre besorgten, mitleidigen Gesichter. Aber wenn sie einen Abend mit Abdul Latif verbracht hatten, wich der Schrecken aus ihren Gesichtern.

»Netter Kerl«, meinte mein Vater anerkennend.

Und Mama sagte nur, dass er gut aussähe und ganz anders sei, als sie sich einen Araber vorgestellt habe. So nett und ausgleichend, so gebildet und zuvorkommend. Ja, sie dachte wohl, er würde noch im Zelt übernachten und Wasser uns Fellsäcken trinken. Aber er kennt sich perfekt mit französischen Weinen aus und versteht es, eine Gesellschaft galant zu unterhalten.

Die Hürde Selma habe ich aber noch nicht genommen. Meine Eltern wissen nichts davon. Sie wissen, dass ich geheiratet habe, mehr nicht. Ich habe mich durch ihren zweiwöchigen Urlaub geschmuggelt und immer gesagt, dass Abdul Latif im Erdgeschoss arbeiten muss, wenn er für einen Abend dort verschwand und nicht mehr auftauchte. Selma habe ich eingeweiht. Sie hat mitgespielt und sich nicht blicken lassen. Ich konnte ihnen das einfach nicht antun.

Meine Freundinnen wissen es aber. Doch sie denken, ich bin vor Liebe blind und nicht zurechnungsfähig. Sie weigern sich, mit mir auch nur einen Satz darüber zu wechseln.

Eine sagte nur: »Ich möchte sehen, wie du reagierst, wenn dir künftig eine Drittfrau präsentiert wird. Denn Abdul Latif ist weiterhin geschäftlich in Europa unterwegs. Und wer weiß, vielleicht sitzt in zehn Jahren wieder eine hübsche blonde Frau im Flugzeug neben ihm, und er wird Gefallen an ihr finden.«

Ihre Sätze haben mich schon nachdenklich gemacht. Aber was ist denn dann? Ich weiß es nicht. Vielleicht bin ich dann schon längst weinend in den Schoß meiner Familie zurückgekehrt und werde das Abenteuer Emirate als Fehlentscheidung abgehakt haben. Vielleicht bin ich aber nach wie vor so glücklich wie jetzt, habe drei oder vier süße Kinder, und mein Mann liebt mich nach wie vor. Und wenn er mir wirklich eine Jüngere präsentiert, werde ich das durchmachen, was Millionen Frauen auch bei uns erleben. Es gibt dann nur zwei Möglichkeiten. Entweder man erträgt es oder wirft alles hin und geht. Es kommt, wie es kommt. Garantien auf lebenslanges Glück gibt es doch nirgendwo, oder?

Mit Selma verstehe ich mich mittlerweile wirklich prächtig. Wir haben zwar die getrennten Wohnungen, teilen uns aber den Garten und die Wohnhalle. Meist kommt sie schon nach dem Frühstück zu mir, oder wir plauschen im Schatten der Bäume beim Tee. Es ist herrlich. Im Hintergrund rauscht das Meer, der Wind streichelt milde meine Haut, und ich spüre eine tiefe Zugehörigkeit zu meinem Mann und mittlerweile auch zu dieser Frau und ihren süßen Kindern.

Ja, das hat Abdul Latif geschafft. Durch seine Liebe und seine ausgleichende, verständnisvolle Art habe ich gelernt, Dinge hin- und anzunehmen. Ich habe gelernt: Im Orient ist manches besser, manches schlechter als bei uns. Ich habe eine Kultur lieben gelernt, die unserer gewiss nicht gleicht, aber bestimmt gleichwertig ist. Ich habe gelernt, dass Feindseligkeiten nur Kraft kosten, Liebe dagegen frei und zufrieden macht. Ich liebe sie längst beide: meinen Mann und seine Frau.

Na, wie gefällt er dir?«, fragte mich meine Freundin Doro neugierig, während ich aufgeregt in meinem Hotelzimmer hin und her lief. »Er ist so anders«, sagte ich leise. »So lieb, bemüht, einfühlsam, einfach anders.« Die Rede war von Abdul, einem jungen Mann, der mich am Strand angesprochen hatte.

Doro und ich waren erst am Vortag aus Düsseldorf gekommen. Ich hatte noch nicht mal meine Koffer ganz ausgepackt. Doch nach einem Bad im klaren Atlantik war mir in Gestalt eines blutjungen Marokkaners die Liebe begegnet.

Ich, die strenge Jutta, saß jetzt mit pochendem Herzen auf der Bettkante und erzählte meiner Freundin, dass ich es ernst mit ihm meinte. »Es gibt sie doch, die Liebe auf den ersten Blick«, verteidigte ich meinen Gefühlsschwall und hoffte auf ihr Verständnis.

Sie sah mich amüsiert an. »Ich hätte mit allem gerechnet, aber nicht damit«, sagte sie kopfschüttelnd. »Das kann ja eine spannende Urlaubswoche werden.«

Es war Doros Vorschlag gewesen, im kalten deutschen November einfach mal ein paar Tage Sonne zu tanken. Wir arbeiteten beide als Sachbearbeiterinnen in einem Großraumbüro. Zwei Wochen vor unserer Reise war sie in der Frühstückspause zu mir gekommen, hatte mir ein Anzeigenblättchen hingehalten und gerufen: »Sieh mal, das ist was für uns. Eine Woche Agadir, spottbillig.« Ich musste nicht lange überlegen und war sofort bereit mitzufahren. Ich schob damals nämlich Dauerfrust.

Der Job war Routine geworden, und zu Hause hatte ich nur Stress. Seit sich Heinz, mein Mann, mit einem Autohaus selbständig gemacht hatte, war unsere Ehe zum notwendigen Übel geschrumpft. Er saß bis spät in die Nacht im Büro und rechnete ständig neue Gewinne aus. Wenn er nach Hause kam, stellte er nur noch wortkarg den Fernseher an und demonstrierte deutlich, dass er seine Ruhe haben wollte. Anfangs hatte ich mich Abend für Abend mit der liegen gebliebenen Hausarbeit beschäftigt. Aber irgendwann fiel mir die Decke auf den Kopf, und ich begann, mit meinen Freundinnen etwas zu unternehmen. Bauchtanz, Aerobic, Weiberstammtisch, drei Abende in der Woche war ich auf Achse. Am Wochenende machte ich Fortbildungsseminare oder aalte mich auf Schönheitsfarmen. Die Folge war klar: Wir lebten uns auseinander, hatten uns kaum mehr etwas zu sagen. Wenn Heinz mal etwas äußerte, waren es meist Vorwürfe. Ich würde mich rumtreiben. Das hätte er nicht gern. Wenn er schon so spät nach Hause käme, sollte ich auch anwesend sein. Unser Miteinander gipfelte in einem Dauerstreit. Trotzdem überschüttete er mich mit Geschenken. Schmuck, teure Kleider, ich hatte wirklich alles. Das war seine Art von Zuwendung, für die er noch Zeit fand. Auch ein schickes Haus hatte er uns in wenigen Jahren zusammengerackert, idyllisch am Stadtrand gelegen. Materiell fehlte es mir an nichts. Aber was nützt das alles, wenn man innerlich leer und ausgebrannt ist?

Um nicht ernsthaft nach einer Lösung suchen zu müssen, war ich immer froh, wenn ich etwas unternehmen konnte. Ich war ständig auf der Flucht, suchte nach Ablenkung und schnellem Genuss. Da passte eine Reise nach Marokko bestens hinein.

»Agadir, herrlich, ich bin dabei. Ich versuche gleich Urlaub zu bekommen«, tönte ich überschwänglich und freute mich riesig darauf, mit Doro auf Tour gehen zu können.

Als Heinz davon erfuhr, gab es sofort wieder Streit. Ich erinnere mich noch genau, dass er damit drohte, sich scheiden zu lassen. Aber ich ließ mich nicht mehr einschüchtern. Er, der angesehene Geschäftsmann, würde sich so eine private Niederlage niemals eingestehen. Er würde mich nie vor die Tür setzen. Ich konnte ruhig fahren.

Marokko gefiel mir auf Anhieb. Geheimnisvolle Gerüche, fremde Geräusche, Männer in wallenden Gewändern, verschleierte Frauen. Ein anderes Leben, gepaart mit dem Komfort der modernen Tourismuswelt. Ich war begeistert. Nach unserer Ankunft waren Doro und ich gleich an den Strand gelaufen. Wir ließen uns übermütig in den weichen Sand plumpsen, kicherten vergnügt und sahen neugierig den Menschen zu. Dabei entdeckte ich ihn: Abdul. Der Mann, der mein Leben aus den Angeln heben sollte.

Er hockte neben einem kleinen Sandhügel und lächelte mir zu. Ich lächelte zurück. Das muss das Startzeichen gewesen sein. Denn er sprang sofort auf und kam mit seinem wehenden hellblauen Gewand auf mich zu. Er sprach Französisch, ein paar Brocken Englisch. Wir hatten Mühe, uns zu verständigen. Mit Doros Hilfe begriff ich, dass er ein Kamel hatte, auf dem ich reiten sollte.

»Er lebt doch davon, komm, jetzt musst du das Angebot auch annehmen. Sonst ist er enttäuscht.«

Zögernd ließ ich mich zu dem Tier bringen. Abdul half mir in den Sattel, und los ging unser Trip. Es war herrlich. Die milde Seeluft wehte mir ins Gesicht, und ich schaukelte in schwindelnder Höhe am Atlantikstrand entlang. Irgendwann stoppte Abdul sein Kamel, half mir herunter, und wir setzten uns nebeneinander in den Sand. Bestimmt zwei Stunden redeten wir über seine Heimat. Dabei warfen wir Deutsch, Englisch, Französisch, alles durcheinander. Es klappte erstaunlich gut. Ich erfuhr viel über ihn.

Abdul war fünfundzwanzig Jahre alt und lebte bei seiner Mutter und den beiden Schwestern. Sein Vater war gestorben. Er hatte keinen Beruf erlernt, verdiente aber mit seinen beiden Kamelen den Unterhalt für die ganze Familie.

Plötzlich zog er ein Büchlein aus dem Gewand. Hermann Hesse, »Wer lieben kann, ist glücklich«. Ich war überrascht, dass er offenbar nicht nur fleißig, sondern auch belesen war. Er wollte, dass ich das Buch lese und wir dann darüber sprechen. Ich war fasziniert. In seinem Kopf schien mehr zu schlummern, als ich erwartet hatte.

»Ich muss jetzt zurück«, sagte ich irgendwann, und wir stapften zu dritt durch den Sand: Abdul, sein Kamel und ich.

Doro war längst nicht mehr am Strand. Sie wartete in ihrem Zimmer auf mich. Als sie mich sah, wusste sie sofort, was mich bewegte. »Du hast dich verliebt«, sagte sie direkt.

Ich zuckte mit den Schultern. »Ich weiß nicht. Er ist doch noch so jung!«

Doro lachte laut auf. »Gönn dir doch was. Was Altes hast du zu Hause. Ich wette, dass er morgen wieder da ist.«

So war es auch. Abdul wartete bereits am Strand auf mich. Er winkte mir zu.

»Na los, sag ihm guten Tag«, drängte mich Doro. »Ich kann mich auch allein beschäftigen.«

Diesmal verzichtete ich auf den Kamelritt. Stattdessen hockte ich mich gleich neben ihn in den Sand, und wir redeten über alles, was uns bewegte. Ich erzählte von meinem Job, dem unglücklichen Alltag in Deutschland, meiner eingeschlafenen Ehe. Es war schon Nachmittag, als er mir anbot, mir seine Heimatstadt Agadir zu zeigen.

Doro wollte nicht mit. »Geh aber bloß nicht mit ihm ins Bett«, rief sie mir noch kichernd nach, als ich züchtig in Jeans und hochgeschlossenem Shirt aus dem Zimmer ging.

Es wurde ein wunderschöner Abend. Abdul führte mich in eine andere Welt. Händchen haltend zog er mich durch die märchenhaft bunten Suks, vorbei an Gewürzständen, Teestuben und flatternden Saris. In der Ferne hörte ich den Ruf des Muezzins. Ich fühlte mich wie eine Prinzessin aus Tausendundeiner Nacht.

Als er mich vorm Hotel absetzte, küsste er mich. Es war ein Gefühl, das alles in mir zum Beben brachte. Er schmeckte nach fremden Gewürzen, roch nach Rosen und Orient. Dann zog er mich an sich, und ich fühlte mich in den Armen dieses jungen Mannes geborgener als jemals zuvor in meinem Leben. Minutenlang standen wir so schweigend im Schatten einer Palme auf dem ansonsten hell erleuchteten Hotelvorplatz. Zwei Menschen, sprachlos, nur umschlungen von ihren Gefühlen und beseelt von dem Wunsch, die Welt anhalten zu können. Als ich mich langsam aus seiner Umarmung löste, liefen mir Tränen übers Gesicht Ich war unendlich glücklich.

In dieser Nacht bekam ich kein Auge zu. Doro tut mir

heute noch Leid, wenn ich daran denke. Sie lag todmüde im Bett, und ich lief aufgeregt in ihrem Zimmer auf und ab und ließ sie wortreich in mein komplett durcheinander gewirbeltes Gefühlsleben blicken. »Ich liebe ihn. Es ist mehr als ein Urlaubsflirt. Hier, an seiner Seite, ist mein Plat«z, sprudelte es aus mir heraus. Sie hörte mir schläfrig zu, mahnte mich aber immer wieder zu mehr Geduld.

Doch ich hatte für Warnungen kein Ohr. Mir lief doch die Zeit weg. Ich hatte nur noch vier Tage in diesem Land. Dann ging mein Flieger zurück in dieses langweilige, kalte Leben, zurück in Unzufriedenheit, Frust und Unglück. Ich musste handeln, Nägel mit Köpfen machen. Doch das konnte ich Doro weder in dieser Nacht noch in den folgenden Wochen klar machen. Sie hielt mich schlicht für übergeschnappt

Als ich morgens mit dunklen Augenringen am Frühstückstisch saß und ohne Appetit in die köstlichen Honigschnitten biss, schüttelte sie nur noch den Kopf.

»Dich kann ich wohl für den Rest des Urlaubs abschreiben. Gut, dass ich mich einer Frauengruppe aus Dortmund anschließen kann«, sagte sie sichtlich genervt und verabschiedete sich mit einem »Wir sehen uns am Flughafen«.

Ich schämte mich Doro gegenüber. Aber meine Sehnsucht nach Abdul war stärker als alle Treue zu ihr. Ich lief sofort zum Strand, Abdul entgegen. Wir fielen uns in die Arme. Es war so merkwürdig, ich kannte nichts von diesem jungen Mann, und doch war er mir so vertraut, als wären wir seit zwanzig Jahren zusammen. Ich wollte ihn spüren, überall, ihn ganz für mich haben. Gegen die Vorschriften des Hotels nahm ich ihn mit auf mein Zimmer. Es war Mittagszeit, als ich das erste Mal mit ihm schlief. Ich hatte so eine Zärtlichkeit noch nie erlebt. Er war nicht besonders erfahren, er war doch jung; aber er streichelte und küsste jeden Zentimeter meiner Haut, und ich glaubte, vor Lust den Verstand zu verlieren. Er blieb den ganzen Tag bei mir, und wir liebten uns, bis ich erschöpft in seinen Armen einschlief. Abends musste er fort, um seine Tiere zu versorgen.

Ich lief im Bademantel zu Doro und erzählte Ihr detailgetreu, was passiert war. »Eine Nacht mit ihm vergisst man nie. Er gibt einem das Gefühl, die einzige Frau auf der Welt zu sein. Ich möchte das nie mehr missen«, schwärmte ich von seinen Liebeskünsten.

»Du bist ja völlig kopflos«, wies sie mich zurecht. »Ein Urlaubsflirt ist gut. Aber du planst ja schon dein Leben mit diesem Strandläufer«, meinte sie bissig. »Außerdem kannst du dir da alles Mögliche holen. Hast du ihm wenigstens Kondome in die Hand gedrückt?«

Ich war schockiert, wie sie über Abdul sprach, und stellte sofort klar, wie ernst es mir mit ihm war. »Wenn ich zu Hause bin, lasse ich mich scheiden. Ich hole Abdul zu mir«, sagte ich bestimmt.

»Hat er das vorgeschlagen?«, fragte Doro plötzlich mit zynischem Unterton und fuhr zickig fort: »Ist ja auch klar, dass der sofort zu dir kommt. Er nistet sich bei dir ein und lässt sich von dir aushalten. Bravo! Da hast du ja einen super Fang gemacht.«

Ich sah sie wütend an. »Sei nicht so böse. So darfst du nicht über Abdul reden. Er tut so etwas nicht. Er liebt mich. Es geht ihm nicht ums Geld.«

Den Rest des Abends diskutierten wir heiß, wie meine Zukunft mit Abdul aussehen könnte. Doro malte mir alles in den schwärzesten Farben aus. Ich schwärmte ihr dagegen nur von seiner zärtlichen, einfühlsamen Art vor.

Dann verkroch ich mich müde, aber glücklich mit seinem Geschenk, dem Hermann-Hesse-Buch, ins Bett und sog jede

Zeile genüsslich ein. Es war ein Buch über die Liebe, und jeden Satz empfand ich als Botschaft von ihm.

Die noch verbleibenden drei Tage verbrachte ich in einem Glücksrausch. Die meiste Zeit war ich mit Abdul auf meinem Zimmer, und wir schmiedeten in unserem erprobten Kauderwelsch Zukunftspläne. Er wollte gar nicht, wie Doro meinte, zu mir nach Deutschland. Im Gegenteil, er hat mir klar zu verstehen gegeben, dass er in Deutschland keine Chance hätte, nach vorn zu kommen. Er wollte sich in Agadir etwas aufbauen, mit mir. Ich konnte mir gut vorstellen, am Meer zu leben, und war von seinen Vorschlägen begeistert. Eine kleine Pension, ein Souvenirgeschäft, alles wäre schön, und unsere Kinder könnten die französische Schule besuchen. Wir träumten uns in die Nacht, und ich war glücklich wie nie.

Am letzten Abend führte mich Abdul in sein Lieblingsrestaurant in der Nähe des größten Suks. Es gab Tajine mit Lamm und Dörrpflaumen, dazu frisches Obst und Tee. Herrlich. Am nächsten Morgen brachte er mich mit dem Auto eines Freundes zum Flughafen.

Doro wartete schon auf mich. Während des Fluges redete sie ununterbrochen auf mich ein. Ich sollte die Finger von dem Typen lassen, er würde mir nicht gut tun. Ich sollte lieber dafür sorgen, dass Heinz nichts herausbekäme. Sonst könnte ich mir mein bequemes Leben als Gattin abschminken.

Doch mich interessierte das alles nicht mehr. Schmuck, der frisch gemähte Rasen, mein kleines Cabrio, all das war unwichtig geworden. Ich wollte zu Abdul. Wenn nötig, würde ich auch in eine Hütte mit ihm ziehen und tagsüber Kamele spazieren führen.

»Die Liebe zählt, sonst nichts«, gab ich Doro zur Antwort. »Aber das werden Frauen wie du sowieso nicht begreifen«, zischte ich sie zum ersten Mal wütend an. Unsere Freundschaft war zum Zerreißen gespannt. Wir warfen uns noch ein paar Gemeinheiten hin. Dann herrschte Schweigen. Wieder in Deutschland, schnappte sie sich ihre Koffer und ließ mich wortlos stehen. Doro war nicht die einzige Freundin, die ich wegen Abdul verlieren sollte. Aber das war mir damals egal. »Neidische Kuh«, zischte ich ihr noch böse nach.

Wieder zu Hause, überschlugen sich die Ereignisse. Ich hatte nur noch einen Wunsch: zurück zu Abdul. Ich schrieb ihm jeden Tag einen langen Brief, meldete mich zu einem Französisch-Kurs an und fragte meinen Chef, wann ich den nächsten Urlaub bekommen könnte. Dann kaufte ich mir diverse Bücher über Marokko und den Islam. Ich wollte Abdul eine verständige Partnerin sein. Mein Mann bemerkte natürlich sofort, dass etwas nicht stimmte. Ich gab mir auch keine Mühe, ihm etwas zu verheimlichen, und stellte ihn bereits am Tag nach meiner Rückkehr vor vollendete Tatsachen.

Es war eine kuriose Szene. Heinz kam wie immer spät von der Arbeit und wollte sich entspannt zu mir aufs Sofa setzen. Immerhin hatten wir uns sieben Tage nicht gesehen. Er konnte also unmöglich als Erstes den Fernseher einschalten. Also versuchte er ein Gespräch mit mir anzufangen und erzählte mir von seinem Coup: Er hatte gerade zehn Autos an eine Firma verkauft, ein Bombenerfolg. Ich ließ ihn ein paar Sätze reden, dann unterbrach ich ihn abrupt, sagte nur bestimmt: »Ich liebe einen anderen und werde dich verlassen.«

Es verschlug ihm die Sprache. Er sah mich fassungslos an. Doch statt zu explodieren, fragte er ruhig: »Wer ist es?«

Ich erzählte ihm alles, dass ich meine Arbeit kündigen und so schnell wie möglich zu Abdul gehen würde. Er schüttelte nur den Kopf, stand auf und ging zu Bett. Keine Fragen, keine Vorwürfe, kein Flehen! Er nahm es einfach hin. Doch ich weiß, dass diese Gleichgültigkeit gespielt war. Im Grunde hat es ihn innerlich zerrissen. Heute denke ich, er war durch die jahrelange Schufterei nur zu müde, zu ausgebrannt, um noch um mich zu kämpfen.

Damals war ich dankbar, dass er es mir so leicht machte, unter mehr als zwanzig Jahre Ehe einen Schlussstrich zu ziehen. Noch in derselben Nacht packte ich meine Sachen und zog zu meiner Mutter. Die machte mir eine Szene, die sich gewaschen hatte. Ich würde mich wie ein unreifes Kind benehmen, wenn das dein Vater wüsste und, und, und. Doch mein Entschluss stand fest. Ich wollte mit Abdul in Agadir leben.

Ich kündigte zum nächstmöglichen Termin meine Arbeit, reichte die Scheidung ein und ermächtigte den Anwalt, alles zu Geld zu machen, was möglich war. Ich löste zwei Lebensversicherungen auf und hatte auf einen Schlag 50.000 Euro flüssig. Außerdem stand mir Unterhalt und die Hälfte des gemeinsamen Hauses zu. Doch bis diese Summen ausgezahlt wären, würden Monate vergehen. So lange konnte ich nicht warten. Ich wollte keine Zeit verlieren und so schnell wie möglich zu Abdul.

Um mein altes Leben vernünftig und ohne die ständigen Vorhaltungen meiner Mutter abzuschließen, nahm ich mir erst einmal eine möblierte Wohnung und regelte von da aus meinen Umzug und die komplette Abwicklung meines alten Lebens. Der Umgang mit Heinz war sachlich. Der Abschied von meinen Freunden dagegen emotional. Sie zeigten mir symbolisch alle einen Vogel. Doch ich war auch vernünftigen Argumenten gegenüber nicht mehr aufgeschlossen.

Im Nachhinein weiß ich nicht, woher ich damals die Kraft genommen habe. Ich hätte nie gedacht, dass ich mal so entschlossen mein Leben anpacken könnte. Fast zwanzig Jahre lang war ich von Heinz wie ein Dummerle behandelt worden. Erst in den letzten zwei Jahren hatte ich mich etwas aus seinem Bannkreis befreit. Aber dass ich mal so zielgerichtet einen Plan durchziehen würde, hätte ich mir selbst nie zugetraut.

In dieser Zeit flog ich noch zweimal für jeweils eine Woche zu Abdul. Jeder Aufenthalt bestätigte meine Pläne. Er trug mich auf Händen, gab mir das Gefühl, eine Prinzessin zu sein. Mal hatte er ein Meer von Blüten in meinem Hotelzimmer ausgebreitet, ein anderes Mal ein traumhaftes Picknick am Strand vorbereitet.

Bei meinem zweiten Aufenthalt hatte Abdul auch schon ein Haus für uns gefunden. Es gehörte seinem Onkel. Im Erdgeschoss war ein Teppichgeschäft, das er übernehmen konnte. Im ersten Stock gab es eine wunderschöne Vierzimmerwohnung. Das ganze Haus sollte nur 25.000 Euro kosten. Ich stimmte sofort zu und unterschrieb zwei Tage später den Kaufvertrag. Die restlichen Tage gingen wir einkaufen. Ich kleidete Abdul vollkommen neu ein. Statt der Djellaba sollte er Anzüge tragen. Immerhin wollten wir doch Touristen als Kundschaft, und da musste er perfekt aussehen.

Dann richteten wir liebevoll unser Zuhause ein. Möbel, Hausrat, Geschirr, wir kauften uns eine Mischung aus europäischer Moderne Und afrikanischer Romantik zusammen. Es sah wunderschön aus. Natürlich gab es viele Teppiche und Sitzkissen, aber auch mit Leder bezogene Stühle, Glastischchen und nüchterne Strahler. Tag für Tag trug ich etwas

Neues in unser Heim. Ich war mit so viel Liebe und Zuversicht bei der Sache. Eigentlich war dies die glücklichste Zeit meines Lebens.

Abdul war rührend darum bemüht, dass ich mich in seiner Heimat wohl fühlte. Er überschüttete mich mit kleinen Aufmerksamkeiten. Ich fand Duftwässerchen auf dem Betttuch, feine Seifen mit meinen Lieblingskräutern am Waschbecken. Er schrieb mir in seiner ungelenken Schrift Liebesbriefe, die ich in Handtaschen und zwischen der Wäsche fand. Er war so aufmerksam und liebevoll, wie ich es mir nie erträumt hätte.

Keine drei Monate nach der ersten Begegnung mit Abdul kam ich dann mit einem One-Way-Ticket und zwei riesigen Koffern in Agadir an. Abdul empfing mich in einem von mir gekauften Jeep, und ich sehe uns noch mit Vollgas über die asphaltierte Straße düsen. Ich dachte, es geht direkt ins Glück. Ich, die grundsolide Jutta, fühlte mich wie eine Abenteurerin. Endlich hatte ich mal etwas gewagt und den deutschen Mief weit hinter mir gelassen. Niemand hätte mir zugetraut, dass ich einfach mal so auswandern würde. Jetzt lebte ich da, wo meine Freundinnen Urlaub machten. Ich hatte meinen Traum wahr werden lassen und war stolz darauf.

Die ersten Tage waren unwirklich. Im Geiste musste ich mich kneifen, um sicher zu sein, dass ich nicht träumte. Statt wie früher im sterilen Großraumbüro den neuesten Firmenklatsch zu hören, bummelte ich jetzt morgens über die Märkte und kaufte für mich und meinen Liebsten das Abendessen ein: Kichererbsen, Lammkoteletts, Ingwerwurzeln. Ich flanierte durch die Suks, feilschte selbstsicher um die Preise. Die Enge Düsseldorfs lag ganz weit hinter mir.

Doch mein Glück war nicht von Dauer. Kaum hatte ich alle Voraussetzungen für unser neues Leben geschaffen, kaum waren alle Verträge bestätigt, zeigte Abdul ein anderes Gesicht. Plötzlich blieb er stumm, wenn wir uns zu dem von mir so liebevoll gekochten Essen an den Tisch setzten. Hinterher stand er auf und ging wieder fort. Wenn ich ihn fragte, wohin er wolle, erhielt ich keine Antwort. Abdul kam immer später nach Hause. Meistens war es schon Nacht. Dann schlüpfte er wortlos unter die Decke, drehte sich um und schnarchte. Ich lag hellwach neben ihm, und in meinem Kopf drehten sich all die Warnungen, die ich schon von Doro in unseren Nächten in Agadir gehört hatte. »Er will nur dein Geld.« Zweifel krochen in mein Herz. Ich versuchte mit Abdul zu reden. Doch er wich mir aus.

Er war nie unhöflich oder gar aggressiv zu mir. Nein, er wand sich immer lächelnd aus jeder Situation. Wenn ich weinte, lächelte er, wenn ich schrie, lächelte er, wenn ich verzweifelt auf den Tisch schlug, lächelte er. Ich bekam auf nichts mehr eine klare Antwort. Mit seinen unbestimmten Aussagen verunsicherte er mich komplett. Ich wusste nichts mehr. Wenn ich ihm sagte, dass ich abreisen wolle, fragte er nur überrascht: »Warum denn?« Er behandelte mich höflich und zuvorkommend; wenn ich Bitten hatte, erfüllte er sie mir. Er half mir bei den Einkäufen, fuhr mich zum Strand, brachte mich in Hotels, wenn ich mich dort mit deutschen Bekannten verabredet hatte. Doch es passierte alles ohne innere Anteilnahme. Das spürte ich deutlich. Auch sexuell spielte sich zwischen uns nichts mehr ab. Und was hatte ich in seinen Armen für Lust erlebt. Jetzt herrschte im Bett Eiszeit. Kein Kuss, kein Streicheln, nichts. Wenn er abends ins Bett kroch, lächelte er, sagte »gute Nacht«, das war's. Auch tagsüber sah ich ihn kaum mehr. Im Geschäft saßen immer irgendwelche Freunde von ihm. Ihn selbst entdeckte ich manchmal im Café oder beim Spiel auf dem Marktplatz.

In dieser Zeit magerte ich dramatisch ab. Schließlich begann ich aus Kummer zu trinken. Ich schlich mich schon tagsüber in die Hotelbars und schüttete mich mit Wein und Bier zu. Meinen Rausch schlief ich am Strand aus. Ich durchlebte die schlimmste Zeit meines Lebens. Gedemütigt, enttäuscht und ohne Zukunft vegetierte ich in diesem fremden Land vor mich hin.

Ich weiß nicht, wie es geendet hätte, wenn nicht Christel, eine deutsche Hotelbesitzerin, irgendwann auf mich aufmerksam geworden wäre. Sie hatte mich zum wiederholten Mal auf einer Bank vor ihrem Geschäft sitzen sehen und schließlich beherzt in ihr Büro gezogen. Dort schenkte sie mir Kaffee ein und hörte sich geduldig an, was ich erlebt hatte.

Dann sagte sie mir deutlich, wie sie darüber dachte. Es war eine Standpauke, die meine Lebensgeister wieder weckte. »Die Jungs hier suchen sich alle so frustrierte Frauen, wie du eine bist. Sie nehmen sie aus und lassen sie fallen. Das meinen sie noch nicht mal böse. Sie haben einfach keine andere Chance, aus ihrem Elend herauszukommen. Für deinen Abdul bist du eine gute Gelegenheit, ein bequemes Leben zu führen. Nicht mehr. Kapier das endlich. Ich habe viele Herzen zerbrechen sehen. Für Abdul bist du nicht die Erste, die ihn unterstützt, und du wirst auch nicht die Letzte sein. Eine hat ihm ein Kamel gekauft, eine andere den Führerschein bezahlt. Du hast sogar ein Geschäft gekauft. Besser geht es doch nicht. Dein Geld wirst du nie wieder sehen. Die Verträge sind so gemacht, dass du das Risiko trägst und er den Gewinn hat. Außerdem glaube ich, dass er längst eine andere hat, mit der er am Strand flirtet und der er ihre

Wünsche und Sehnsüchte erfüllt. Am besten, du setzt dich in den nächsten Flieger zurück nach Deutschland.«

Ich wusste längst, dass sie Recht hatte. Aber es war wichtig, es von jemand anderem zu hören. Ich war für Abdul nur ein Mittel zum Zweck gewesen, mehr nicht. Plötzlich sah ich alles so klar. Das Hermann-Hesse-Buch hatte er bestimmt von einer verliebten Touristin geschenkt bekommen, und seine Liebesschwüre waren auswendig gelernte Phrasen gewesen.

Ich schämte mich über meine Dummheit und weinte mich in ihren Armen aus. »Ich kann nicht zurück. Ich habe doch alles aufgegeben. Meine Scheidung läuft, meine Freunde lachen über mich, mein Job ist weg«, stammelte ich.

Christel stand jetzt auf, schenkte mir Kaffee nach. »Dann bleib hier, aber trenn dich von dem Kerl und versuch allein durchzukommen. Ich habe vielleicht einen Job für dich.«

Das war vor sechs Monaten und der zweite Wendepunkt in meinem Leben innerhalb von drei Monaten. Ich habe danach sofort wieder Nägel mit Köpfen gemacht und mir mit Christels Hilfe eine eigene kleine Wohnung genommen. Zweieinhalb Zimmer für 350 Euro Warmmiete. Meine Möbel habe ich mitgenommen. Abdul hat nicht einen Versuch gemacht, mich zurückzuhalten. Er hat mir sogar beim Umzug geholfen – lächelnd natürlich.

Ich arbeite jetzt in einem deutschen Café als Bedienung und kann dabei hautnah miterleben, wie deutsche Frauen dem Charme der jungen Marokkaner auf den Leim gehen. Aber helfen lässt sich keine. Sie wollen wie ich an die Liebe glauben.

Abdul lebt noch in unserem Haus. Aber ich habe gehört, dass er überschuldet ist. Neuerdings sehe ich ihn wieder am Strand mit seinen Kamelen auf und ab gehen. Kürzlich hatte ich sogar den Mut, ihn anzusprechen. Er hat freundlich geantwortet. Seitdem sprechen wir regelmäßig miteinander.

Ich liebe ihn immer noch, aber das lasse ich mir nicht anmerken. Ich versuche vielmehr, seine Mentalität zu verstehen. Er lebt in den Tag hinein, sorgt sich nicht um morgen. Wenn er Geld hat, ist es gut, wenn nicht, aber auch. Irgendwann wird er eine junge Marokkanerin treffen und sie mit allem, was er von den Touristinnen gelernt hat, beeindrucken. Er wird heiraten, eine Familie gründen und keinen Gedanken mehr an die alten Frauen aus Europa verschwenden. Aber ich werde Abdul nie vergessen. Er hat in mir eine Saite zum Klingen gebracht, die ich nicht kannte. Durch ihn hat es mich in einen fremden Kontinent verschlagen, er hat mir ein Leben gezeigt, das ich ohne ihn nie kennen gelernt hätte. Und er hat mich zu einer selbstbewussten Frau gemacht, die gelernt hat, zu kämpfen und sich durchzusetzen.

Ich habe es sogar geschafft, mich mit meinem Mann auszusöhnen. Wir haben die Scheidung erst einmal zurückgezogen. Er überweist mir monatlich 500 Euro Unterhalt. Das reicht für das Gröbste. 400 Euro verdiene ich mir im Café dazu. Ich komme gut über die Runden. Das Licht, die Sonne, die Farben, der Goldglanz – ich liebe Marokko auch ohne Abdul und möchte hier bleiben. Die Menschen sind freundlich, zuvorkommend, hilfsbereit. Ich fühle mich wohl. Wie lange ich bleibe, ich weiß es nicht, ich brauche erst mal Ruhe, um diese turbulente Zeit zu verarbeiten.

In Deutschland war ich gefühlsmäßig so abgestumpft, dass Abduls Zuwendung, egal aus welchen Beweggründen er sie gab, wie ein warmer Regen über mich kam. Er hat alle Vernunft und jeden Zweifel in mir ertränkt. Ich habe gebadet in Gefühlen, wenn auch nur in meinen eigenen. Darüber darf ich nicht traurig sein. Im Gegenteil, ich habe allen Grund, dankbar zu sein. Ich habe ein zweites Leben geschenkt bekommen. Was es mir bringt, muss man sehen.

»Mama, das Haus ist viel zu groß für dich. Such dir doch eine schöne Wohnung. Dann bist du viel freier und kannst endlich machen, was du dir schon immer gewünscht hast.« Zwei Jahre nachdem Frank gestorben ist, kommt meine Tochter Susanne regelmäßig mit diesem Vorschlag.

»Das Haus ist zu groß! Zieh aus! Fang ein neues Leben an!« Immer öfter bekomme ich das von ihr zu hören und langsam fühle ich mich regelrecht bombardiert davon.

Gut, Susanne hat Recht. Seit Frank tot ist, lebe ich allein auf 180 Quadratmetern und mit all den Erinnerungen an fast 35 Jahren Ehe. Das tut mir nicht gut. Aber ich habe so viel um die Ohren und weiß gar nicht, was ich zuerst tun soll. Alles ist noch so neu für mich. Die Zeit mit Frank, sie macht doch fast mein ganzes Leben aus.

Frank und ich, wir haben uns früh kennengelernt. Er war damals Lehramt-Student, ich Sachbearbeiterin bei der Schulbehörde. Schule und Unterricht, das war unser Thema. Ich wurde schnell schwanger und wir mussten heiraten. Frank ging später völlig in seinem Beruf auf und schaffte es bis zum Schulleiter. Mich erfüllte die Rolle als Mutter und Hausfrau. Und die Kinder gelingen. Susanne ist jetzt 37 Jahre alt. Torsten 34. Beide sind verheiratet, haben Kinder und leben rund um Memmingen.

Der Kontakt zu den Kindern war immer eng. Als Frank vor sechs Jahren erfuhr, dass er Darmkrebs hat, waren beide immer für ihn da. Natürlich nur, soweit es ihre Zeit und ihr Familienleben zuließ. Ich war ja zu Hause und konnte mich voll um ihn kümmern. Es war eine harte Zeit. Frank wurde mehrmals operiert und musste vier Chemos über sich ergehen lassen. Im Sommer vor zwei Jahren hatte sein Leiden ein Ende. Er schlief im Krankenhaus ein.

Für ihn war es eine Erlösung. Für mich eine Katastrophe. Denn ich hatte nie gelernt, allein zu leben. Gut, die Verantwortung für die Finanzen, das Haus, an all dem ließ er mich nach dem Ausbruch der Krankheit immer mehr teilnehmen. Ich ging zuletzt allein zur Bank, füllte Formulare aus und unterschrieb Verträge. Aber Frank war ja noch da und zog im Hintergrund die Fäden. Er sagte mir, was ich tun sollte und ich machte, was er sich vorstellte. Ohne groß nachzufragen. Ich traute mich nie, etwas allein zu entscheiden. In meiner Ehe war ich weit davon entfernt, emanzipiert zu sein. Nach seinem Tod war ich plötzlich gezwungen, mit allem allein fertigzuwerden. Die Rentenanträge, die Erbangelegenheiten, ich fühlte mich anfangs heillos überfordert und war froh, dass unsere Kinder da waren und mir halfen.

Im ersten Jahr nach Franks Tod unternahm ich nicht viel. Ein paar Mal führte mich meine Tochter zum Essen aus. »Damit du unter Menschen kommst«, sagte sie immer. Sonntags fuhr ich oft zu meinem Sohn zum Kaffeetrinken. Mit einer Sekretärin aus Franks ehemaliger Schule wanderte ich im Herbst in Österreich.

Aber es gefiel mir alles nicht. Ich kam mir so verloren vor und weinte viel.

Doch allmählich akzeptierte ich Franks Tod. Ich bemühte mich, nach vorn zu sehen. Doch da war nicht viel. Ich wusste nicht so recht, wie ich weiterleben sollte. Mir war aber klar, dass sich viel ändern musste. Denn in den alten Gleisen konnte ich nicht bleiben.

Alle Bekannten waren Paare. Da fühlte ich mich wie ein fünftes Rad am Wagen. Schon während Franks Krankheit schliefen die meisten Kontakte ein. Er konnte ja nicht mehr viel unternehmen. Also blieben die Einladungen aus. Nach seinem Tod wurde es noch ruhiger. Das Telefon klingelte selten. Ich hatte das Gefühl, dass mich niemand aus dem Freundeskreis mehr brauchte.

Anfangs war das nicht schlimm für mich. Mir tat das Alleinsein ganz gut. Die Belastungen durch die Pflege hatten mir körperlich zugesetzt. Ich kam erst langsam wieder zu Kräften. Und wenn ich wirklich einsam war, kümmerte ich mich eben um die Enkelkinder und half Susanne etwas im Haushalt. Aber würde mir das für die nächsten 20 Jahre reichen? Langsam kamen mir Zweifel. Das konnte doch nicht alles gewesen sein. Ich war 60 Jahre alt. Es musste noch etwas kommen.

»Das Haus ist zu groß!« Wieder ist da Susanne und redet auf mich ein. Ich gebe ihr doch längst Recht. Aber wo soll ich denn hin? Um Susanne ruhigzustellen, sehe ich mir mit ihr eine Wohnung in der Kernstadt an. Aber da fühle ich mich fremd. In meinem bisherigen Wohnviertel mag ich aber auch nicht bleiben. Allein mit all den Ehepaaren um mich herum. Nein, das halte ich nicht aus.

Vergiss das Haus. Du brauchst in erster Linie Streicheleinheiten«, höre ich eines Abends von Christine, meiner Jugend-Freundin. Das sind ja ganz andere Töne! Typisch Christine.

Wir kennen uns noch aus der Schulzeit, haben uns aber fast drei Jahrzehnte aus den Augen verloren. Christine ist seit kurzem zum zweiten Mal verheiratet und mit ihrem jetzigen Mann vor wenigen Wochen wieder zurück nach Memmingen gezogen. Deshalb versucht sie alte Kontakte aufzufrischen und hat auch mich angerufen. Ich habe mich gefreut. Christine ist ganz anders als ich. Lebenslustig, schick, eine Frau, die sich präsentieren kann. So war sie schon damals, als wir als Teenager befreundet waren. So ist sie geblieben – bis heute.

Nun sitzt Christine bei mir im Wohnzimmer und wir reden. Ich über die Kinder. Christine über ihre letzte Mittelmeerreise. Mit ihrem Mann hat sie eine Rundreise durch Andalusien gemacht. Sie haben in stilvollen Paradores übernachtet, tagsüber die Gegend erkundet. Christine erzählt offen, wie herrlich es ist, nackt im Meer zu baden und sich mit ihrem Peter in einsamen Buchten zu sonnen und – wie sie nicht verschweigt – auch zu lieben. Ich höre ihr aufmerksam zu und fühle mich dabei glatt zwanzig Jahre älter als meine flotte Freundin. Christine hat ihr Leben immer genossen. Und ich? »Ich wurde gelebt, von anderen, am meisten von Frank«, sage ich, plötzlich ganz ernst, und wundere mich vermutlich selbst am meisten über mich.

Als Christine geht, fühle ich mich bedrückt. Ich gehe ins Bad, mustere mich im Spiegel. Ich fühle mich nicht wie 60 Jahre. Ich fühle mich wie eine alte Frau, die auf ihr Ende wartet. Vielleicht hat Christine Recht und mir fehlen wirklich Streicheleinheiten, einfach ein Mann, der mich begehrt. Ich erschrecke. Meine Güte, wie lange ist das her, dass ich mich begehrt fühlte.

Die Ehe mit Frank, sie war nach fast vierzig Jahren auch nicht mehr frisch gewesen. Er hatte das meiste allein unternommen. Ich war zu Hause und hatte ihm – wie man so schön sagt – den Rücken freigehalten. Erlebt hatte ich an seiner Seite herzlich wenig. Die Fahrt nach Süditalien. Frank hatte sie mit seinen Lehrerkollegen unternommen. Der Ausflug in die Normandie. Das war mit seinem Skatclub gewesen. Und auf die große Leningrad-Reise ist er mit seiner Schulklasse gegangen. Und ich? Wo war ich eigentlich immer gewesen? Natürlich zu Hause! Ich hatte die Kinder gehütet, den Garten gemacht und Marmelade gekocht. Und wenn Frank voll neuer Eindrücke nach Hause kam, durfte ich hören, wie schön alles gewesen sei und wie gut ihm das Verreisen täte. »Man wird freier im Kopf« hat Frank mir immer erklärt. Und ich habe genickt. Was in meinem Kopf passierte, war ihm nicht wichtig gewesen.

»Du bist doch noch jung. Suche dir den passenden Mann für den zweiten Lebensabschnitt«, höre ich immer wieder Christines Stimme. Die Freundin sieht mich dabei so fröhlich und unbekümmert an, dass ich richtige Neugier spüre.

An diesem Abend finde ich keine Ruhe. Ich sitze die ganze Nacht in der Küche, wie so oft seit Franks Tod. Und doch ist es dieses Mal anders. Ich sehe nicht mehr wehmütig zurück. Sie sehe vielmehr mutig nach vorn. Vor meinen Augen tauchen andere Bilder auf. Ich sehe mich am Strand entlanglaufen. An der Hand eines Mannes, der mich so liebt wie ich bin und der Lust hat, mich zurück ins Leben zu führen. Ja, ich möchte noch einmal wie ein junges Mädchen ausgelassen lachen, etwas Verrücktes tun, Grenzen überschreiten und mich auch körperlich wieder als Frau fühlen. Wie lange habe ich keinen Sex mehr gehabt? Vier Jahre ist es bestimmt her. Das muss genug sein.

Aber darf ich von einer neuen Liebe träumen? Tue ich Frank damit unrecht? Was werden die Kinder sagen, wenn ich ihnen einen neuen Partner präsentiere? Können sie das ertragen. Ihre Mutter, an der Hand eines Anderen?

Viele Fragen beschäftigen mich in dieser Nacht. Ich bin hin- und hergerissen zwischen dem Wunsch nach einer neuen Liebe und der Sorge, jemanden damit zu verletzen. Außerdem weiß ich gar nicht, wie ich einen neuen Mann finden soll. Zuletzt habe ich vor mehr als 40 Jahren geflirtet. Mit Frank. Ob ich das überhaupt noch kann? Vielleicht bin ich auch gar nicht mehr reizvoll für einen Mann. Ich bin zu einem Hausmütterchen geworden. Die will doch niemand.

Aber passieren muss etwas. Davon bin ich überzeugt. Ich bin jetzt allein und muss mein altes Leben hinter mir lassen. Von Erinnerungen kann ich nicht leben. Ich muss die Gegenwart genießen. Voller Tatendrang schlafe ich spät ein.

Am nächsten Morgen rufe ich ein Secondhand-Möbelgeschäft an. Man soll mein Schlafzimmer abholen, am liebsten sofort. Ich kaufe mir neue Möbel. Alles italienisch leicht, viel Eisen, dazu gelbe Stoffe. Die Wände lasse ich mir von einem befreundeten Maler eierschalenfarben streichen. Innerhalb von einer Woche ist zumindest im Schlafzimmer alles neu.

Danach entrümpele ich meinen Kleiderschrank. Ich bittet Christine, mit mir einkaufen zu gehen. Ich möchte flottere Sachen. »Und ein paar Kilo solltest Du auch abnehmen«, rät mir Christine. Wir gehen gemeinsam zum Friseur. Ich bekomme einen flotten Kurzhaarschnitt, dazu Strähnen. Christine probiert ein frisches Make-up mit mir aus. Auf dem Heimweg fühle ich mich schon prima.

»Wo finde ich denn nun einen neuen Mann?«, will ich als nächstes wissen.

Christine weiß Rat: »Ich habe meinen Gert auf einer Kreuzfahrt kennengelernt. Aber jede Reise ist gut. Am besten fliegst du in den Süden. Sonne, Strand und Palmen, da flirtet es sich am Besten. Gib‘ mir einen Tag Zeit. Ich suche dir etwas heraus.«

Keine Woche später sitze ich im Flieger nach Gran Canaria. 55 Teilnehmer sind in meiner Reisegruppe, viele in meinem Alter. Ich fühle mich ein bisschen unsicher.

»In meinem Alter muss man auch das Reisen wieder lernen«, plappere ich nervös zur Reiseleiterin, die uns am Flughafen in Las Palmas in Empfang nimmt. Mit dem Bus bringt man uns nach Playa del Inglés ins BEVERLY PARK, ein schickes Vier-Sterne-Hotel.

Beim Begrüßungscocktail konzentriere ich mich weniger auf die Reisetipps als vielmehr auf die Teilnehmer. Ich fixiere gründlich jeden Mann, der allein altersmäßig in Frage kommen könnte und – bin enttäuscht. Keiner gefällt mir, zumindest nicht auf den ersten Blick. Ich bin auch so unsicher und wüsste gar nicht, wie ich es anstellen sollte, jemanden anzusprechen. Nach der Begrüßung gibt es noch Kaffee und Gebäck. Viele Urlauber aus anderen Reisegruppen kommen dazu. Es ist richtig trubelig. Eine Frau nickt mir freundlich zu. Ich habe sie schon im Flugzeug gesehen. Ein älterer Mann kommt auf mich zu und streckt mir die Hand entgegen. »Meinersfeld! Ich komme aus der Nähe von Mainz«, sagt er in zackigem Ton. Ich zucke zusammen. Ob er mir ansieht, dass ich nicht nur im Urlaub, sondern auch auf Partnersuche bin? Wie peinlich!

»Egal, Du bleibst. Lass dir Zeit. Den Prinzen trifft man nicht am ersten Abend«, muntert Christine mich auf, als ich sie noch am selben Abend kurz vor Mitternacht zu Hause anrufe.

Christines Mann Gert meldet sich aus dem Hintergrund, ich solle morgen früh an die Bar gehen. Christine kichert. »Da kommt Jens, sein Ex-Kollege. Den haben wir schon für dich ausgesucht. Er lebt auf Gran Canaria und will dich kennenlernen. Falls alle Stricke reißen....«

Mir ist das jetzt furchtbar unangenehm. »Musstest Du denn Gert davon erzählen, dass ich einen Mann suche«, frage ich Christine etwas ärgerlich.

Doch die bleibt völlig unbeeindruckt von meinen Vorhaltungen. »Stell dich nicht so an«, kontert sie. »Von selber klopft keiner an deine Burg. Es müssen schon eine Menge Leute wissen, dass Du an einer Partnerschaft interessiert bist!«

Ich versuche, locker zu bleiben. Irgendwie hat Christine ja Recht. Aber vorführen lasse ich mich trotzdem nicht. Wenn dieser Jens irgendwann an der Bar auf mich wartet, bin ich verhindert, basta!

Aber ich werde anders aktiv. In unseren Veranstaltertipps lese ich von einem Bus-Ausflug in den Barranco de Guayadeque, oberhalb von Agüimes. Den buche ich und bin enttäuscht. Auch hier ist kein Mann dabei, der für mich passen könnte. Doch egal, dann versuche ich eben die geführte Wanderung ins Agaete-Tal.

»Kommen da auch Urlauber aus anderen Hotels?«, frage ich die Reiseleiterin. Die nickt. »Der Bus macht eine Rund-Tour zu vielen Hotels der Stadt. Die Wandertouren sind sehr beliebt. Gerade bei den aktiven Gästen.« Ich buche sofort. So komme ich wenigstens mit anderen Menschen außerhalb meines Hotels zusammen und finde weiteren Anschluss. Wenn dann ein passender Mann dabei ist – prima. Wenn nicht, genieße ich die Natur und freue mich über die ersten Schritte in ein neues Leben.

Ich merke, dass mir die vielen Kontakte richtig gut tun. Ich freunde mich schon beim Frühstück mit vier netten Frauen an, die auch die Tour gebucht haben. Unser Wanderführer Pablo, ein kleiner, kräftig gebauter Mann mit grauem Bart und einer etwas zu wilden Lockenmähne, begrüßt uns alle am Bus mit einem kräftigen Händedruck und in perfektem Deutsch. Wir fahren durch die herrliche Natur und Pablo erklärt uns ausführlich die Besonderheiten der Landschaft. Er hat eine warme Stimme und sein Akzent ist so wenig merkbar, dass man ihn auch für einen Deutschen halten könnte.

In San Pedro de Agaete ist Stopp. Wir beginnen mit dem teilweise gut ausgebauten Pilgerpfad, vorbei an einem kleinen Wasserfall, Höhlen und der immer blühenden Natur. Pablo geht ein angenehmes Tempo. Ich komme gut mit, habe auch noch genug Puste, mit den Frauen zu plaudern. Ich genieße den Blick ins Agaete-Tal, das satte Grün. Wir besuchen eine kleine Finca und probieren Wein. Für mich ist es anfangs ganz ungewohnt, am Nachmittag in einem Lokal zu sitzen. Ich fühle mich gehemmt. Aber als Pablo mir nachschenkt, sage ich auch nicht nein. Er hat so fröhlich blitzende Augen. Ein Mann, mit dem man gern zusammen ist.

Als wir nach der Pause wieder herausgehen, regnet es in Strömen. Alle kramen schnell ihre regenfasten Jacken aus dem Rucksack. Verdammt, ich habe nur einen dünnen Pulli mit. Mein Rucksack ist stattdessen voller unnützer Karten, die ich mir im Hotelshop gekauft habe. Das wird heftig. Ich zittere schon bei der Vorstellung, wie die Wanderung für mich weitergehen wird. Es wird eiskalt, garantiert.

»Hier, ich habe eine zweite Jacke dabei. Nimm die. Du wirst sie brauchen.«

Vor mir steht Pablo und reicht mir das Kleidungsstück. Ich zögere. Er nicht. Schnell legt er mir die Jacke um die

Schultern. Meine Güte, wie lange habe ich nicht mehr so eine Fürsorge erlebt… Lachend steht er vor mir, streicht mir aufmunternd über den Oberarm. »Kann es losgehen?«

Ich nicke.

»Wie heißt du?« fragt Pablo.

Wanderfreude duzen sich, habe ich gelernt. Also stelle ich mich mit Uschi vor.

Er geht mit mir. Wir reden über die Insel, die Natur, den ständigen Sonnenschein, auf den ich mich so gefreut habe. Pablo ist ungeheuer schlagfertig und hat einen spritzigen Humor. Ich muss zweimal richtig laut lachen. Ich weiß gar nicht, wie lange ich nicht mehr so herzhaft gelacht habe… Ich nehme gar nicht wahr, dass es aufhört zu regnen. Wir laufen fast eine Stunde nebeneinander her und als Pablo für alle am Rande eines Zitronenhains eine Pause einlegt, fühle ich mich richtig gestört. Ich hätte gern einfach weiter mit ihm geredet. Doch jetzt lauscht die ganze Gruppe seinen Erklärungen von der vielfältigen Insektenwelt des Berglandes. Aber Pablo blinzelt ständig unverhohlen zu mir herüber.

Plötzlich zupft er mich am Arm. »Wenn morgen die Sonne scheint, zeige ich dir meinen Lieblingsstrand. 11 Uhr. Ich bin im Hotel an der kleinen Bar. Kommst du dahin?«

Ich bin so baff, dass ich mich prompt verhaspele und spüre, dass ich rot anlaufe. Mit über sechzig Jahren!

Sabine, eine der Wanderfreundinnen, dreht sich neugierig um. Übermütig ruft sie: »Hallo Pablo, du bringst ja unsere Uschi ganz aus der Fassung. Kommt mal beide lieber her zu uns!«

Und dann spüre ich seinen Arm unter meinen und völlig unbekümmert schiebt er mich zu den vier Frauen. Für einen Moment berühren mich seine Oberschenkel. Ich spüre seine kräftigen Arm-Muskeln. Er riecht nach einem herben

Rasierwasser. Ich fühle, dass mir die Knie zittern. Meine Güte, ein Gefühl, dass ich das letzte Mal nicht mal mit zwanzig Jahren hatte.

Der Rest der Wanderung vergeht wie im Flug. Der grandiose Ausblick raubt mir den Atem. Ich kann mich nicht sattsehen am tiefblauen Atlantik, bestaune am Horizont die schneeweißen Häuschen im gleißenden Sonnenlicht. Was habe ich bloß all die Jahre verpasst!

Dieser Pablo ist mir absolut sympathisch. Gesprächsstoff haben wir reichlich. Pablo ist Canario und auf Gran Canaria geboren. Mit zwanzig Jahren ist er allein nach Deutschland gezogen. Bis zu seiner Scheidung hat er mit seiner Frau in Köln gelebt. Jetzt ist er seit zwei Jahren wieder zu Hause und lebt allein. Ich höre genau zu und schließe bei dem Wort »allein« zufrieden die Augen.

Als wir früh abends wieder im Bus sitzen, rutscht Pablo an meine Seite. Ich strahle innerlich. Er scheint sich wirklich für mich zu interessieren. Ich freue mich schon, wenn ich Christine gleich von ihm erzählen kann.

Pablo ist einer der ersten, die aussteigen müssen. Er fragt mich leise, ob ich nach dem Essen noch mit ihm in eine Bar in Playa del Inglés gehen möchte. Aber ich schüttele den Kopf. Es sei schon so spät und ich wäre müde. Gern ein anderes Mal. Er kann mich ja anrufen. Ich rede plötzlich wie ein Wasserfall. Ich bin einfach so nervös. Alles geht mir zu schnell. Als Pablo aussteigt, tätschelt er mir vor allen Leuten die Hand. Meine Güte, wie soll ich das jetzt einordnen?

»Ich wäre wirklich gern mit ihm ausgegangen, aber es erschien mir zu gewagt. Ich kann doch nicht allein so spät mit einem fremden Mann in einem Lokal sitzen«, vertraue ich später Christine am Telefon an. »Weißt du, es war mir auch unangenehm Frank gegenüber.«

Christine unterbricht mich sofort: »Hör‘ auf damit. Frank hätte nichts dagegen. Du musst nicht den Rest des Lebens allein sein. Und benimm dich nicht wie ein Teenager. Allein mit einem fremden Mann.... Was willst du denn? Mit Mami und Papi unterwegs sein?«

Ich schlucke, weil sie mich so anfährt. Aber innerlich gebe ich ihr Recht und nehme mir fest vor, künftig nicht immer zurückzublicken. Wenn ich jetzt die Weichen neu stelle, habe ich bestimmt noch schöne Jahre vor mir. Obwohl ich nicht weiß, ob ausgerechnet ein spanischer Wanderführer das große Glück sein kann. Ich bin still, nehme mir fest vor, künftig forscher zu sein. So gehe ich eine Spur mutiger zum Abendessen ins Hotelrestaurant.

Pablo muss meine Gedanken auf die Entfernung gelesen haben. Denn als ich nach dem Abendessen zum Lift gehe, um auf mein Zimmer zu kommen, steht er plötzlich vor mir. Er ist kaum wiederzuerkennen. Er trägt eine cremefarbene Leinenhose, ein weißes Hemd, braune Slipper. Eine tolle Erscheinung.

Und er ist sehr höflich, aber auch sehr direkt. Er könne mich nicht vergessen. Mein Blick beim Abschied im Bus hätte ihn direkt ins Herz getroffen. Er müsse den Abend mit mir verbringen. Die Luft sei mild. Wir könnten den Paseo Costa Canaria entlang bummeln, später ein Glas Wein trinken, vielleicht noch am Strand sitzen und das Meeresrauschen genießen.

Ich kann kaum antworten. Alles geht jetzt auf einmal so schnell. Er gefällt mir. Das muss ich zugeben. Aber ich kann nicht damit umgehen, dass sich ein Mann so um mich bemüht. Was wird Susanne dazu sagen? Und Torsten erst? Ist es zu früh, sich schon zwei Jahre nach Franks Tod auf einen Flirt einzulassen? Gut, ich bin weit weg, im Süden.

Aber was ist, wenn es mehr ist als ein Flirt? Komme ich dann nicht in Memmingen ins Gerede?

»Ich muss nur noch schnell mit meiner Tochter sprechen«, lüge ich. »Wollen wir uns in einer halben Stunde am Hoteleingang treffen«, sage ich schnell. Ich brauche Zeit. Ich muss erst mit Christine sprechen. Die weiß immer Rat.

Und sie ist begeistert. »Triff dich mit ihm! Das läuft ja prima.«

Wir gehen lange durch die milde Sommerluft. In den Straßen von Playa del Inglés herrscht auch um 22 Uhr noch Hochbetrieb. Die Geschäfte sind geöffnet. In den zahlreichen Restaurants und Bars ist kaum ein Tisch zu bekommen. Auf dem Plaza del Teide spielt heute eine Musik-Gruppe. Ein Julio Iglesias-Imitator singt: »Quiéreme mucho«. Pablo summt das Lied mit. Er legt mir den Arm um die Schulter. Eng, ganz vertraut schiebt er mich auf einen freien Tisch zu.

»Lass uns ein bisschen träumen«, sagt er leise, als er mir den Stuhl hinüberzieht. Er bestellt zwei Glas Cava, dazu Tapas zum Naschen. Der Chef kommt an unseren Tisch. Auf Spanisch begrüßen sich die beiden kurz, klopfen sich auf die Schulter. Ein Kellner ruft seinen Namen. Von einem der Tische winken ihm zwei Urlauber zu. Jeder kennt Pablo. Ich gebe zu, dass mir das gefällt. An seiner Seite fühle ich mich sicher, geborgen.

Wir erzählen uns aus unserem Leben. Ich erfahre, dass Pablo in Deutschland ein anerkannter Geschäftsmann war. Ihm gehörte in der Nähe von Köln ein großes Autohaus. Dann gab es finanzielle Schwierigkeiten. Sein Geschäftsführer hatte einige Fehlentscheidungen getroffen. Das Unternehmen musste schließen. Es war für ihn eine Katastrophe. Denn kurz darauf ging auch seine Ehe in die Brüche. Mit seinen beiden Kindern hat er heute keinen guten Kontakt mehr. Seine Ex-Frau unterbindet das. Er ist dann zurück in seine Heimat gegangen, zu seiner großen Familie. Seit drei Jahren arbeitet er als Wanderführer, weil er die Ruhe und die Natur liebt. Klar ist die Umstellung bitter gewesen, aber er hat gelernt, das Leben so zu nehmen, wie es kommt. Von seinen Reserven könnte er auch so leben. Nicht üppig, aber komfortabel genug. Aber er fühlt sich mit 64 Jahren zu jung zum Nichtstun. Also hat er sich mit einem Ausflugsunternehmen selbständig gemacht. Offensichtlich erfolgreich. Er hat vier angestellte Wanderführer, geht aber auch regelmäßig selbst mit heraus. Die Kunden fragen nach ihm. Er wird respektiert. Das tut ihm gut. Nach den Niederlagen der letzten Jahre braucht er Bestätigung. Während er erzählt, werden seine Augen feucht. Ich sehe ihn von der Seite an. Er tut mir von Herzen leid. Was hat dieser Mann bloß alles durchmachen müssen. Er wirkt jetzt so traurig.

Später sitzen wir tatsächlich am Strand. Wir haben beide unsere Schuhe ausgezogen. Jetzt lehnen wir an einem Stein und sehen zu, wie die Wellen im immer wiederkehrenden Rhythmus unsere Füße umspülen. Pablo redet weiter. Er sprudelt über, wenn er von seiner Vergangenheit erzählt. Jetzt kann ich mich einbringen.

»Schließe das Kapitel und sieh‘ nach vorn«, sage und bin ein bisschen überrascht, dass solche Worte ausgerechnet von mir kommen.

Pablo sieht mich plötzlich ganz lange an. Er nimmt meine Hand, hält sie fest. »Seit ich dich kenne, habe ich plötzlich wieder Mut dazu. Ich glaube, ich habe mich in dich verliebt. Aber ich weiß nicht, ob so eine Klassefrau wie du es bist, überhaupt Interesse an mir hat. Du hast so schöne Augen, so seidige Haare und eine faszinierende Ausstrahlung.«

Mir sind das zu viel Komplimente. Ich sehe verlegen zu

Boden, male mit meinen Blicken Muster in den nassen Sand. Minuten vergehen. Pablo hält immer noch meine Hand. Ich genieße seine warme Haut, die Nähe.

»Meine Güte, du glaubst gar nicht, wie es mich erwischt hat«, flüstert er plötzlich und küsst ganz schnell und verstohlen meinen Handrücken.

Ich zittere vor Anspannung. Pablo spürt das. Er legt jetzt seinen Arm um mich, hält mich fest. Stumm sitzen wir nebeneinander und genießen beide die lang vermisste Wärme und dieses Gefühl von Zusammengehörigkeit.

Noch nie hat jemand gesagt, ich sei eine Klassefrau. Noch nie hat jemand gesagt, dass ich schöne Augen hätte und eine faszinierende Ausstrahlung. Frank hat das offenbar nie so gesehen. Er war eben ein nüchterner Typ, entschuldige ich ihn und tief in meinem Herzen bohren plötzlich Zweifel, ob ich ihm überhaupt jemals wichtig war. Aber ich will nicht wieder über die Vergangenheit grübeln. Ich will doch nach vorn gucken. Das habe ich mir fest vorgenommen.

Pablos Schwärmereien vertreiben meine trüben Gedanken schnell wieder. Ich bekomme noch zu hören, dass ich unterhaltsam und witzig bin, eine tolle Stimme habe und belesen wirke. Als er mich nach Hause bringt, fühle ich sich so glücklich wie schon lange nicht mehr. Komplimente verleihen Flügel. Das erlebe ich gerade.

Vor dem Hotel bleibt er unter dem üppig grünen Dach einer Akazie stehen. Es ist längst dunkel. Der Schein einer milchig-gelben Straßenlaterne lässt uns mehr ahnen als sehen. Mein Herz klopft wie verrückt. Was passiert jetzt? Pablo zieht mich zu sich und küsst mich. Einfach so. Lang und innig. Ich denke, dass er wunderbar schmeckt und für einen Augenblick vergesse ich alles um mich herum. Ich lasse mich komplett in das Gefühl fallen, begehrt zu werden.

Ich küsse ihn, so wild und leidenschaftlich, wie ich es nie für möglich gehalten hätte. Dann winde ich mich aus seiner Umarmung. Ich muss jetzt dringend ins Hotel, allein sein, alles auf mich wirken lassen.

Nachts liege ich wach und denke an Frank. Diese Leidenschaft. Es hat sie wohl nie zwischen uns gegeben. War es die Zeit damals? Oder war ich es? Ich finde keine Antwort. Aber wenn ich das alles jetzt erleben kann, will ich es genießen. Deutschland, die Kinder, die Vergangenheit, die Leute – alles ist weit weg und das ist auch gut so.

Ich habe dich gestern mit Pablo im El Rincon gesehen. Das ist ein wirklich sympathischer Mann. Halte dein Glück fest!« Ich stehe am Kaffeeautomaten am Frühstücksbuffet und habe Mühe, meine Verliebtheit zu unterdrücken. Gerti, eine der netten Wanderfreundinnen, hat mich gerade in eine Ecke gezogen und spricht jetzt verschwörerisch auf mich ein. »Der ist ehrlich. Im letzten Jahr habe ich ihn hier im Hotel ein paar Mal gesehen. Er war immer allein und hat sich völlig zurückgezogen. So heiter wie mit dir habe ich ihn noch nie gesehen. Meerblick und Sonnenuntergang mit dir, das muss ihm gut getan haben.«

Ich muss aufpassen, dass ich nicht gleich losheule. Hier vor all den Leuten. Gerti merkt das und nimmt mich fürsorglich in den Arm. »Komm meine Liebe, nach allem, was du durchgemacht hast, kannst du einfach daran glauben, dass das Schicksal noch etwas Schönes für dich parat hat.« Sie streichelt mich wie eine Schwester. Ich bin so dankbar. Bestimmt hat Gerti Recht.

»Seit Frank tot ist, muss ich doch das Flirten erst wieder lernen. Ich bin so unsicher«, jammere ich wenig später meiner Freundin Christine die Ohren voll, nachdem ich ihr die ganze Geschichte mit Pablo erzählt habe.

Christine ist für einen Moment stumm, richtig beeindruckt. Dann fängt sie sich wieder. »Sei froh, dass du auf einer Urlaubsinsel bist, da kannst du in Ruhe die Liebe erproben. Sonne und Meer, Palmen und laue Luft, ideal, um sein Herz mit einem Donnerhall zu verlieren. Lass alles zu und genieße die Freiheit. Du hast lange genug auf alles verzichtet, was Spaß macht.«

Ich habe gerade den Hörer aufgelegt, als es wieder klingelt. Pablo ist am Apparat. »Ich möchte noch einmal deine Stimme hören!« sagt er mit sanftem Tonfall. Es wird ein Gespräch, das erst im Morgengrauen endet. Die Themen gehen uns nicht aus. Ich erinnert mich nicht, wann ich das letzte Mal so lange mit einem Mann telefoniert habe. Ich glaube, noch nie.

Am nächsten Morgen wartet er schon am Restauranteingang auf mich. Wie ein strahlendes Kind kommt er auf mich zu, drückt mich fest, küsst mich auf die Wange. Wir frühstücken zusammen. Dann holt Pablo den Wagen aus der Tiefgarage. Er will mir etwas von der Insel zeigen. Wir fahren über Mogán ins Aldea-Tal. Später machen wir in Arucas eine Pause. Ich fühle mich ein bisschen wie auf einer Alm. Es gibt Papa Arrugadas mit der leckeren grünen Sauce, dazu einen gegrillten Fisch. Köstlich!

»Du bist wie maßgeschneidert für mich«, sagt Pablo später im Auto. Wir reden und lachen, albern und singen.

»Wenn du mich nicht nimmst, bist du dumm!«, sagt er richtig neckisch, als wir kurz vor Mitternacht zurück zum Hotel kommen.

Ich antworte nicht. Was soll ich auch sagen. Er gefällt mir doch. Und ich weiß, dass ich nicht dumm sein werde.

In der Nacht kann ich nicht schlafen. In zwei Tagen muss ich zurück nach Hause. Wie mein Leben wohl weitergeht? Ich bin den ganzen Tag unruhig. Pablo geht mit mir in die Kasbah. Ich will Souvenirs für die Kinder kaufen und für Christine. Aber ich bin so unkonzentriert. Ständig gehen mir Gedanken durch den Kopf. Wie weit ist es von Memmingen nach Gran Canaria? Werden wir es schaffen, auf die Entfernung eine Beziehung zu leben? Will Pablo das überhaupt oder ist er ein Insel-Casanova und ich ein leichtes Opfer? Ich finde keine Antwort und schiebe die Grübeleien zur Seite.

Abends gehen wir zum Essen aus. Wir sitzen im CASA JUAN direkt am Dünenstrand, genießen die leckere Paella und den Blick aufs Meer. Die gemeinsamen Stunden sind wunderbar. Wir reden stundenlang. Kein belangloses Geplänkel mehr, sondern wir sind schnell ernst und verraten uns unsere Träume. Was wir vom Leben noch erwarten und wie wir uns in unserem Alter eine Partnerschaft vorstellen. Pablo sehnt sich sehr nach einer festen Beziehung. Die Entfernung zwischen uns ist für ihn kein Problem.

»Du kommst nach Gran Canaria«, sagt er in die Stimmung hinein.

Ich lache, murmele: »Wie soll das denn gehen?«

Pablo bleibt ernst. »Du ziehst zu mir. Komm mit, ich zeige dir, wo ich wohne.«

Wenig später stehe ich auf der Terrasse einer großzügigen Vierzimmer-Wohnung. Ich blicke auf ein beleuchtetes Häusermeer. Am Horizont ziehen zwei beleuchtete Schiffe über den Atlantik. Autos hupen, Stimmen dringen zu uns empor. Es ist Leben hier. Auch um Mitternacht pulsiert diese Urlauberstadt. Ich denke an Memmingen und bei dem Gedanken, morgen wieder zurück zu müssen, fröstelt meine Seele.

»Es muss schön sein, hier zu leben«, sage ich leise. »Das Klima, das Meer, die lockere Stimmung, ein Traum!«

Pablo holt eine Flasche Wein aus der Küche.

»Und wo finde ich in der Aufzählung statt?« fragt er lachend, als er mir sein Glas Rotwein hinhält.

Ich nippe wie selbstverständlich daran. Was ist mit mir passiert? Ich stehe mit einem nahezu fremden Mann um Mitternacht auf seiner Terrasse und habe nicht einmal Angst oder gar ein schlechtes Gewissen. Ich genieße einfach den Moment und das Gefühl, begehrt zu werden. Ob Pablo es ernst meint? Ob er wohl morgen bereits die nächste Touristin hierher bringt? Es gibt Fragen, auf die findet man keine Antwort. Ich muss das Leben so nehmen wie es kommt. Jetzt bin ich hier und jetzt bin ich glücklich. Ich sehe in den Sternenhimmel, denke an meine Familie in Deutschland. Dann hebe ich das Glas und proste den Sternen zu. »Eurer Mutter geht's gut«, sage ich leise.

Pablo nimmt mir das Glas aus der Hand, zieht mich in die Wohnung. Ich fühle mich nicht wie eine Verführte. Ich bin kein Opfer. Ich bin eine Siegerin. Zumindest in diesem Moment.

Ich kann mir ein Leben mit Pablo gut vorstellen«, schreibe ich noch vom Flughafen aus Christine per *sms*.

Als ich im Flieger Richtung Deutschland sitze, sehe ich eine Zukunft für mich in leuchtenden Farben. Meinen Kindern habe ich schon am Telefon von Pablo erzählt. Sie haben sich erst etwas gewundert. Natürlich machen sie sich Sorgen, ob das gutgeht mit uns. Aber insgesamt freuen sie sich ehrlich für ihre Mutter. Zumindest deute ich ihr Verhalten so.

Ob sie sich vorstellen könnte, mich in Gran Canaria zu besuchen, frage ich meine Tochter, als sie zur Begrüßung mit mir auf der Terrasse einen Kaffee trinkt. Natürlich habe ich längst darüber nachgedacht, in Memmingen alles aufzugeben. »Ich möchte mir ein kleines Apartment auf Gran Canaria mieten und das Haus hier verkaufen«, erzähle ich weiter, fast beiläufig.

Als ich sage: »Das Haus ist doch viel zu groß für mich«, muss Susanne herzhaft lachen. Sie nimmt mich in den Arm, mit echter Freude. »Ach Mama, das wäre zu schön, wenn du wieder einen lieben Mann findest. Papa würde sich auch freuen, ganz bestimmt. Und wenn er auf Gran Canaria lebt, muss es wohl so sein.«

Ich erzähle ihr, wie mein Leben weitergehen wird. Ich werde so schnell wie möglich ausziehen und nach Gran Canaria ziehen. Nicht direkt zu Pablo, das wäre nicht gut. Aber ich werde mir dort eine Wohnung mieten. Wenn das Haus verkauft ist, zahle ich meinen Kindern ihr Erbe aus. Den Rest lege ich mir aufs Konto. Ich will noch etwas reisen. Pablo hat so von Südamerika geschwärmt. Dort möchte ich mit ihm hin. Vielleicht schon im Winter.

Ich habe auch eine Idee, was ich auf Gran Canaria machen könnte. Pablo braucht jemanden für die Buchungen. Ich werde mich da einarbeiten. Wir könnten sein Geschäft vergrößern. Wir haben große Pläne und ganz viele Träume. Allein wird man müde, danach zu schielen. Aber zu zweit wächst die Kraft, mit beiden Händen zuzugreifen und sie wahr werden zu lassen.

Klar habe ich keine Garantie, dass aus der Liebe zu Pablo etwas wird. Aber ich denke, es gibt auch keine Garantien. Man kann dem Glück nur Raum geben, es zulassen. Im Moment glaube ich, dass wir uns von ganzem Herzen lieben.

Wenn die Gefühle irgendwann erlöschen, ja, dann ist das so und mein Lebensweg wird eine neue Schleife nehmen. Mal sehen, was dann kommt. Ich lasse mich auf alles ein, tanze einfach durch die kommenden Jahre hindurch. Ich will den Becher des Lebens bis auf den letzten Tropfen austrinken. Mit allen Freuden, mit allen Konsequenzen.

Als Susanne geht, ist sie ein bisschen sprachlos. Sie glaubt nicht so recht, was sie von meiner Entschlossenheit halten soll. Macht doch nichts. Sie hat ja Zeit, sich an den Gedanken zu gewöhnen, dass ihre Mutter bald ein anderes Leben führen wird.

Später rufe ich Pablo an. Ich will seine Stimme hören und ihn für das nächste Wochenende zu mir nach Deutschland einladen. Er soll meine Kinder kennenlernen und mir beim Ausräumen helfen. Er wird bei mir schlafen.

In meinem neuen italienischen Bett.

Lesen Sie auch:

Der Inseltraum

Story einer Aussteigerin, von Marga Lemmer

Zwei Frauen, zwei Generationen und ein Schicksal, das sich auf Teneriffa erfüllt.

1967. Die deutsche Frauenbewegung steckt noch in den Kinderschuhen, als Marianne Vocke sich entschließt, nach Teneriffa auszuwandern und noch einmal von vorn anzufangen. Sie lässt ihr bisheriges Leben zurück: Mann, Kinder, Geschäft, Freunde, Elternhaus. Auf der Kanaren-Insel findet sie eine neue Liebe und auch ihre persönliche Freiheit. Doch Heimweh und Schuldgefühle plagen sie...

Als sie die Urlauberin Kerstin aus Leipzig kennenlernt, kann sie gut verstehen, als die Jüngere beschließt: »Hier will ich für immer leben«. Marianne hat den Inseltraum, der oft zum Alptraum geriet, mit allen Konsequenzen gelebt. Kann sie ihrer neuen Gefährtin die eigenen, oft bitteren Erfahrungen ersparen?

Die Geschichte einer Aussteigerin.
Ehrlich – ungeschminkt – lebensnah

Zech Verlag, Teneriffa 2008
ISBN 978-84-934857-4-0

Frauen · Roman

Tod am Teide

Kanaren-Krimi
von Irene Börjes

Lisa Sommer ist frischgebackene Reiseleiterin. Als sie am Flughafen von Teneriffa ihre erste Wandergruppe in Empfang nimmt, fällt ihr der Starfußballer vom Verein Real Madrid tödlich getroffen vor die Füße. Die Reisegruppe entwickelt detektivischen Ehrgeiz...

Kein leichter Job für Lisa, die sich wacker bemüht, ihren munteren Trupp durch die Landschaften Teneriffas zu führen, viele Spuren deuten auf einen Zusammenhang mit traditionellen Inselbräuchen...

Zech Verlag, Teneriffa 2006
ISBN 978-84-934857-0-2

Frauen · Krimi

Sodom und Gomera

Kriminalroman,
von Mani Beckmann

Als Ute Ikemann nach vielen Jahren eine Postkarte von ihrer Zwillingsschwester von den Kanaren erhält, spürt sie sofort, dass sich hinter den belang losen Zeilen ein verzweifelter Hilferuf verbirgt. Sie reist nach Gomera, um ihre Schwester zu suchen. Es soll eine Reise in tragische Verstrickungen werden, in das Reich einer gefährlichen Sekte...

»Launig erzählt Mani Beckmann einen Urlaubskrimi der heiteren Art. Trefflich schaut er dieser eigentümlichen Klasse von Urlaubern aufs Maul.« (Diabolo, Oldenburg)

Zech Verlag, Teneriffa 2009
ISBN 978-84-934857-7-1

Krimi

Tödlicher Abgrund

Kriminalgeschichten von Karl Brodhäcker

Aus dem Buch: Das Thermometer kletterte in die Höhe. Tobias wischte sich den Schweiß von der Stirn. Wolkenloser blauer Himmel wölbte sich über die Berggipfel und kündete für den Süden Gran Canarias wieder einen heißen Tag an.
Da näherten sich zwei Pkw mit hoher Geschwindigkeit auf der kurvenreichen, schmalen und steilen Straße von Fataga her. Tobias schüttelte den Kopf über so viel Leichtsinn. Ob da zwei Fahrer bei einer Wettfahrt ihre Kräfte messen wollten...?

Zech Verlag, Teneriffa 2009
ISBN 978-84-934857-5-7

Krimi

Das Drachenbaum-Amulett

Teneriffa-Krimi von Volker Himmelseher

Auf Teneriffa ereignen sich rätselhafte Serienmorde, vor denen auch Touristen nicht verschont bleiben. Am Tatort bleibt jedes Mal ein kleines Drachenbaum-Amulett zurück: Indiz für eine Opferweihe? Kriminalpsychologin Dr. Teresa Zafón zeichnet das Profil eines Ritualmörders, der schon bald wieder zuschlagen wird... Die Spur der Ermittler führt in den Souvenir-Großhandel.

Zech Verlag, Teneriffa 2010
ISBN 978-84-934857-8-8

Krimi

Der Vulkanteufel

Kanaren-Thriller von Harald Braem

Harald Braems fantastische Geschichte spielt auf der kanarischen Insel La Palma. Unvermittelt bricht Unheimliches in das Gleichmaß des Pauschaltourismus ein und führt uns an magische Orte, zu dunklen Ritualen im Schatten mächtiger Vulkane.

Der Vulkanteufel, mitreißend wie ein Thriller, lässt Gegenwart und Vergangenheit zu einer eigenen Wirklichkeit verschmelzen. Gleichzeitig wirft der Roman ein Schlaglicht auf die Probleme unserer Zeit.

Zech Verlag, Teneriffa 2010
ISBN 978-84-934857-2-6

Thriller

Tanausú, König der Guanchen, Roman von Harald Braem

Während Kolumbus sich aufmacht, Amerika zu entdecken, will der Spanier Alonso de Lugo La Palma erobern, die einzige Kanaren-Insel neben Teneriffa, die noch nicht den Katholischen Königen unterworfen ist. »Kompliment! So kann man den Menschen Geschichte näher bringen!« *(Offenbach Post)*

Zech Verlag, Teneriffa 2003
ISBN 978-84-933108-0-6

Der König von Taoro von Horst Uden

»Ein Werk, an dem niemand achtlos vorbei geht.« *(Francisco. P. Montes de Oca García (†), Historiker des kanarischen Archipels)*

Zech Verlag, Teneriffa 2001
ISBN 978-84-933108-4-4

Historische Romane

Unter dem Drachenbaum

Kanarische Legenden
Von Horst Uden

Um die »Glücklichen Inseln« ranken sich zahlreiche Sagen und Legenden. Horst Uden hat den kanarischen Archipel in den 1930-er Jahren besucht und Erzählungen von allen Inseln aufgezeichnet. Er schildert Märchen und Mythen, Piratenabenteuer, Liebesgeschichten, Volksweisheiten, Anekdoten.

Zech Verlag, Teneriffa 2007
ISBN 978-84-933108-2-0

Legenden · Geschichte

Galerie der kanarischen Volksbräuche

Naive Malerei
von Ángeles Violán

Die schönsten kanarischen Traditionen im Spiegel der naiven Malerei von Ángeles Violán. Szenen von schlichter Schönheit und glaubwürdiger Kulturinformation. Mit Texten von Rafael Arozarena (Kanarischer Literaturpreis).

Gebundene Ausgabe, farbig illustriert mit 45 Bildern,
Zech Verlag, Teneriffa 2006

978-84-933108-9-9
(deutsch)
978-84-933108-8-2
(english)

Kunst · Brauchtum

Auf den Spuren der Ureinwohner

Ein archäologischer Reiseführer, von Harald Braem

Spannende Entdeckungstouren auf Teneriffa, Gran Canaria, La Palma, La Gomera, El Hierro, Lanzarote, Fuerteventura. Der bekannte Buch- und Filmautor Harald Braem forscht seit 25 Jahren auf den Kanaren. Folgen Sie ihm auf den Spuren der Ureinwohner zu Kultplätzen, Höhlen, Pyramiden und zu rätselhaften Zeichen einer geheimnisvollen, versunkenen Kultur...

Museen, praktische Tipps, Literaturhinweise. Mit zahlreichen Illustrationen.

Zech Verlag, Teneriffa 2008
ISBN 978-84-934857-3-3

Sachbuch · Geschichte

Alexander von Humboldt

Seine Woche auf Teneriffa 1799, von Alfred Gebauer

Alexander von Humboldts erste Station zu Beginn seiner fünfjährigen Forschungsreise nach Südamerika war die Insel Teneriffa. Er bestieg den Vulkan Teide und studierte die Insel in geologischer, botanischer, astronomischer Hinsicht.

Originaltexte und Zeichnungen aus Humboldts historischem Reisebericht. Zahlreiche Illustrationen und Erläuterungen zur Natur und Geschichte Teneriffas. Vorwort von Ottmar Ette

Zech Verlag, Teneriffa 2009
ISBN 978-84-934857-6-4

Sachbuch · Geschichte

Lesen Sie auch:

Spanisch im Alltag

Ein praktischer Sprachführer von Luis Ramos

Mit diesem praktischen Sprachführer findet sich der Spanisch-Anfänger schnell am Urlaubsort zurecht, sei es im Taxi, an der Rezeption, am Post- oder Bankschalter, bei Freunden zu Hause und in vielen anderen Alltagssituationen.

Über 500 Redewendungen, Vokabeln und praktische Tipps. Illustriert von Karin Tauer.

Zech Verlag, Teneriffa 2007
ISBN 978-84-934857-1-9

Sachbuch · Sprachen

Bajo el drago
Leyendas de las islas Canarias,
de Horst Uden
Zech, 2010
ISBN 978-84-933108-3-7

El rey de Taoro
Novela histórica de la conquista
de Tenerife, de Horst Uden
Zech, 2004
ISBN 978-84-933108-1-6

**Tanausú, rey
de los guanches**
Novela de Harald Braem
Zech, 2005
ISBN 978-84-933108-5-9

**Tras las huellas
de los aborígenes**
Guía arqueológica de Canarias,
de Harald Braem
ISBN 978-84-934857-9-5

**Guía naïf de
costumbres canarias**
De Ángeles Violán y Rafael
Arozarena, Zech 2006
ISBN 978-84-933108-8-6

In Spanisch

Bestellungen:

Verlag Verena Zech
Carretera Vieja, 40 · E-38390 Santa Úrsula
Tel./Fax: (+34) 922-302596 · E-Mail: info@zech-verlag.com
Internet: www.zech.verlag.com